Hidden – Verborgen hinter der Maske
Luisa Lind
Band 3

Luisa Lind ist ein Pseudonym, hinter dem eine 17-jährige Autorin aus Österreich steckt. „Hidden – Verborgen hinter der Maske" ist der dritte Band einer 4-teiligen Fantasy-Reihe. Der erste Band „Hidden – Verborgen im Augenblick" und gleichzeitig der Debütroman der Autorin erschien im Herbst 2022. Die Idee zu dieser ersten Reihe hatte Luisa bereits sehr früh mit etwa acht oder neun Jahren. Schon damals stand für sie fest: Sie will Autorin werden und niemand wird sie davon abhalten können.

Luisa Lind

Hidden

Verborgen hinter der Maske

Band 3

Bibliografische Information der Deutschen Nationalbibliothek: Die
Deutsche Nationalbibliothek verzeichnet diese Publikation in der
Deutschen Nationalbiografie; detaillierte bibliografische Daten sind im
Internet über dnb.dnb.de abrufbar.

Verlag: BoD • Books on Demand GmbH, In de Tarpen 42, 22848
Norderstedt
Druck: Libri Plureos GmbH, Friedensallee 273, 22763 Hamburg
ISBN: 978-3-7597-7721-8
Covergestaltung: Ilse Mitterschiffthaler; Fotoilse
Lektorat und Korrektorat: Viktoria Pernsteiner

„Darkness does not always equate to evil,
just as light does not always bring good."
-Phyllis Christine Cast

Für alle,
die ihre Trauer
hinter einem Lachen verstecken,
ihren Schmerz
hinter einem Lächeln
und
sich selbst hinter einer Maske.

Prolog:

Lucinda Anwyn schlich sich an der, einen Spalt breit geöffneten Türe, hinter der ihre Mutter arbeitete, vorbei. Sie schaffte es unbemerkt nach draußen. Das Mädchen lief lachend über die Brücke. Der Anhänger der Lichtalben hüpfte hin und her und schlug ihr leicht auf den Brustkorb.

Immer noch in bester Laune, gelangte Lucinda in den Wald. Sie kannte den Weg zur Lichtung, auf der ihr Vater seine Schüler trainierte. Früher war sie oft mit ihm gegangen, doch nun wollte er das nicht mehr.

Das Mädchen hatte noch lange keinen Fuß auf die Lichtung gesetzt, als sie ihren Vater und dessen Schüler bereits sprechen hören konnte. Sie wollte sich anschleichen und die beiden erschrecken, doch dann hielt sie inne, denn ihr Vater klang verärgert.

„Du musst dich konzentrieren, Liam. Du brauchst das Training mehr als jeder andere", sagte er zu seinem Schüler.

„Ich weiß, Mr. Anwyn, aber es geht mir zurzeit so viel durch den Kopf ...", erwiderte Liam Hill.

Der junge Mann sah plötzlich sehr erschöpft aus, fand Lucinda. Sie mochte ihn sehr, weil er lustig und freundlich war. Auch ihr Vater, so sagte die Mutter manchmal, hatte eine Schwäche für diesen Elf.

„Mir ist klar, dass es nicht einfach für dich ist. Aber du hilfst ihr auch nicht damit, wenn du deine Kräfte nicht trainierst", erwiderte Lucindas Vater sanfter.

Sie konnte sich nicht erklären, warum die beiden Männer so angespannt klangen.

„Mr. Anwyn, ich weiß nicht mehr was ich tun soll."

Liams Stimme war gepresst.

Lucinda hörte sich immer so an, kurz bevor sie anfangen musste, zu weinen. Doch sie war ein dreizehnjähriges Mädchen, kein erwachsener Mann. Was also könnte ihn so verzweifeln lassen, um ihn zum Weinen zu bringen?

„Ich war so unvorsichtig und nun werde ich den Preis zahlen müssen", sprach Liam weiter. „Doch sie, sie hat nichts verbrochen. Und was ist mit dem Kind? Ich kann Aristine nicht so schutzlos zurücklassen!"

Liam fuhr sich durch das Haar. Seine Augen wanderten ruhelos über die Bäume rund um die Lichtung.

„Sie sind nicht schutzlos, dafür haben wir doch bereits gesorgt", widersprach Lucindas Vater. Doch er klang nicht überzeugt, dachte sie.

Sie runzelte die Stirn. Worüber sprachen sie nur? Neugierig, wie Lucinda war, beugte sie sich weiter nach vorne.

Da knackste auch schon ein Ast unter ihren Schuhen. „Wie vorhersehbar", ärgerte sie sich in Gedanken über ihr Missgeschick.

„Lucinda?", fragte ihr Vater ungläubig. „Was tust du denn da? Warum bist du nicht bei Theodore im Baum?"

Schuldbewusst senkte das Mädchen den Kopf, sodass ihre weißen Haare ihr ins Gesicht fielen.

„Entschuldige bitte Vater, ich wollte nicht lauschen."

Als Lucinda aufsah, bemerkte sie, wie Liam und der Vater einen Blick wechselten. Doch sie konnte nicht sagen, was er zu bedeuten hatte.

Damals wusste sie noch nicht, welches Schicksal auf sie und ihre Familie zukommen würde. Sie hatte nicht die geringste Ahnung, dass bereits eine Woche später eine Offizierselfe zu ihnen kommen würde.

„Wussten Sie Bescheid über den Verrat und das Verschwinden von ihrem Schüler Liam Hill?", würde diese den Vater fragen.

Er würde verneinen. Mehrmals. Lucinda würde schlau genug sein, niemals über das Gespräch zu reden, das sie mitangehört hatte.

Doch damit würde Mr Anwyn nicht lange durchkommen, so oft er sich in den nächsten Wochen auch herausredete. Schließlich würden die Lichtalben genug Beweise haben, um den Vater

8

mitzunehmen. Sie würden ihn im Februar, dem 19., um ganz genau zu sein, in eine Zelle unter dem Schloss von Königin Freya einsperren.

Theodore und Lucinda würden ihre Mutter anflehen, etwas zu unternehmen, doch Mrs Anwyn würde nichts dergleichen tun. Sie würde ein paar Tränen weinen, wenn die drei den Vater sehen dürften, was nur durch die gute Stellung der Mutter bei den Lichtalben möglich würde. Doch sie würde nichts tun, um ihren Mann nach Hause zu holen.

Mr Anwyn würde bald nicht mehr aussehen wie der starke, gebildete Mann, der er einst gewesen war. Er wäre schmutzig, sein Gewand zerlumpt und er würde zerbrechlich wirken wie ein alter Mann. Lucinda würde ihren kleinen Bruder an sich drücken und sich wünschen, er wäre nicht mit ihnen gekommen, um den Vater zu sehen.

„Lu?", würde der Bruder fragen, während die Tränen über sein junges Gesicht laufen würden. „Vater hat nichts verbrochen, habe ich recht? Er ist ein guter Mann, der das hier nicht verdient, nicht?"

Theodores Augen würden funkeln, wenn er hoffnungsvoll zu seiner älteren Schwester aufsehe.

Doch diese würde schweigen.

„Wenn ich das nur wüsste …", würde Lu denken und schwer schlucken.

„Lucinda, komm her meine Große", würde der Vater mit rauer Stimme rufen und sie zu sich winken.

Seine schmutzigen, dürren Finger würden die Gitterstäbe umklammern. Er würde seine Tochter auf der anderen Seite mit großen Augen ansehen.

Sie würde sich ganz nahe heranbeugen, sodass die Lippen des Vaters beinahe an ihrem Ohr liegen, wenn er ganz leise flüstert: „Vertraue niemandem, Lucinda. Und versprich mir, auf Theodore aufzupassen, so gut es geht."

Sie würde nicht antworten können, ihr Hals würde wie zugeschnürt sein. Also würde sie nur nicken, ohne zu wissen, dass sie dieses Versprechen nicht würde einhalten können.

9

Lucinda Anwyns Visionen würden schreckliche Bilder und Szenen zeigen. Sie würde über die schlimmsten Geheimnisse der Lichtalbenwelt wissen. Ihre schreckliche Angst vor ihrer Königin würde sie letzten Endes verraten. Das Einzige, was sie tun können würde, um ihr Versprechen ansatzweise zu halten, würde sein, ihrem Bruder eine Nachricht zu schreiben, bevor es zu spät sein würde:

Nachdem du das liest, musst du es sofort verbrennen, verstanden? Vertraue niemandem und schau, dass du von hier fortkommst, wenn es so weit ist. Hoffe auf keine Hilfe, das wäre furchtbar naiv von dir, Bruderherz. Sei vorsichtig und lasse niemanden sehen, was du weißt und denkst.
Ich liebe dich Ted, wir sehen uns auf der anderen Seite.
Auf ewig, Lu

Kapitel 1

Blinzelnd öffnet er seine schweren Lider. Grau. Das ist alles, was er sieht. Nichts als Grau.

Das soll der Tod sein? Unscharf erkennt er Wände. Mühsam versucht er, sich zu bewegen und seine steifen Glieder zu strecken, doch es gelingt ihm nicht.

Langsam verschwindet die Benommenheit aus ihm. Er wird wacher. Immer noch kann er sich nicht umdrehen. Seine Hände und Füße sind an den Stuhl gefesselt, auf dem er sitzt.

Seine Erinnerungen kehren zurück: der Nebel, die Müdigkeit – und sein Elfenmädchen, Lea.

Hektisch reißt er an den Fesseln. Er muss zu ihr. Er muss sie suchen. Muss sie finden.

In Gedanken sucht er sie, ihre klare Stimme in seinem Kopf, doch sie ist fort.

„Lea!", ruft er trotzdem.

Sie zu finden ist alles, was zählt. Seine Stimme klingt kratzig. Es folgt Stille. Brüllende Stille.

Entsetzt starrt er vor sich hin. Warum kann er sie nicht finden? Sie muss etliche Kilometer weit fort sein, wenn er sie nicht erreichen kann. Oder ist sie etwa … nein, sie muss leben. Sie muss einfach!

Er fühlt sich hilflos ohne sie. Seine Sicht ist unscharf und sein Gehör taub. Er hört nichts, gar nichts. Kein Atem in der Nähe. Als wäre er völlig allein und abgeschottet von allem.

Da knackt es und eine verzerrte Stimme ertönt: „Da ist ja jemand aufgewacht. Wie hast du geschlafen?"

Sie kommt von allen Seiten gleichzeitig und dröhnt dem Jungen im Kopf.

„Wo ist sie?", brüllt er, ohne auf die Worte der Stimme einzugehen – er weiß noch nicht einmal, ob es sich dabei um einen Mann oder eine Frau handelt, so verzerrt klingt sie. „Wo ist das Mädchen?"

„Du bist vielleicht stürmisch … sie ist auch bei uns", erwidert die Stimme und klingt beleidigt.

„Wer seid ihr? Was wollt ihr von uns?", brüllt der Junge. Er wirft mit einer Kopfbewegung sein schwarzes Haar zurück, das ihm ins Gesicht gefallen ist.

„Ich denke, wir sollten warten, bis deine kleine Freundin aufgewacht ist. Ich habe keine Lust, alles zweimal zu erklären. Ehrlich nicht."

Seine Handgelenke schmerzen von den Seilen, die eng um sie gewickelt worden sind, doch er zerrt weiter daran. Immer noch kann er Lea nicht mit seinen Gedanken erreichen, was ihn schrecklich nervös macht.

Plötzlich aber vernimmt er hinter sich ein Geräusch. Es ist nur leise, doch es klingt wie ein quietschender Stuhl. Der Junge möchte herumfahren, doch die Fesseln lassen es nicht zu. Er überlegt, warum er keinen Atem hört, wenn anscheinend doch noch jemand anderer im Raum ist.

Da ertönt ein leises Stöhnen, und als eine schwache Stimme seinen Namen flüstert, entspannen sich seine Muskeln wieder.

~*~

Mein Kopf dröhnt. Meine Kehle ist staubig und ausgetrocknet. Jeder einzelne Knochen in meinem Körper schmerzt entsetzlich. Abgesehen natürlich von denen, die ich gar nicht mehr spüre, wie zum Beispiel meine Finger.

Meine Gelenke sind steif und unbeweglich. Vor meinen Augen sehe ich verschwommen graue Farbe.

Ich weiß nicht, wo ich bin, oder gar, wie ich hierhergekommen bin. Doch an eine einzige Sache erinnere ich mich sehr wohl: Er ist tot.

Ich habe zugesehen, wie mein bester Freund stirbt und habe nichts dagegen machen können. Ich bin zu schwach gewesen, um ihn zu retten, dabei habe ich gewusst, dass es passieren würde. Und dennoch habe ich nur zusehen können, wie er vor mir zusammenbricht. Habe seinen letzten Worten gelauscht, bevor ich dann ebenfalls gefallen bin. Gefallen ins Nichts, in eine Leere, die nun in meinem Inneren haust.

Ich versuche, aufzustehen, denn was auch immer das unter mir ist, es ist hart und ungemütlich. Es knarzt wie Holz und erst da bemerke ich die Seile um meine Handgelenke, die mir das Blut abschnüren. Auch meine Füße sind gefesselt.

Ich spüre den Schmerz. Er dringt immer weniger gedämpft zu mir hindurch. Es herrscht absolute Stille. Nichts rührt sich.

Wieder spüre ich die Leere in mir, als wäre Ben grausam herausgerissen worden. Probeweise versuche ich, ihn in Gedanken zu erreichen, doch ich kann ihn nicht aufspüren. Natürlich nicht, er ist tot, nicht mehr da. Für immer fort.

„Ben?", flüstere ich dennoch heiser in den Raum.

Ich fühle mich allein wie noch nie. Ich bin gefesselt an einem Ort, den ich nicht kenne, völlig schutzlos und ausgeliefert. Wie konnte es nur so weit mit mir kommen?

„Ich bin hier, Lea", höre ich eine vertraute Stimme hinter mir.

Ich habe sie so oft in den letzten Monaten gehört, dass es keinen Zweifel gibt: Es ist Ben.

Die Seile schneiden in mein Fleisch, als ich ruckartig versuche, mich umzudrehen. Doch die Fesseln hindern mich erfolgreich daran, zu sehen, was ich sehen möchte.

Weil er nicht hier ist, Lea. Noch willst du es nicht glauben, aber Ben ist nicht mehr da. Er ist tot.

Ein Schluchzer dringt aus meiner Kehle und heiße Tränen laufen mir über die Wangen.

„Nein, das bist du nicht. Das kannst du nicht sein", widerspreche ich zittrig.

Ich darf nicht zulassen, dass ich mir Hoffnungen mache, er könnte noch am Leben sein. Das würde alles nur erschweren.

Aber natürlich ist es zu spät. Die Hoffnung lässt mein Herz hüpfen, obgleich es mich gleichzeitig mit unsagbarem Schmerz erfüllt.

„Doch, das bin ich. Das werde ich immer sein, versprochen", sagt Bens Stimme nachdrücklich.

Mein Herz will ihr glauben. Dieses blöde Ding!

Bevor ich aber eine Entscheidung treffen kann, ertönt noch eine weitere Stimme.

„Sehr schön, jetzt seid ihr beide wach."

Die Worte klingen eigenartig verzerrt und ich kann nicht feststellen, woher sie kommen. Stellenweise rauschen sie ein wenig, weshalb ich davon ausgehe, dass sie aus Lautsprechern ertönen.

„Ich will sofort erfahren, wo wir sind und was du von uns willst!", brüllt Ben wütend zurück.

Eindeutig merke ich jedoch, dass seine Stimme zittert. Er hat Angst. Große sogar, ebenso wie ich selbst.

„Seltsamerweise bin ich davon ausgegangen, ihr wärt schon längst draufgekommen", ertönt wieder die Stimme.

Die klingt ernsthaft verwundert, fast ein bisschen aus dem Konzept gebracht.

Als wir beide schweigen, fährt sie fort: „Denkt nach. Wer wäre als einziger imstande, Lichtalben aus ihrem eigenen Gebiet zu entführen?"

Erschrocken schnappe ich nach Luft, als mir klar wird, mit wem wir es zu tun haben. Tatsächlich kommt da niemand anderer in Frage als die-

„Schwarzalben! Du bist ein Schwarzalb!", rufe ich entsetzt aus.

„Ja, das ist richtig."

Absurd, wie erfreut die Stimme plötzlich klingt. „Da dies soweit geklärt ist, kommen wir zur zweiten Frage: Wir haben euch nicht etwa hierhergebracht, weil ihr unsere Feinde seid. Um genau zu sein, haben wir euch vor unseren gemeinsamen Feinden gerettet. Den Lichtalben. Stimmt ihr zu?"

Ich möchte gerade antworten, als Ben mir zuvorkommt: „Wir verraten euch bestimmt nichts. Erst möchten wir dich persönlich sehen, dann überlegen wir uns, was wir preisgeben."

Seine Stimme klingt fest, als hätte er hier das Sagen, obwohl er in Wirklichkeit vermutlich, ebenso wie ich, gefesselt auf einem Stuhl sitzt und ihr Gefangener ist. Ich bewundere sein Selbstbewusstsein in dieser Situation. Wie viele Fünfzehnjährige könnten wohl in einer solchen Situation intuitiv derart richtig reagieren wie er?

„Nicht übel, Bursche, wirklich nicht übel", lacht die Stimme anerkennend. „In Ordnung, ihr könnt mich persönlich sprechen."

Ein Knacken aus dem Lautsprecher.

Dann Stille.

Einen Augenblick später höre ich, wie eine schwere Türe aufgeht, doch ich sehe sie nicht. Sie liegt seitlich außerhalb meines Sichtfeldes.

Kurz darauf wird mein Stuhl herumgezerrt, sodass ich sie ansehen kann. Es sind mehrere. Insgesamt vier. Allesamt tragen sie schwarze Sturmmasken über ihren Gesichtern, sodass ich sie nicht sehen kann.

Ein Mann – er ist eindeutig zu groß und zu stämmig, um eine Frau zu sein – steht wie ein Bodyguard vor der Türe, die mittlerweile wieder geschlossen ist. Zwei weitere Schwarzalben mussten die Stühle umdrehen und ein dritter sieht zu.

Nun kann ich endlich auch Ben ansehen. Er sitzt einen Meter entfernt, ebenfalls gefesselt. Seine schwarzen Haare fallen ihm ins Gesicht und er sieht blasser aus als sonst.

Als er mich aber ansieht, sind seine grünen Augen so überirdisch schön wie immer. Seine selbstsichere Ausstrahlung gibt mir die Kraft, mich aufrechter hinzusetzen und unseren Gegnern furchtlos entgegenzublicken.

Da nimmt der Mittlere seine Sturmmaske ab. Er sieht jünger aus, als ich erwartet habe. Seine Augen sind braungrün, seine Haare mittelbraun. Sie reichen ihm bis zur Schulter und wellen sich widerspenstig. Ich schätze ihn auf etwa dreiundzwanzig.

Da grinst er plötzlich über das ganze Gesicht, als wären wir alte Freunde. Ich blicke ihn verwirrt an.

„Tut mir leid wegen der Sicherheitsvorkehrungen, echt Leute. Das musste aber sein. Wir können uns nicht vollkommen sicher sein, ob unser Informant auch wirklich keinen Fehler gemacht hat. Obwohl ich zugeben muss, dass der Schneehase mein vollstes Vertrauen genießt."

Einen Moment sieht er aus wie ein stolzer Vater. Er zwinkert uns verschwörerisch zu, dann lacht er. Niemand setzt mit ein.

Der junge Mann wirkt heiter, ein völliger Kontrast zur Situation.

Geschwind fange ich mich wieder und verlange zu wissen: „Und warum sind wir hier? Was bringt es euch, zwei Kinder zu entführen?"

Ich finde die Frage mehr als berechtigt, doch mein Gegenüber gluckst amüsiert auf. Er scheint wirklich gut aufgelegt zu sein.

Böse blicke ich zurück. Er hat nicht das Recht, mich auszulachen, auch nicht, wenn ich gefesselt vor ihm sitze. Schon gar nicht dann.

„Ich habe doch schon gesagt, dass wir euch nichts tun wollen, das sind nur Vorkehrungen zu unserer Sicherheit. Keine Panik, euch passiert nichts", antwortet er immer noch im Plauderton, was mich mit der Zeit nervt.

„Vorkehrungen zu *eurer* Sicherheit? Warum? Weil zwei gefesselte Kinder den Schwarzalben so gefährlich werden könnten?", höhnt Ben herablassend.

Mit einem Mal wird mir klar, dass er recht hat.

Die Alben halten Abstand von uns, zeigen ihre Gesichter und Stimmen nicht und sind kampfbereit aufgestellt, nur der Sprecher nicht. Sie haben Angst vor uns. Vor zwei Teenagern.

Beinahe lache ich auf, kann mich aber noch rechtzeitig zurückhalten.

Der junge Mann zuckt ungerührt mit den Schultern und meint versöhnlich:

„Wir wissen viel von euch, aber nicht genug. Vor euren Kräften wurden wir gewarnt, weshalb wir sie abgestellt haben. Doch ihr

16

habt nichts zu befürchten, wir wollen nur nicht, dass jemand verletzt wird."

Unsere Kräfte wurden *abgestellt*? Wie ist das möglich? Das darf doch nicht wahr sein? Wie viel Angst muss man haben, um das zu tun?

„Wir haben keine Kräfte mehr? Sehen wir deshalb unschärfer? Hören weniger gut?", empört sich Ben ebenso geschockt, wie ich es bin.

Schön langsam scheint auch die Geduld des Sprechers zu schwinden.

„Dürfte ich euch jetzt endlich erklären, weshalb ihr hier seid? Ihr werdet schon bald genug alles erfahren, was ihr wissen müsst.

Gut, denn wir haben euch geholt, weil wir alarmiert wurden, ihr würdet über Informationen verfügen, welche euch in der Nähe der Lichtalben in Gefahr bringen würden.

Der Schneehase, einer unserer Spione in Alfheim, lässt nur von sich hören, wenn es sehr wichtig ist, und offensichtlich war er äußerst besorgt um euer beider Wohlergehen. Wir mussten schnell eingreifen und der Giftnebel war dazu bestens geeignet. Ich entschuldige mich vielmals für Unannehmlichkeiten, doch es war notwendig.

Unser Informant hat euch mit einer Nachricht in den Wald gelockt, alles zu eurem Schutz. Wir sind also nicht eure Feinde, ganz im Gegenteil: Wir wurden gebeten, euch zu retten."

Ich starre ihn mit offenem Mund an und kann es nicht glauben. Der Nebel, der Ben umgebracht haben sollte, war eine Rettungsaktion? Stammte die Nachricht tatsächlich von Kim oder war das eine Tarnung? Wer könnte die Schwarzalben informiert haben, dass wir Hilfe benötigen?

„Euch ist bestimmt vertraut, dass der Feind unseres Feindes bekanntlich unser Freund ist. In unserem Fall kommt da nur ein einziger Gegner der Lichtalben in Frage", höre ich Mailas Stimme wieder in meinen Ohren, als sie und Eleonore uns vorgeschlagen hatten, die Schwarzalben als Hilfe gegen die Lichtalben zu holen.

Ben und ich haben lautstark protestiert und abgelehnt.

17

„Granny und ich wissen nicht, wie wir Kontakt zu den Schwarzalben aufnehmen können. Wäre es einfach, so könnte es ja jeder. Ihr habt also noch etwas Zeit, seid jedoch gewarnt und vorbereitet. Lange wird die Veränderung nicht auf sich warten lassen", meinte Maila schließlich.

„Sie haben es also tatsächlich geschafft! Eleonore hat einen Weg gefunden, euch zu kontaktieren, richtig?", rufe ich erstaunt aus und fühle mich auf einmal erleichtert. Die Devants haben das hier organisiert. Also wird alles gut werden.

Auch Ben atmet erleichtert aus und entspannt sich sichtlich.

„Eleonore? Welche Eleonore?", fragt der Schwarzalb und sieht uns neugierig an.

„Eleonore Devant natürlich. Sie hat uns versprochen, sie findet einen Weg um mit euch in-", beginne ich, breche jedoch ab und Ben fährt misstrauisch fort: „Sie war es doch, oder? Sie hat euch geschickt?"

„Nein, eine Eleonore Devant kennen wir nicht", widerspricht der junge Mann ehrlich bedauernd. „Wir dürfen euch noch nicht verraten, wer unser Informant ist, doch sicherlich werdet ihr das bald erfahren."

Wir nicken niedergeschlagen.

Da befiehlt der junge Mann den anderen Alben, uns die Fesseln abzunehmen.

„Ihr greift uns doch nicht etwa an, oder?", lacht er.

Wir verneinen.

Der Schwarzalb, der die Seile um meine Handgelenke löst, hat schmale Hände und lange Fingernägel. Er riecht nach Frauenparfüm und um die hellbraunen Augen hinter der Sturmmaske kann ich Mascara auf den Wimpern sehen. Sie ist eine Frau, wie ich etwas verwundert feststelle, denn ich hatte sie vorher nicht näher angesehen.

Es ist fürchterlich nervig, plötzlich wieder menschlich zu sehen, nachdem man monatelang mit einem Blick alles bemerkt hat. Jede

18

Einzelheit, war sie auch noch so unauffällig. Ich fühle mich plötzlich blind und taub.

Als meine Fesseln zu Boden fallen, springe ich sofort auf und umarme Ben stürmisch. Er erwidert die Umarmung kurz und fest, bevor er sich wieder von mir löst. Ich merke, wie er mich ein Stück hinter sich schiebt, während er die Schwarzalben nicht aus den Augen lässt.

„Eine Frage hätte ich noch", beginne ich langsam, denn Eleonores Erwähnung hat mich an unser Versprechen ihrer Tochter gegenüber erinnert. „Gibt es hier einen gewissen Liam Hill?"

Ich merke, wie der Sprecher kurz innehält, bevor er nachhakt, ohne jegliche Heiterkeit in seiner Stimme: „Warum? Wie kommst du darauf?"

„Wir haben jemandem versprochen, ihn zu finden und soweit wir wissen, wollte er vor vielen Jahren zu den Schwarzalben fliehen", erklärt Ben und mustert den Schwarzalb eindringlich. „Kennst du ihn?"

Dieser schüttelt dennoch den Kopf, sodass seine Haare hin- und herfliegen. „Nein, nie gehört."

Damit scheint für ihn das Thema abgehakt zu sein und ich belasse es dabei. Nach Hill können wir auch später noch suchen, erst müssen wir alles andere regeln.

Wenig später sitze ich auf dem harten Bett in meinem Zimmer. Auch hier ist es eintönig grau und nur spärlich eingerichtet. Doch das stört mich nicht so sehr, wie die Tatsache, dass es ein Einzelzimmer ist, und Ben in ein anderes geführt worden ist.

„Übrigens denke ich, dass ich euch jetzt meinen Namen verraten darf", meinte der Schwarzalb, als er mich hierhergebracht hat und klang plötzlich wieder heiter. „Ich bin Ted! Schön, dich und deinen Freund kennenzulernen."

Dass Ben und ich nicht diese Art von Freunde sind, verbesserte ich nicht. Ich wollte meinen Namen ebenfalls nennen, aber Ted redete schon weiter, also ließ ich es bleiben. Er erzählte, dass wir nicht immer hierbleiben müssten, in diesem Zimmer.

„Anfängliche Vorkehrungen, du weißt schon", nannte er es. Er überprüfte auch, ob die Informationen, die der Informant übermittelt hatte, korrekt waren. Das waren sie. Er oder sie muss gut Bescheid wissen über Ben und mich. Sogar das Gedankenlesen und die Visionen waren nicht vergessen worden.

Ted meinte, wir würden, sobald alles geklärt sei, in Räumlichkeiten kommen, in denen wir unsere Magie wieder benützen könnten.

„Es ist Gas in der Luft, welches das Benützen von Magie in diesem Trakt verhindert. Das gilt für alle Alben, nicht nur für euch, was ich vermutlich nicht hätte erwähnen sollen ... aber was soll's. Der Informant war davon überzeugt, euch vollkommen trauen zu können. Muss ein wahrer Freund von euch sein."

Schließlich ließ er mich allein.

„Damit du dich schön ausruhen kannst", meinte er und zwinkerte mir vertraulich zu.

Von da an überlege ich hin und her, wie es weitergehen könnte. Ted ist zwar etwas gewöhnungsbedürftig, aber nett. Ich glaube, wir würden uns gut verstehen, sollten wir hier tatsächlich willkommen sein. Er ist überzeugt davon, dass wir bald richtig zu ihnen gehören. Ich bin nicht sicher.

Auch der Informant will mir nicht aus dem Sinn gehen. Wie wusste diese Person alles so genau über uns? Er oder sie muss uns lange beobachtet haben oder aber nahegestanden sein. Aber die wenigsten wussten über die Sache mit den Gedanken, von den Visionen ganz zu schweigen. Oder?

Traurig macht mich aber, dass wir scheinbar hier festsitzen und niemand von unseren Familien und Freunden weiß, was passiert ist. Oma und Opa werden sich schreckliche Sorgen machen und vermutlich auch noch Vorwürfe. Mum und Dad sicherlich ebenfalls. Sie werden erfahren, dass wir von Schwarzalben entführt worden sind, was die Sache für sie nicht erleichtern wird.

Feli wird möglicherweise nicht wissen, was los ist, da niemand auf die Idee kommt, dass sie die Lüge, die sich die Elfen zweifellos für unser Verschwinden ausdenken, nicht glauben wird. Sie wird denken, etwas sei im Gange und man hätte uns vielleicht beseitigt. Ich kann nur hoffen, Feli ist in Sicherheit und macht sich nicht zu viele Gedanken.

Amalia und Tante Emma werden völlig verwirrt sein und sich fragen, was wir ihnen hätten erzählen wollen, bevor wir entführt worden sind. Nun haben sie auch Ben verloren, sie werden am Boden zerstört sein.

Wie spät ist es überhaupt? Wie viel Zeit ist vergangen? Vielleicht sogar Tage? Welches Datum haben wir?

Gedankenverloren streiche ich mir über den Hals. Dort baumelt keine Kette mehr. Sie ist fort, seitdem ich hier bin, und obwohl es sich ungewohnt anfühlt, bin ich erleichtert.

Zumindest habe ich mein Armband noch. Es war ein Geschenk von Ben. Meine Finger gleiten pausenlos darüber, so fühle ich mich ihm näher. Wie gerne ich mit ihm sprechen würde ...

Nach einer Ewigkeit – es müssen Stunden vergangen sein – höre ich einen Schlüssel im Schloss. Dann geht die Türe auf. Ein asiatisch aussehender Mann – ich sehe nur seine mandelförmigen Augen, der Rest seines Gesichtes liegt verdeckt unter einer Sturmmaske – kommt herein, ein Tablett in den Händen. Er lächelt mich unter dem schwarzen Stoff an und ich sehe Mitleid in seinem Blick, aber auch etwas Aufmunterndes.

„Ich bringe Essen", verkündet er und kommt näher. „Du solltest etwas davon zu dir nehmen. Es ist nicht vergiftet und schmeckt auch, versprochen."

Ich nicke dankbar und nehme das Tablett entgegen, greife aber dennoch nicht zu.

Der Mann bleibt zögernd stehen und fährt sich mit einer gewaltigen Hand über den Stoff, als würde er sich durch die Haare fahren.

„Fast alle hier haben das durchgemacht, es gehört zur Aufnahmeroutine. Aber keine Sorge, es wird es wert gewesen sein, wenn ihr erst einmal aufgenommen seid, du und dein Freund."

Diesmal schenke ich ihm ein Lächeln und es kommt von Herzen. Der Asiate nickt mir noch einmal zu, dann wendet er sich ab und verlässt das Zimmer.

Ich hoffe, er hat recht, und es war ein Glück, dass die Schwarzalben uns zu sich geholt haben. Denn was das anbelangt, bin ich mir immer noch nicht sicher.

Das Essen ist tatsächlich nicht schlecht, die Tomatensuppe schmeckt sogar ziemlich gut. Sie ist noch warm und ich schlürfe sie in einem Höllentempo hinunter.

Nun ist zumindest der Hunger gestillt. Doch meine Glieder schmerzen immer noch und ich benötige dringend Schlaf. Diesem Bedürfnis möchte ich aber auf keinen Fall nachgeben, denn ich will um jeden Preis wach bleiben.

Ich wandere leise im Zimmer umher. Zumindest versuche ich es, in Wirklichkeit fühle ich mich wie ein Trampel, ein Elefant im Porzellanladen. Meine Schritte fühlen sich schwer und tollpatschig an. Zwar höre ich nicht so gut wie Elfen es normalerweise tun, aber selbst mir fällt meine Ungeschicklichkeit auf.

Meine Hand liegt auf der kühlen, bestimmt sehr dicken Wand und ich stelle mir vor, was Ben dahinter wohl gerade macht. Ich vermisse ihn ebenso wie meine Familie und Freunde, dabei ist er doch nicht weit entfernt.

Zumindest nicht von der Entfernung, die man sehen kann. In Wirklichkeit vermisse ich seine Anwesenheit in meinem Kopf, seine Stimme, wie sie mir – und nur mir – etwas mitteilt. Ich vermisse unsere Verbindung. Ohne ihr fühle ich mich klein und ängstlich. Alleine.

Nach einer Weile lege ich mich wieder auf das winzige Bett und starre an die Decke. Ich überlege, wie grotesk die Situation doch ist. Sie retten uns vor ihren Feinden und sperren uns dann weg. Zwar ist klar, dass wir ebenfalls bis vor kurzem zu den Lichtalben gehörten, aber sie hätten uns ja nicht holen müssen.

Zu welcher Seite gehören wir aber jetzt?

Wir sind weder Lichtalben noch Schwarzalben. Streng genommen sind wir ohne unsere Kräfte auch keine richtigen Elfen mehr. Menschen aber auch nicht. Wir sind schlicht Ben und Lea, verloren in einer schwindelerregenden Lüge, die weiter reicht, als man ahnen würde.

Erschrocken fahre ich hoch. Immer noch sitze ich in dem Zimmer. Alleine. Das Tablett ist verschwunden, stattdessen steht nun ein Obstteller bereit und etwas zu trinken. Wasser nehme ich an.

Ärgerlich komme ich auf die Beine. Ich bin doch tatsächlich eingeschlafen! Ich trete von einem Fuß auf den anderen und frage mich, wo ich eine Toilette finde könnte.

„Hallo? Ist da jemand?", rufe ich und hämmere ungeduldig gegen die Türe. „Ich müsste mich dringend mal entleeren, wenn das bitte möglich ist."

Da höre ich wieder einen Schlüssel und warte erleichtert, dass die Türe aufgeht. Eine Frau, ebenfalls unter einer schwarzen Sturmmaske versteckt, führt mich durch die Gänge zu einer Toilette, wartet dort unmittelbar vor der Türe, und geleitet mich später wieder zurück.

Ich bedanke mich höflich, doch sie blickt mich nur schweigend an und geht dann wieder. Ich mache mich über das Obst her und lasse es mir schmecken. Anschließend schlafe ich ein wenig. Ich habe beschlossen, dass ich ausgeruht sein sollte, da die Schwarzalben scheinbar nicht vorhaben, mir etwas anzutun.

So geht es dahin, ich esse und trinke, schlafe und wandere durch das Zimmer. Man bringt mir Stärkung, lässt mich aber nur nach draußen, wenn ich ein dringendes Bedürfnis verspüre. Ab und an kann ich duschen gehen und Zähne putzen darf ich nach jeder Mahlzeit. „Wir wollen doch nicht, dass du Karies bekommst, Schätzchen!", so Ted.

Doch selbst dann werde ich bei jedem Schritt überwacht. Ich beschwere mich nicht darüber, sondern folge brav den Regeln und Vorschriften.

Ben habe ich seit ich hier bin nicht mehr gesehen. Das Zeitgefühl habe ich vollkommen verloren. Ich zähle die Mahlzeiten nicht mehr, es hat keinen Sinn. Vielleicht bin ich ein paar Tage hier, vielleicht bereits einige Wochen. Ich weiß es nicht mehr und es interessiert mich auch nicht.

Anfangs habe ich versucht, die Alben auszufragen. Ich wollte wissen, welches Datum wir hätten, wie spät es sei, wo ich sei und vieles mehr. Antworten habe ich fast nie bekommen, weshalb ich schließlich aufgegeben habe.

Einige Male noch habe ich Ted gesehen, doch auch er schweigt, wie alle anderen. Zwar tut es ihm sichtlich leid, mir nicht weiterhelfen zu können, doch das Einzige, das sie alle betonen, ist, dass beinahe jeder diese erste Zeit überstehen müsse und dass es besser werde.

„Wann? Wie lange muss ich noch hier sitzen?", wollte ich wissen, doch das konnte oder wollte mir keiner von ihnen beantworten. Es war frustrierend, aber ich habe mich damit abgefunden, habe aufgehört, zu schreien, wenn ich mich besonders einsam fühle.

Jede Nacht, oder wann auch immer ich eben schlafe – ich glaube nicht, dass ich das in der Nacht tue – werde ich von Albträumen gequält. Ich beiße die Zähne zusammen, wiege meinen Oberkörper, umschlungen von meinen Armen, vor und zurück und flüstere mir selbst zu, dass ich bald zu ihnen gehören werde. Ben und ich, wir werden akzeptiert werden und wieder eine Familie haben.

Ich sitze im Schneidersitz in meinem Bett und werfe die Kirschkerne, Apfelkerne und was ich sonst noch so habe gegen die Wand gegenüber. Das Grau ist schmutzig und ich versuche, meine Geschosse stets auf einen ganz bestimmten Fleck zu werfen.

So vertreibe ich mir die Zeit. Anfangs habe ich noch gezählt, doch das wird nach so vielen Stunden langweilig. Ich habe gelernt, mich zu beschäftigen. Das ist hier sehr wichtig. Ansonsten würde ich verrückt werden. Würde zu viel an mein altes Leben denken. Meine Familie. Feli. Amalia und Erik. Ich vermisse sie so sehr, dass es schmerzt.

Ich muss mich ablenken.

Gerade werfe ich einen kleinen Pfirsichkern, als sich der Schlüssel auf der anderen Seite der Türe im Schloss dreht. Ich sehe nicht auf, vermutlich bringt man mir wieder Essen.

Pling. Mein Kern trifft auf den Fleck – ich habe schon so oft geworfen, dass ich mittlerweile immer treffe – und ich greife nach dem nächsten. Es ist ein Kirschenkern. Pong.

„Lea?", spricht mich jemand an. Die Stimme kommt von der Türe.

Ich kenne sie nicht, also sehe ich nicht auf, sondern lange wieder zu meinen Geschossen, um ein neues zu schießen. Ein Stöhnen beurteilt meine Unhöflichkeit.

„Es ist so weit, wir wollen mit dir sprechen", verkündet die Stimme.

Endlich wende ich mich ihr zu. In der Türe steht eine Gestalt mit einem Schlüssel in der behandschuhten Hand und wartet auf mich.

Geduldig verharrt der Schwarzalb mit den dunklen Augen und der karamellfarbenen Haut, bis ich mich erhoben habe, und in seine Richtung wanke. Die Frau schenkt mir kein Lächeln, wie die meisten der Alben, sondern wendet sich zum Gehen.

Ich folge ihr durch die Gänge und bin überrascht, keine Augenbinde oder Fesseln angelegt zu bekommen. Bisher hat man das auch nicht getan, aber da ging ich auch nur zu einem Bad, unweit von meinem Zimmer.

Diesmal möchte man wirklich mit mir sprechen, mir vermutlich Fragen beantworten und mit etwas Glück gehöre ich dann auch zu ihnen.

Und Ben? Werde ich ihn endlich wiedersehen?

Meine Brust zieht sich zusammen vor Sehnsucht und ich stolpere schnell weiter.

Schon nach kurzer Zeit sind wir an unserem Ziel angelangt. Einige Alben mit schwarzen Stoffen über den Köpfen öffnen eine schwere Türe. Darunter ist der Asiate, welcher mir schon oft das Essen gebracht hat. Er hat mir sogar seinen Namen anvertraut, was uns sozusagen ein wenig zu Freunden gemacht hat.

Ich lächle Hiroshi Yar nervös zu und er erwidert es ermutigend. Dabei wirkt er fast fröhlich. Sogleich fühle ich mich besser.

Meine Begleiterin deutet mir, in den Raum hinter der schweren Türe einzutreten.

Ich zögere.

Erst, als Hiroshi Yar mir auffordernd zunickt, folge ich der Anweisung und betrete mein neues Leben.

Kapitel 2

In dem Raum ist die Einrichtung ebenso spärlich wie in den Gemäuern, in denen ich bisher war, allerdings ist das Licht hier heller. Das Zimmer wirkt leer, beinahe provisorisch. Ganz anders, als ich es von den Lichtalben in Alfheim gewohnt bin. Diese erschaffen ihre Welt liebevoll mit vielen Dekorationen und wunderschönen Details.

Ich schlurfe in den grauen Raum hinein und sehe mich blinzelnd um. Weiter hinten steht ein länglicher Tisch, dahinter sitzen einige Gestalten.

Ich gehe ungeschickt darauf zu, hinter mir die Alben mit den schwarzen Sturmmasken. Jetzt weiß ich zumindest, woher sie ihren Namen haben. Er passt tatsächlich ziemlich gut.

Meine Augen tränen ein bisschen, haben sich aber im Großen und Ganzen bereits an das hellere Licht hier drinnen gewöhnt. Mir ist vorher nie aufgefallen, wie düster es bei den Schwarzalben immer war.

„Lea Körner alias Elea O'Brien, setz dich bitte", begrüßt mich eine zierliche Frau freundlich.

Als ich mich auf den Stuhl auf meiner Seite des Tisches zubewege, höre ich hinter mir, wie die schwere Türe erneut aufgeht. Ich drehe mich um und da sehe ich ihn das erste Mal seit Ewigkeiten – und erstarre.

Sein schwarzes Haar fällt ihm strähnig in das einst so wunderschöne Gesicht. Er ist über und über mit Schmutz bedeckt. Doch das ist nicht die wirkliche Veränderung. Ich sehe bestimmt fast ebenso verwahrlost aus.

Was mich aber schockiert, sind seine Gesichtszüge, die Art, wie er sich bewegt, sein Blick, wie er sich umsieht. Seine Augen sind dunkel, wie ich sie noch nie gesehen habe und funkeln gefährlich. Sein Gesicht war nie so angsteinflößend.

Es ist nicht mehr der Ben, den ich kenne und liebe, sondern jemand anders, zu dem er durch das Geschehene geworden ist. Ich sehe die Veränderung deutlich an der Haltung, dem wachsamen bösen Blick, der blassen Haut unter dem Dreck. Blinzelnd tritt Ben näher und lässt seine dunklen Augen durch den Raum wandern. Da fällt sein Blick auf mich und er stockt. Er starrt mich entgeistert an, dann wendet er die Augen ab und geht weiter, als wäre ich nicht da.

Er hat viel durchgemacht, man kann es ihm nicht vorhalten. Er ist ebenso froh, mich zu sehen wie ich. Möglicherweise ist er geschockt, mich so fertig zu sehen.

Ben stellt sich neben mich, nicht so eng wie früher manchmal, aber dennoch nah genug, um mir zu zeigen, dass er da ist, an meiner Seite.

Sein Blick ist starr auf die Alben gerichtet und auch ich sehe wieder zu ihnen. Sie alle haben ihre typischen Masken auf und blicken schweigend zu uns. Wir setzen uns auf die beiden Stühle, die parat stehen. Sie sind ungemütlich, aber das ist mir egal. Ben ist bei mir, wir sind dabei, Antworten zu bekommen, und bald gehören wir zu der Gruppe von Alben, die uns gerettet hat. Alles wird gut werden.

„Benjamin Carter, schön, dass du nun deine anfänglichen Schwierigkeiten überwunden hast, und wir mit euch sprechen können", beginnt die zierliche Frau.

Sie sitzt uns gegenüber und ist vermutlich die, die das Sagen unter den anderen hier versammelten Alben hat.

Ich mustere Ben von der Seite, sein Kiefer ist angespannt, seine Wangen eingefallen. Hat er Probleme gemacht? Musste diese Sitzung aus diesem Grund weiter nach hinten verschoben werden als vorgesehen?

„Nun, als erstes möchte ich nun von euch wissen, ob ihr uns vertraut?", spricht die Frau weiter und blickt uns eindringlich an.

Mein Kopf nickt automatisch, als Ben den Mund öffnet und das erste Mal spricht:

„Nein, natürlich nicht."

Entgeistert starre ich ihn an. Seine Stimme klingt hart und kalt, mit unterdrücktem Zorn. Warum macht er das? Will er, dass man uns tötet?

Doch die Frau gegenüber lacht nur amüsiert und erwidert dann wieder ernst: „Das ist auch gut, so sollte es sein. Wenn eines im Leben wichtig ist, dann die Tatsache, dass ihr niemandem trauen dürft. Macht gemeinsame Sachen mit Leuten, wenn es euch gelegen kommt, aber schenkt ihnen niemals euer Vertrauen."

Verwundert nicke ich, als Zeichen, dass ich sie verstanden habe, und die Schwarzalbe spricht weiter:

„So, nun wollen wir euch kennenlernen. Wir müssen alles über euch erfahren, um euch einschätzen zu können. Seid jedoch gewarnt, wir haben bereits unsere Informationen, also lasst nichts Wichtiges aus."

„Ich bin Lea Körner, ich bin noch nicht allzu lange eine Elfe. Meine Elemente sind Wasser und Luft. Ich bin eine Aloise, Zeitenwanderin und Partnerin eines Gedankenwanderers", beginne ich aufzuzählen, was mir einfällt.

Ich fühle mich wie bei einem Verhör und möchte nicht lügen, keinesfalls, egal, was sie mich fragen.

Nun erzählt auch Ben von sich, wenn auch etwas widerwillig. Ich achte darauf, dass er nichts auslässt, doch auch er hält sich an die Warnung und vergisst nichts absichtlich.

„Wie habt ihr euch die Lichtalben zum Feind gemacht?"

„Wir begannen, an dem Tod zweier Elfen zu zweifeln, und fanden schließlich heraus, dass sie nicht von euch Schwarzalben, sondern von den Lichtalben umgebracht wurden."

„Um wen handelte es sich dabei?"

Ich werfe Ben einen vorsichtigen Blick zu. Er sieht nicht zu mir, also spreche ich weiter: „Um Valerie und Lucian Carter, Bens Eltern. Sie waren Lichtalben, fanden aber etwas heraus und wandten sich an euch. Sie haben es nicht geschafft, zu fliehen."

„Was habt ihr gemacht?"

„Wir forschten weiter nach und fanden noch einiges heraus, zum Beispiel, dass man uns alle über unsere Ketten abhört. Wir unterhielten uns nur noch in Gedanken, aber es war zu spät und sie wussten bereits, dass wir dabei waren, ihre Geheimnisse herauszufinden. Hilfe bekamen wir von einer menschlichen Familie, die über all dies Bescheid wusste."

„Wer?", wirft die Frau ein und obwohl sie nicht verwundert klingt, kommt es mir so vor, als wäre das für sie neu. Sie wussten also tatsächlich nichts von den Devants.

„Warum sollten wir euch alles verraten? Wir dürfen euch schließlich nicht vertrauen, was wir auch so nicht tun würden", kommt mir Ben zuvor und mustert die Frau, die ungeniert zurückstiert.

„Weil ihr keine Wahl habt. Seid froh, dass wir vernünftig mit euch reden wollen", erwidert sie mit einer Stimme, die keinen Widerspruch duldet.

„Die Devants, sie wissen alles über Elfen, gaben jedoch nur wenig an uns weiter. Sie sind aber durch die Informationen in Gefahr", meine ich mit dem Hintergedanken, auch den Devants helfen zu können. Liam Hill erwähne ich nicht noch einmal.

„Devants?", mischt sich nun zum ersten Mal einer der anderen vier Alben am Tisch ein.

Ich nicke, doch die Anführerin schneidet mir das Wort ab, bevor ich den Mund auch nur öffnen kann.

„Gut, mit diesen Aussagen sind wir zufrieden. Euch beiden sollte aber klar sein, dass ein Verstoß gegen Regeln Konsequenzen mit sich bringt und ihr euch an die Vorschriften zu halten habt."

Sie sieht uns prüfend an und Ben und ich nicken artig. Ihr strenger Blick mildert sich etwas und dann verkündet sie feierlich: „Dann willkommen bei den Schwarzalben!"

Ich starre sie freudig überrascht an, ich dachte nicht, dass es so schnell geht. Da nehmen die Alben im Raum ihre Masken ab und entblößen ihre Gesichter.

Die Frau, die gesprochen hat, hat gebräunte Haut und dunkles Haar, durchzogen von grauen Strähnen. Sie sieht älter aus, als ich erwartet habe, aber noch voller Energie. Ihre grünbraunen Augen bilden einen starken Kontrast zu ihrer Erscheinung, da sie recht hell wirken und dadurch noch mehr herausstechen als mit der Sturmmaske.

Die anderen lächeln uns aufmunternd zu, manche mit Respekt. Lediglich ein Elf starrt uns nur ernst an, als wolle er uns mit seinem Blick durchbohren. Ich blicke schnell weg. Da fällt mir ein Schwarzalb mit hellem Haar und blauen Augen auf. Seine Gesichtsform ist markant und ich hätte sie überall wiedererkannt.

Mein Lächeln weicht einem geschockten Ausdruck, während ich ihn anstarre. Ich habe ihn schon einmal gesehen und die Begegnung beinahe schon wieder vergessen. Doch nun ist sie wieder da, ganz eindeutig.

„Ich kenne dich!", rutscht es mir heraus und alle schauen mich an. „Du warst in meinem Garten, hinter dem Apfelbaum!"

Ich merke selbst, dass es anklagend klingt, nicht so taff, wie ich es sagen wollte.

Der Elf lächelt entschuldigend: „Ja, das stimmt, ich war dort wegen einer Mission. Tut mir leid, dass ich dich erschreckt habe."

Seine Stimme kommt mir bekannt vor und mir fällt ein, dass er es war, der vorhin nach den Devants gefragt hat.

Dann wendet er sich an die Frau in der Mitte: „Ich muss jetzt los, mein Bruder wartet bestimmt schon."

Sie nickt und der Elf erhebt sich und eilt hinaus.

„Mein Name ist übrigens Pamela Peters", stellt sich die gebräunte Frau vor und deutet auf die Frau am linken Ende des Tisches. „Das ist Andrina Fuchs und sie wird euch in der Anfangszeit helfen. Eine Woche lang dauert eure Eingewöhnungsphase, in der ihr die Neuen seid. Erst dann wird man euch als eine und einen von uns anerkennen."

Sie nickt Andrina zu und diese erhebt sich und deutet uns, ihr zu folgen. Sie hat rotes Haar und einen Pony, ihre Augen sind braun und groß wie die eines Rehs. Sie sieht hübsch aus und ich mag sie auf Anhieb.

Andrina führt uns aus dem Raum, aber durch eine andere Tür, als die, durch die wir gekommen sind. Dort ist es ebenfalls hell. Was jedoch am meisten auffällt, ist die Welle aus Magie, die über uns drei zusammenbricht.

Endlich sehe ich wieder normal, kann hören und riechen. Es fühlt sich wunderbar an, als wäre ich neugeboren. Die Magie strömt wieder durch mein Blut und ich nehme sie gierig auf, spüre sie in allen Gliedern meines Körpers.

Hey, Elfenmädchen!, höre ich Bens Stimme wieder in meinem Kopf.

Mein Herz macht einen Luftsprung. Ich sehe ihn an und er erwidert mein breites Grinsen.

Es fühlt sich fast an wie früher, doch mit den Gedankengesprächen ist auch das Gedankenlesen gekommen. Wir sehen unsere Gedanken gegenseitig fast automatisch, wenn der andere sie nicht verschließt.

Ich sehe aus Bens Augen, wie er alleine, völlig verloren in einem düsteren Raum hockt. Das Essen steht in der Ecke, er versucht, es nicht anzurühren. Er hat schreckliche Angst, um sich, aber viel mehr um mich und Ammi.

Er schämt sich, uns alleine gelassen zu haben, und ist wütend auf sich und die Elfen. Es geht im schlecht, sehr schlecht. Verzweiflung schreit aus seinen Erinnerungen und es tut mir im Herzen weh. Ben wendet den Blick ab und ich ziehe mich aus seinen Gedanken zurück.

Hier sieht man niemanden, der eine Sturmmaske über den Kopf gezogen hat. Alle, an denen wir vorbeikommen, mustern uns unverhohlen, nur sehr wenige lächeln uns aufmunternd zu.

In den Korridoren sieht es überall gleich aus, nirgendwo kann ich Dekoration oder etwas anderes erkennen, das für Abwechslung sorgen würde. Keine Bilder an den grauen Wänden, keine Pflanzen oder Tischchen, nichts. Nur Türen in regelmäßigen Abständen, alle schauen gleich aus: eintönig grau, matter Türknauf und ein elektronischer Kartenleser, der daneben an der Wand angebracht ist.

Ich frage mich, wie ich mich hier jemals zurechtfinden soll.

Nach einiger Zeit bleibt Andrina stehen und verkündet aus heiterem Himmel: „Es gibt keine Doppelzimmer, tut mir leid. Aber ich bin sicher, zwei Räumlichkeiten nebeneinander tun es auch." Wieder verbessern weder ich noch Ben sie, dass wir kein Paar sind.

Wir folgen Andrina ein paar Treppen nach oben und durch ein Labyrinth aus Gängen, bis sie erneut anhält. Ich sehe sie erwartungsvoll an und frage mich, wie sie sich sicher sein kann, dass dies die richtige Stelle ist.

Andrina scheint jedoch zu wissen, was sie tut. Sie holt zwei kleine Karten aus der Tasche ihrer olivfarbenen Hose, die um ihre Beine flattert. Das seien die Schlüssel zu unseren Zimmern, erklärt sie.

Sie wirft einen Blick auf ihre schwarze Sportuhr, zumindest sieht es aus wie eine. Mir fällt auf, dass sie das beinahe minütlich tut. Wenn nicht noch öfter. Ob sie eine Sportlerin ist? Genügend trainiert dafür sieht sie jedenfalls aus.

Unter dem weißen Top, welches sie trägt, kann ich die starken Schulter- und Rückenmuskeln sehen. Tatsächlich habe ich noch niemanden hier gesehen, der nicht total sportlich aussieht.

Andrina zeigt uns die beiden Türen zu unseren Zimmern, aber ich bin sicher, sie nie wiederfinden zu können, sollte ich sie je verlassen.

„Sie sind nicht besonders, aber reichen. Nach einiger Zeit hier werdet ihr euch dennoch in euren Räumen zuhause fühlen. Sie sind euer privater Rückzugsort und dafür eignen sie sich gut."

Sie hält eine der Karten vor das Gerät neben der Wand und ein Signalton, gefolgt von einem leisen Surren, gibt uns zu verstehen, dass die Türe geöffnet ist. Als wir Andrina über die Schwelle folgen, bin ich nicht überrascht, keine anderen Farben außer grau zu sehen.

Alles ist schlicht gehalten, woran ich mich immer noch nicht so ganz gewöhnt habe. Es gibt ein schmales Bett, einen kleinen Kasten und einen winzigen Schreibtisch. Ein Fenster gibt es nicht, nur den Fensterrahmen mit Vorhang und eine weitere Türe führt zu dem kleinen Bad.

Der Raum wirkt nicht sehr einladend, doch schon um einiges besser als der vorherige. Es sieht alles sauber aus, sehr sauber, keine Flecken oder nicht einmal Staub kann ich erkennen.

Andrina steuert auf den Schreibtisch am Fake-Fenster zu, auf dem eine Mappe liegt.

„Welches Datum haben wir?", frage ich sie und hoffe, endlich eine Antwort auf eine so simple Frage zu erhalten.

Bevor Ben und ich zu den Schwarzalben kamen, war Sonntag, der 21. November. Ich schlief bei den Carters, weil ich nach einer Party in Alfheim eine schreckliche Vision hatte. Darin war Ben gestorben. Meinetwegen und aus diesem Grund ging es mir nicht gut und ich ging in dieser Nacht nicht nach Hause.

Doch das fühlt sich an, als wäre es schon ewig her, so weit weg.

„Der 18. Dezember, ein Mittwoch", gibt Andrina zurück. Ich starre sie an und auch Ben horcht auf.

„Der- was?", stößt er erschrocken aus. Er murmelt etwas von „Fast ein ganzer Monat."

Mir wird schwindelig.

Bald ist Weihnachten und ich bin nicht bei meiner Familie. Ich gelte vermutlich als entführt, was nicht so weit hergeholt ist und die Polizei fahndet nach mir.

Ich wanke leicht und muss mich an der Wand stützen.

Während wir die Nachricht noch verdauen, langt Andrina nach der Mappe und scheint etwas zu suchen.

„Okay, hört zu, das ist nun wichtig", verkündet sie und fährt fort: „Wir haben hier einen sehr geregelten Ablauf, den solltet ihr auswendig lernen, nur zur Sicherheit. Später bekommt ihr Erinnerungen auf eurer Watch. Die bekommt jeder, wenn er zu uns gehört, in einer Woche also. Bis dahin müsst ihr selbst wissen, wann ihr wo sein müsst.

Ein Plan ist auch hier in der Mappe, aber noch kein vollständiger, damit ihr nicht abhauen könnt. Würde euch aber ohnehin nicht gelingen, sage ich euch gleich.

Die Regeln verinnerlicht ihr bitte auch. Sie sind wichtig. Allgemein steht in dieser Mappe alles drinnen, was ihr wissen müsst. Noch Fragen?"

„Wo sind wir?", erwidert Ben und blickt zu dem Fake-Fenster. Auch ich würde das nur zu gerne wissen, doch Andrina meint: „Na gut, ich habe mich falsch ausgedrückt: Noch Fragen, die ich beantworten darf?"

„Ja, wer ist hier die Königin, die diese Vorschriften aufstellt?", giftet Ben mürrisch zurück.

Was kann man uns denn sagen? Nichts! Wir erfahren gar nichts, da war ich sogar bei den Lichtalben noch besser involviert, beschwert er sich, aber ich weiß, dass er nicht zurück möchte, ebenso wenig wie ich. Wir werden hier versorgt, haben nichts zu befürchten.

Wir sind neu, es wird besser werden, beruhige ich ihn.

„Wir haben keine Königin", erwidert Andrina kühl. „Gut, ich werde jetzt gehen und euch abholen, wenn ihr zum Essen oder Ähnliches müsst."

Mit diesen Worten deutet sie Ben, mit ihr zu gehen, immerhin muss er in sein eigenes Zimmer.

An der Tür blickt er sich nochmals nach mir um. Ich lächle ihn an und stecke so viel Zuversicht in meinen Blick wie möglich. Tatsächlich heben sich auch Bens Mundwinkel etwas. Dann ist er fort. Schon wieder.

Dennoch hat mir der letzte Moment Hoffnung gegeben, dass nun alles besser werden kann. Man wird sich um uns kümmern und es wird uns gutgehen. Davon bin ich nun beinahe überzeugt.

Lea? Bens Stimme klingt etwas unsicher und ich weiß, dass es mehr ist, als die Frage, ob ich da sei. Er möchte sich damit überzeugen, dass ich noch für ihn da bin, ob es werden kann wie früher.

Ja, ich bin da.

Ab da sprechen wir wieder in Gedanken und es fühlt sich tröstend an.

Ben ist das Einzige, das ich von meinem alten Leben mitnehmen konnte. Ansonsten habe ich nichts, das mich daran erinnert. Nicht einmal unsere Klamotten dürfen wir behalten, so steht es in der Mappe. Wir bekommen unser Gewand von hier, das andere wird abgeholt, wenn wir das erste Mal den Raum verlassen.

Nein, ich kann das nicht alles weggeben. Das bringe ich nicht übers Herz, überlege ich, als ich umgezogen vor dem Haufen stehe. Ein verstörend kleiner Haufen Vergangenheit.

Ohne weiter nachzudenken, lasse ich geschwind einen Socken mitgehen, als ich das Gewand zur Seite schiebe.

Ich stecke ihn in eine Tasche meiner – natürlich grauen – Schlabberhose. Die Hose ist mir zu groß, ebenso wie das T-Shirt, es muss eine Einheitsgröße sein. Ich fühle mich darin ein bisschen verloren, rede mir jedoch ein, dass ich mich an alles gewöhnen werde. Ich werde bestimmt bald Freunde haben und mich mit allem auskennen.

In der Mappe steht, dass es in der ersten Woche strengere Regeln gibt. Man darf uns in dieser Zeit viele Informationen noch nicht anvertrauen, danach gibt es bei den Schwarzalben jedoch keine Geheimnisse, was sich schon mal gut anhört, wie ich finde.

Was mir sogleich auffällt, ist die schlichte Uhr, die an der Wand hängt. Es ist neun Uhr morgens, was bedeutet, dass das letzte Essen in meinem früheren Zimmer also ein Frühstück war.

In den Schubladen sind bereits ein paar Sachen, die jetzt mir gehören sollen. Im Badezimmer gibt es Zahnbürste, Kamm, Zahnpasta und einen Becher. Am Schreibtisch ist ein Kugelschreiber zu finden und unter dem Kissen im Bett entdecke ich einen Pyjama, die Farbe versteht sich von selbst.

Während ich mich gründlich umsehe, suche ich ein Versteck für meine Socke, doch ich kann kein geeignetes finden. Unter meinem Kissen beim Pyjama kommt es mir zu unsicher vor, ich weiß nicht, ob man mein schmutziges Gewand irgendwann holt, oder ob ich es in einen Waschraum bringen muss.

In der Mappe steht nur, dass wir in der ersten Woche unser Zimmer nicht eigenständig verlassen dürfen, nur zum Beispiel, um zum Essen zu gehen. Aber das geht auch gar nicht, ich habe es probiert. Ohne Schlüsselkarte kann ich den Raum nicht verlassen. Und diese hat Andrina mitgenommen.

Schließlich entscheide ich mich dafür, dass mein Bett doch das beste Versteck ist. Ich stecke den Socken unauffällig in den Kissenbezug. Man weiß nie, ob nicht doch irgendwo Kameras sind oder man anderswie bewacht wird. Vielleicht bin ich auch paranoid, doch das ist mir gleich. Ich weiß nun, wozu Leute – Menschen sowie Elfen – fähig sind.

Es ist exakt dreiviertel zehn, als ich das Surren höre. Ich schrecke hoch, ich habe mich eben mit Ben unterhalten. Ein völlig belangloses Gespräch, sehr gewöhnlich.

Niemand öffnet die Türe, niemand kommt herein. Aber ich verstehe auch so. Ich soll hinausgehen, Andrina wartet am Korridor auf uns, Ben und mich.

Als ich auf den Gang trete, erblicke ich sie und daneben Ted. Seine Augen strahlen gut gelaunt und sein Lächeln ist breit. Ich freue mich, ihn zu sehen, in seiner Nähe erscheint die Situation nicht so schrecklich und ausweglos.

„Ben, Lea, toll, euch zu sehen", begrüßt er uns ehrlich erfreut. Auch Ben ist aus seinem Raum getreten. „Gefallen euch eure Räume?"

Ted erwartet zum Glück keine Antwort, er spricht gleich weiter: „Gut, dann zeigen wir euch jetzt die Übungsräume. Schwarzalben sind gut in Form, richtige Kampfmaschinen. Ihr werdet staunen."

Ted redet munter darauf los und wir hören ihm gespannt zu.

Schon kurz danach sind wir an unserem Ziel. Ich habe einen längeren Weg erwartet und bin beinahe schon enttäuscht. Doch dann führen uns Andrina und Ted in eine riesige Halle und mir bleibt die Luft weg.

Mit Fußball kenne ich mich zwar nicht so gut aus, aber dieser Saal macht die Größe eines Fußballplatzes sicherlich zu einer kleinen Badezimmerfliese. Er muss mindestens fünfzig Mal so groß sein. Die Decke ist so hoch oben, dass der Raum wirkt, als wäre er im Freien.

„Wow", entfährt es mir und ich zwinge mich, ein paar Schritte zu machen, um nicht wie angewurzelt stehenzubleiben.

Ich kann mir nicht vorstellen, wozu man einen solch kolossalen Platz benötigt.

„Wie ist das möglich?", möchte auch Ben wissen, aber es ist eine ernsthafte Frage. „Wie viele Stöcke ist das hier hoch? Wie könnt ihr euch verteidigungsmäßig leisten, solch große Gebäude zu bauen? Sollte das hier euer Versteck sein, wovon ich stark ausgehe, dann müssten die Lichtalben doch wissen, wo ihr steckt, oder nicht?"

Darüber habe ich nicht nachgedacht, aber jetzt, wo er es anspricht, merke ich, dass er recht hat. Die Lichtalben wissen nicht, wo das Hauptquartier der Schwarzalben ist, doch bei einer solch beachtlichen Größe ist das höchst unwahrscheinlich, oder?

„Es ist weniger hoch, sondern viel eher tief", widerspricht Andrina. Sie klingt stolz auf ihre Heimat und etwas bissig, als hätte Ben sie beleidigt. „Die Lichtalben wissen tatsächlich nicht, dass das hier existiert und das wird auch so bleiben. Sie vermuten zwar, dass unser Versteck riesig und unter der Erdoberfläche ist, aber sie konnten es nicht aufspüren."

Nun sehe ich die Größe mit ganz anderen Augen, wir sind nicht hoch über dem Erdboden, sondern tief in der Erde. Das hätte ich mir denken können. Aus diesem Grund gibt es keine richtigen Fenster, nur künstliches beziehungsweise magisches Licht. Es macht alles Sinn, so verstecken sich die Schwarzalben, in der Dunkelheit. Einfach genial.

„Das ist außergewöhnlich", staune ich und da ist Andrinas Laune wieder hergestellt.

Ted fragt, ob wir ein paar trainierende Alben sehen wollen und wir sagen aufgeregt zu.

Wir durchqueren die Halle zu viert im Elfentempo, bis wir zu einer Gruppe von etwa dreißig Schwarzalben kommen. Sie alle führen unterschiedliche Übungen aus, die allesamt kompliziert aussehen. Es ist eine Mischung aus Spitzensportlertraining und Magieunterricht und wahrlich beeindruckend.

Ich beobachte ein Mädchen, das aus dem Stand so weit hochspringt, dass menschliche Augen ihm nicht mehr folgen könnten. Elfen können zwar fliegen, aber dieses Mädchen springt tatsächlich, sie nutzt nicht ihre Flugkraft, das steht fest. Ein anderer läuft mit einigen Freunden die Wand auf und ab und es sieht aus, als spielten sie fangen. Faszinierend sind auch zwei Alben, die miteinander kämpfen, jedoch schneller und stärker als ich es mir vorstellen könnte.

Die Frau setzt einen präzisen Schlag, schneller, als ich schauen kann, ist ihr Gegner aber schon ausgewichen und steht nun hinter ihr. Sie wirbelt zu ihm herum und ihre Beine fliegen durch die Luft. Ich brauche einen Moment, bis ich begriffen habe, dass sie gesprungen ist.

Doch wenn ich gedacht habe, der Mann sei besiegt, habe ich mich getäuscht, denn er ist nicht mehr am Boden, sondern über ihr in der Luft und lässt sich hinunterfallen, direkt auf sie zu. Die Frau rollt sich zur Seite und schwingt am Boden das Bein herum, sodass ihr Gegner bei der Landung schwankt.

Ich reiße meinen Blick von dem übernatürlichen Kampf los und lasse ihn über die anderen Schwarzalben gleiten. Sie scheinen alle genau zu wissen, was sie tun, und wie sie ihre Kräfte, die menschlichen ebenso wie die fantastischen, punktgenau einsetzen.

Da fällt mir ein Mann in der Mitte des Geschehens auf, der Anweisungen gibt und Kritik äußert, wenn er etwas entdeckt, das ihm nicht zusagt. Er wirkt missmutig und schlecht gelaunt, als würden alle anderen ihm auf die Nerven gehen, weil sie alles falsch machen.

Doch der Folgsamkeit der anderen zufolge, hat er nicht nur das Sagen, sondern auch ihren Respekt. Sie stellen seine Empfehlungen nicht in Frage, sondern führen sie so sorgfältig wie möglich aus.

Der Mann hat dunkles Haar und braune Augen, seine Miene ist finster und streng und seine Lippen sind zu einem schmalen Strich gepresst. Seine lange Nase ist markant und ragt aus dem spitzen Gesicht. Doch er sieht gut aus, durchtrainiert und ist vermutlich selbstbewusster als ihm guttut.

In diesem Augenblick erkenne ich ihn wieder, nicht nur von der Sitzung mit Pamela Peters. Auch dort hat er seine schlechte Laune zur Schau gestellt, weshalb er mir im Gedächtnis geblieben ist. Wie er dort vorne mit seinen scharfen Augen alles sofort im Blick hat und Kommandos bellt, erinnert er mich an jenen Tag. Einen längst vergangenen Tag, jedoch kein Stück vergessen. Oh nein. Niemals könnte ich das vergessen.

Da entdeckt er uns und wirft uns einen düsteren Blick zu.

„Das ist Markus Kellan, vor ihm sollte man sich anfangs in Acht nehmen", erklärt Ted, als hätten wir das noch nicht längst kapiert, und nickt in seine Richtung.

Dann verkündet er, wir müssten weiter.

Doch für den Rest der Führung habe ich nur mehr Markus Kellan vor Augen, wie er mit seinen Männern mir gegenübersteht, grimmig wie er zu sein scheint. Er war dort, zweifellos, ich habe ihn bereits in der Kirche kennengelernt. Bei dem Entführungsversuch in NewYork, bevor ich nach Margeriten kam. Er war einer dieser Männer, Markus Kellan.

Kapitel 3

„Gut, weiter, wir zeigen euch jetzt den Speisesaal", verkündet Andrina und wir folgen ihr wieder heraus aus der riesigen Trainingshalle. Ben wirft mir einen prüfenden Blick zu. Er weiß natürlich, als wen ich den Alben vorhin enttarnt habe. Ich habe aber keine Lust, dem jetzt auf den Grund zu gehen. Den Verdacht, dass meine Entführer aus Amerika Schwarzalben waren, hatten Ben und ich schon länger.

Anstatt etwas zu sagen, trotte ich mit den anderen in den Speiseraum. Er ist ebenso unspektakulär wie alles andere im Versteck der Schwarzalben. Es wirkt beinahe minimalistisch, doch ich gewöhne mich allmählich daran. Bei den Lichtalben ist mir ohnehin zu viel Schnickschnack gewesen.

Wir schieben einige umstehende Tische zusammen und setzen uns zu den anderen Alben. Sie holen Kartenspiele, und als wir zu spielen beginnen, kommen noch einige Leute mehr zu uns. Es macht Spaß, selbst wenn mehr als deutlich zu sehen ist, dass Ben und ich noch nicht dazugehören.

Dennoch sind die Alben nett zu uns, erklären uns die Regeln der Spiele und auch ab und zu sogar das nötige Hintergrundwissen ihrer Gespräche. Ich komme mir vor wie eine Zuhörerin, doch nach einiger Zeit wird es besser und ich fühle mich wohl.

Während die Alben heiter tratschen und scherzen, erfahre ich einige Details über ihr Leben hier. Tatsächlich gibt es keinen König und keine Königin. Alle zehn Jahre aber wird ein Vorsitzender oder eine Vorsitzende, eine Art Präsident oder Präsidentin, gewählt. Generell herrscht hier eine Demokratie, was gut funktioniert, da jeder gut informiert ist, im Gegensatz zu der Gesellschaft ihrer Feinde.

Was mich erstaunt, ist, dass die Regeln hier sehr ernst genommen und auch strikt eingehalten werden. Niemand lässt auch nur Kritik

41

darüber erahnen, alle scheinen zu 100 Prozent von ihrem Dasein überzeugt zu sein.

Einer Religion gehören Schwarzalben nicht an, doch aufgrund alter Verhaltensmuster mancher Alben, die wie wir nicht immer hier lebten, gibt es zu eigenen Feierlichkeiten Feste an bedeutenden Tagen. So zum Beispiel wird an Weihnachten eine Party veranstaltet, ebenso wie zu Ostern.

Schwarzalben, so wird uns erklärt, als ich sie Elfen nenne, bezeichnen sich selbst nicht als solche.

„Alben heißt es richtig, bei Elfen denkt man häufig an kleine, gute Wesen. Doch wir sind alles andere als das, wir sind Krieger mit einer Geheimwaffe, die sich Magie nennt", erklären mir die Alben und ich versuche, daran zu denken, sie ausschließlich als Alben zu bezeichnen.

Wir sitzen schon eine ganze Weile da und mittlerweile haben sich schon sehr viele Alben im Speisesaal versammelt und warten auf das Essen. Hier sollte man lieber zu früh dran sein als zu spät, erklärt man uns.

„Wer wird gewinnen?", lässt mich eine Stimme hinter uns zusammenzucken. Es ist Pamela Peters, die unbemerkt zu uns gekommen ist. Sie ist sehr klein, was mir im Sitzen gar nicht aufgefallen ist. Ihre Statur ist zart und zerbrechlich, doch unter dem dünnen Stoff ihres Oberteils sieht man ihre Armmuskeln.

„Dan, wie immer", nörgelt ein Junge und stößt seinem Freund spielerisch den Ellbogen in die Seite. „Willst du mitspielen?" Pamela lächelt, schüttelt dann aber den Kopf und wendet sich wieder ab.

„Pamela Peters ist das dritte Mal unsere Präsidentin, also schon beinahe 27 Jahre lang", erklärt Andrina Ben und mir. „Aber wenn man die Ranghohen nicht im Zusammenhang mit ihrem Amt trifft, siezt man sie nicht. Ansonsten natürlich schon."

Im Saal ist es mittlerweile schrecklich voll und laut. So viel Trubel bin ich nicht mehr gewöhnt.

Als Pamela, die Präsidentin, wie ich jetzt weiß, sich dann jedoch auf ihren Stuhl stellt, um eine Ansprache zu machen, verstummt der Lärm beinahe umgehend.

„Ich begrüße herzlich Renate Ludwig und Samuel Colonomos, die heute Vormittag von einer Inspektion zurückkamen." Die Schwarzalben erheben ihre Gläser und rufen den beiden genannten Alben Glückwünsche zu.

„Ebenso wie Annabeth Zulloni, Odile Miller und Matthieu Etienne. Auch sie kamen heute Vormittag an." Wieder wurden die Gläser in die Höhe gereckt und Ben und ich tun es ihnen gleich.

„Weiters kam die Nachricht aus dem Osten, Janette Andors Gruppe habe es zum Zielobjekt geschafft und konnte sich getarnt einbringen. Mittlerweile haben wir siebzehn unserer Leute in das geheime Unternehmen der Lichtalben eingeschleust."

Ein freudiger Jubel bricht aus und Pamela wartet einige Minuten stolz lächelnd, bis sie ihr Volk mit einer Handbewegung zum Schweigen bringt. Augenblicklich ist es wieder völlig still und alle warten gespannt auf die nächste Neuigkeit.

„Und nun möchte ich unseren neuen Zuwachs begrüßen, der es von den Lichtalben bis zu uns geschafft hat", höre ich Pamelas Stimme und schrecke hoch, als sie unsere Namen nennt.

„Willkommen Benjamin Carter und Elea O´Brien!"

Ein Klatschen, Rufen und Pfeifen ertönt und Andrina deutet uns, aufzustehen. Zuerst möchte ich nicht, denn alle Blicke würden sich auf uns richten und das wäre mir unangenehm. Doch dann erheben wir uns und die Schwarzalben heißen uns überschwänglich willkommen.

Nach dem Essen hätten wir etwas Zeit für uns, sagt man uns. Ben und ich werden auf unsere Zimmer begleitet und ich lasse mich auf mein schmales Bett plumpsen.

Ich versuche, es zu ignorieren, so gut es geht, aber mein Heimweh wird mit jedem Augenblick größer, in dem ich mehr und mehr begreife, wo ich bin.

Ein ganzes Leben habe ich verlassen müssen, meine Familie, Freunde, Schule. Ja, sogar meine liebe Katze. Mittlerweile gibt es niemanden mehr, den ich nicht wie wild vermisse.

Georg, den nervigen Jungen aus der Nachbarschaft, zu sehen, würde mich vermutlich in Tränen ausbrechen lassen. Dabei ist er ein fieser Blödmann. Erstaunlich, wirklich. Doch am meisten würde ich mich freuen, Feli in die Arme nehmen zu können, oder Lunas Schnurren zu hören, wenn ich ihr seidiges Fell streichle. Wenn ich nur wüsste, was sie alle gerade machen …

Heiße Tränen rinnen mir über das Gesicht und verschwinden in die graue Bettdecke. Ich gebe mir alle Mühe, lautlos zu weinen, doch die Schluchzer zerreißen mich fast. Meine Brust ist ganz eng, wenn ich daran denke, vielleicht nie wieder in mein altes Leben zurückzufinden.

Da entdecke ich plötzlich einen Brief auf meinem kleinen Schreibtisch. Ich kenne die Handschrift nicht und beginne gespannt zu lesen.

Ich dachte, du wolltest es vielleicht wieder haben. Bestimmt besitzt es für dich einen persönlichen Wert. Ich habe das mit Pamela Peters besprochen und sie hat mir erlaubt, das Schmuckstück zurückzugeben, sobald man es überprüft hat.

Ted

Erstaunt nehme ich Bens Armband in die Hände. Lächelnd umschließe ich es und Tränen tropfen von meiner Wange.

„Danke Ted", wispere ich gerührt.

In diesem Augenblick beschließe ich, dass ich Ted sehr mag und ich ihm vertrauen kann.

Ben ist der Einzige, der mir Halt geben kann, doch auch er hat schwer zu tragen. Ich merke es nicht nur in den Augenblicken, wenn er in die Luft starrt und nichts wahrzunehmen scheint, wenn er still vor sich hin trauert oder wenn er sich über alles und jeden beschwert, um sich selbst abzulenken. Ich erkenne den Schmerz daran, wie er mich aus seinen Gedanken ausschließt und nur wenige, harmlose Dinge mit mir teilt.

Ich versuche, mein Schluchzen in dem Polster zu ersticken, und umklammere die Socke im Bettbezug. Kralle mich hinein, in mein altes Leben, obwohl ich längst weiß, dass ich es nicht festhalten kann.

Da klopft es an der Tür und ich schrecke zusammen. Geschwind die Tränen wegwischend setze ich mich auf. Ein Blick auf die Uhr sagt mir, dass es noch nicht Zeit ist, zum ersten Training zu gehen. Dennoch höre ich das Signal, als eine Karte als Schlüssel verwendet wird.

Ben dankt Andrina und tritt zögerlich ein. Er wirft einen prüfenden Blick in mein verheultes Gesicht. Meine Haare fallen auf Befehl wie ein Vorhang davor, doch er weiß ohnehin, was los ist. Dennoch kann ich nicht stoppen, zu denken: Ben heult sicher nicht, wenn er in seinem Zimmer ist …

Ich höre, wie er auf mich zukommt, sehe ihn jedoch nicht an. Er setzt sich neben mich auf das Bett und schweigt eine Weile, um zu warten, bis ich mich beruhigt habe.

Endlich bin ich bereit, den Blick zu heben und bemerke, dass Ben mich genau ansieht. Seine grünen Augen sind ebenfalls gerötet, doch ich schätze, dass es von der Müdigkeit kommt, die ihn plagt.

„Wie geht es dir?", fragt er sanft und rückt ein Stück näher, um mir den Arm um die Schultern zu legen.

Gegen meinen Willen sinke ich verloren in seinen Arm, obwohl ich eigentlich mehr Stärke vortäuschen wollte.

Ich zucke mit den Achseln, mehr gibt es auf eine so blöde Frage nicht zu erwidern.

„Ich vermisse sie auch alle schrecklich", gibt Ben zu und sein Blick geht ins Leere. „Manchmal, da habe ich Angst, vor unserer Rettung zu viele Andeutungen gegenüber Ammi und auch Tante Emma gemacht zu haben. Sodass sie jetzt wegen mir in Schwierigkeiten sind."

45

Seine Stimme klingt rau und zittrig. Vielleicht ist es doch nicht die Müdigkeit …

Ben schluckt schwer und hält mich ganz fest an sich gedrückt, als wäre ich sein Rettungsring. Ich komme mir aber wie nicht viel mehr als ein Stück Holz vor. Wie das Holz an das sich die Schiffbrüchigen beim Untergang der Titanic in ihrer Angst klammern.

„Aber wir haben immer noch uns und wir sind ein Team, halten zusammen. Du und ich, Lea. Vergiss das nie, ich lasse dich nie im Leben fallen", flüstert er mir zu.

Eine kleine Träne findet ihren Weg meine Wange hinunter, als ich kaum merklich nicke.

Eine Weile verharren wir so, dann breche ich die Stille wieder: „Wir bleiben nicht ewig die Neuen, bald schon gehören wir dazu, dann ist das unser neues Leben, unsere Heimat."

Es ist ein Versuch, uns beiden Mut zuzusprechen um weiterzumachen.

Als Andrina uns abholt, um uns zu unserem ersten Training zu bringen, geht es mir etwas besser. Ich weiß nicht, ob man mir meinen mentalen Zusammenbruch noch ansieht, aber ich verhalte mich so, als täte man es nicht. Selbstbewusst, stark. Wie ich werden muss, um dieses Leben zu bewältigen.

In der Trainingshalle wartet bereits Markus Kellan, der mürrische, große Mann, der bei Pamelas Sitzung dabei war. Der, den ich früher schon einmal in dieser Halle getroffen habe und der vor langer Zeit versucht hatte, mich zu entführen.

Ich verziehe das Gesicht und bleibe wie angewurzelt stehen, sodass Ben von hinten in mich hineinläuft. Kellan kommt auf uns zu, mit seinen breiten Schultern und dem fiesen Lächeln in dem markanten Gesicht. Mein Herz rutscht mir in die Hose, aber ich weiche keinen Schritt zurück, sondern stelle mich selbstsicher hin und blicke ihm entgegen.

Kellan wirft mir einen irritiert amüsierten Blick zu und wendet sich an Andrina. „Das sind die Kids? Können sie zumindest schon hübsche Tricks?"

Er sagt es abfällig, aber mit einem scherzenden Ton, sodass ich seine Aussage nicht ganz deuten kann.

Andrina geht nicht auf seine Fragen ein, sondern erwidert: „Ben Carter ist ein Geburtself, Element Erde. Er ist recht begabt, sagt man, und er ist ein Gedankenwanderer. Mit guter Ausbildung schafft er es sicherlich weit.

Und Elea O'Brien-"

Ich zucke zusammen, denn diesen Namen verwendet schon so lange niemand mehr.

„ist erst gegen Ende September eine Lichtalbe geworden. Sie ist eine Auswahlelfe mit magischem Hintergrund und Element Wasser und Luft. Sie ist eine Aloise, Zeitwanderin und Bens Gedankenpartnerin. Ebenfalls äußerst begabt, so der Schneehase."

Kellan mustert mich genau, seine beinahe schwarzen Augen tasten mich ab. Bohren sich in mich hinein und glühen auf meiner Haut wie zwei heiße Kohlen.

Doch ich bleibe aufrecht stehen, recke mein Kinn vor und blicke ihm furchtlos entgegen.

Dann nickt er: „Gut, lasst uns anfangen. Schließlich gibt es jede Menge zu tun."

Er dreht sich um und marschiert mit großen, strammen Schritten davon. Andrina deutet uns, ihm zu folgen, bleibt selbst jedoch stehen.

Kellan fragt uns, ob wir schon Kampferfahrung hätten und wir verneinen etwas verwirrt. Er nickt und murmelt ein: „Das habe ich schon erwartet, die Lichtalben sind heutzutage so schlecht ausgebildet."

Er weist uns an, uns in einer Entfernung von zehn Metern aufzustellen. „Ihr seid Gegner. Versucht, euch ohne körperlichen Kontakt zu besiegen. Keine Sorge, wenn es gefährlich wird, schreite ich ein. Benützt eure Kräfte, sie alle sind erlaubt, es gibt keine Regeln."

Ben und ich sehen uns unschlüssig an.

Warum sollte ich ihn verletzen? Selbst wenn es nur eine Übung ist, möchte ich das nicht. Doch Kellan die Genugtuung zu geben, mich scheitern zu sehen, möchte ich noch weniger. Also lasse ich erst einen kleinen Wind aufkommen, der durch meine Haare fegt.

Ich sammle meine Kräfte, lasse sie durch meinen Körper schießen und ihn kitzeln. Dann beginnt die Magie in meinen Fingerspitzen zu prickeln und ich weiß, dass es Zeit wird, sie loszulassen.

Meine Hände schnellen vor und schleudern die Magie in Bens Richtung. Das alles dauert nur Millisekunden und ich sehe die Hektik in seinem Blick.

Doch dann legt er sich ganz flach auf den Boden und ich sehe, wie er Pflanzenranken blitzschnell aus dem Boden wachsen lässt, die sich um seinen Körper schlingen und ihn festhalten, während mein Sturm über ihn hinwegfegt.

Kurz darauf ist Ben wieder auf den Füßen, etwas schmutzig von den Pflanzen, aber heil. Die Ranken am Boden aber schlängeln sich in meine Richtung. Richten sich auf, bösartig und hinterlistig.

Zuerst weiche ich einen Schritt zurück, doch dann erinnere ich mich wieder an Kellans Worte. Benützt eure Kräfte, sie alle sind erlaubt, es gibt keine Regeln.

Kurz bevor die erste von Bens Ranken nach meinem Bein schnappen kann, stoße ich mich vom Boden ab und schieße in die Lüfte. Geschwind befinde ich mich fünfzehn Meter in der Höhe, sodass Bens Magie mich nicht mehr erreichen kann.

Doch noch bevor einer von uns etwas tun kann, meldet sich Kellan wieder zu Wort: „Gut, kommt her. Die grundlegenden Regeln für Kleinkinder beherrscht ihr."

Warum nur klingen seine Komplimente immer wie Beleidigungen? Wie macht er das?

„Die Idee, dich auf den Boden zu legen, war in diesem Moment gut, aber jeder bessere Alb als deine kleine Freundin hätte dich mit einem verwirrten Lachen der Verwunderung umgelegt", verspottet oder lobt Markus Ben weiter.

„Es braucht viel zu viel Zeit, sich auf den Boden zu legen und später wieder aufzustehen. In einem richtigen Kampf mit nicht ganz so unterdurchschnittlichen Gegnern hättest du dich noch nicht mal gerührt, wärst du schon tot."

Ben nickt zerknirscht über die harten Worte und ich möchte Kellan widersprechen, aber ich höre Bens Stimme in meinem Kopf: *Nicht, Lea. Er hat ja recht. Ich war schlecht, dazu sind wir schließlich da, um zu lernen.*

„Elea, du hast Krabbelstubentricks vorgeführt. Anders kann ich das nicht beschreiben. Wind? Sind wir uns einmal ehrlich, wenn schon ein Wind, dann müsste das ein orkanartiger Windstoß sein, und ich denke, da wärst du überfordert. Du bist tatsächlich mit einer Menge Magie gesegnet, aber tu mir einen Gefallen und überschätze dich nicht, Kleine."

Kellan erklärt uns, dass er uns in den nächsten Monaten Dinge zeigen könne mit unseren Kräften, die uns viel mehr helfen würden, als ein Hauch Wind, und viel weniger Zeit in Anspruch nehmen würden, als blöd am Boden herumzualbern.

„Alben sind zu viel mehr im Stande als das, was man euch bei den Lichtalben vorgaukelt. Aber ich will euch warnen, das ist kein Spaziergang, sondern harte Arbeit, und ihr werdet euch bemühen müssen, um Fortschritte zu machen. Das ist eure einzige Aufgabe."

Kein Spaziergang? Das kann ich mir gut vorstellen … aber jetzt einmal ehrlich, kann dich hier eigentlich irgendjemand leiden, Kellan? Eher nicht, nein. Das glaube ich auch.

Er empfiehlt uns, bis morgen zum nächsten Training lieber nicht allzu viel Magie zu verschwenden, sonst könne es sehr anstrengend werden. Kellan wolle uns nämlich testen, wie viel Magie in uns steckt und dafür sollten wir nicht ausgepowert sein.

Auf dem Rückweg erklärt Andrina uns, dass es auch hier Testungen der Magiegrade gebe.

„Allerdings haben wir viel effektivere Methoden. Wir machen es etwa jede oder jede zweite Woche bei allen Alben. Anstatt ihnen jedoch, wie es die Lichtalben machen, diese kleinen Biester, nur die Grade zu sagen, verkünden wir auch, wie gut man diese voraussichtlich nutzen kann."

Ben hat mir schon einmal erklärt, dass diese Magiegrade nur eine Zahl sind und viele ihr Potenzial nicht ausschöpfen können. Hier jedoch kann man also tatsächlich erfahren, wie viel Magie man auch wirklich nutzen kann? Das ist ja der Wahnsinn!

„Willst du damit sagen, die Lichtalben wissen das auch, verkünden es aber nie?", möchte Ben wissen und Andrina nickt traurig und erwidert: „Verlogene Biester sind das. Es ist zu ihrem eigenen Vorteil. Aber da ihr die Prüfung zum Glück noch nicht hattet, wissen sie es nicht, also keine Angst."

Gerade als wir bei unseren Zimmern ankommen und Andrina die Karten hervorholt, stoßen wir auf Ted.

„Lea, Ben, kommt mit", sagt er ungewöhnlicherweise kurz angebunden und marschiert schnellen Schrittes vor.

Verwundert folgen wir ihm und bemühen uns, ihn aufzuholen. „Was ist los, Ted?", erkundigt sich Ben und der Schwarzalb antwortet grinsend: „Ich habe mich erkundigt, da es euch sehr zu beschäftigen schien und ihr hattet tatsächlich recht."

Wovon spricht Ted da? Womit hatten wir recht und warum scheint er so aufgeregt darüber? Ben und ich wechseln einen irritierten Blick, er weiß ebenso wenig wie ich, was Ted meint. Das bemerkt nun auch dieser und bleibt ungeduldig stehen.

„Ihr sagtet, ihr hättet Freunden versprochen, einen gewissen Liam Hill zu finden", erklärt er und da reiße ich die Augen auf.

An die Lage der Devants habe ich in der Aufregung nicht mehr so oft gedacht.

„Ja! Ist er wirklich hier? Oh meine Güte, Ted!", rufe ich überwältigt aus und wäre dem jungen Mann fast um den Hals gefallen. Dieser lacht nur über unsere begeisterten Gesichter.

„Ja, es gibt einen Liam Hill hier und er ist tatsächlich vor den Lichtalben geflohen. Ich hatte es nicht für möglich gehalten, dass er es wahrhaftig geschafft hatte, damals. Es ist ewig her, ich war noch ganz klein, aber ich hörte davon. Wie dem auch sei, ich habe mich schlaugemacht und ihn ausfindig machen können. Wenn ihr wollt, können wir zu ihm gehen", meint er und fügt hinzu: „Ihr sagtet, ihr bräuchtet seine Hilfe, richtig?"

Ben nickt: „Beziehungsweise unsere Freunde, ja."

Ted nickt nachdenklich und führt uns weiter. Nun, wo wir wissen, wohin es geht, sind wir ganz aufgeregt und können es kaum erwarten, Liam zu treffen.

Ob er uns tatsächlich helfen kann, die Devants aus ihrer Lage zu befreien? Wie, darüber habe ich mir noch nie Gedanken gemacht, da ich nicht damit gerechnet habe, Liam überhaupt zu finden. Doch nun haben wir es geschafft und die Rettungsaktion geht erst richtig los.

Die Devants haben so viel für uns getan und nun könnte es sein, dass wir ihnen das zurückgeben können. Möglicherweise kann Liam auch nichts ausrichten, aber ein Gespräch wäre es zumindest wert.

Plötzlich werde ich nervös. Vielleicht aber war es doch umsonst? Was sollte Liam gegen den starken Zauber anrichten, der Aristine in ihrem Kopf gefangen hält? Zerstören wir damit nur alle Hoffnung, die die Devants noch haben?

Meine gute Laune verfliegt, denn es ist äußerst unwahrscheinlich, dass gerade Liam Aristine helfen kann, sollte es überhaupt jemand schaffen. Und selbst wenn, wie sollte er zu ihr kommen? Ist das alles eine naive Idee?

Plötzlich spüre ich eine Hand, die nach meiner greift. Ben hat natürlich meine Zweifel gespürt und möchte mich trösten. Ich schenke ihm ein dankbares Lächeln. Seine Hand liegt warm in meiner, umschließt sie schützend und drückt sie leicht, als Zeichen, dass sie da ist, um mich zu halten.

Dann sind wir an unserem Ziel angelangt und Ted dreht sich nach uns um. Sein Blick erfasst unsere verschränkten Hände und er lächelt uns aufmunternd zu. Der Schwarzalb klopft an eine der Türen und wir warten.

Erst ist nichts zu hören, doch dann ertönen Schritte und kurz darauf öffnet sich die Tür einen Spalt breit. Ich halte die Luft an vor Aufregung.

Doch dann erscheint ein Mann in dem Türrahmen. Sein Haar ist dunkelblond und seine Augen blau und glasklar. Zwar habe ich ihn noch nie gesehen, doch es ist unverkennbar Liam Hill.

Die Luft entweicht laut zischend meinen Lungen und ich sehe, wie auch Ted schlucken muss. Der Mann sieht mich mit einem irritierten Ausdruck in den Augen an.

„Ah, hallo. Kann ich behilflich sein?", fragt er verunsichert über meine Reaktion.

„Hill, richtig? Ich bin Ted!", plappert Ted auch schon fröhlich los. „Das sind die neuen Schützlinge von den Lichtalben. Sie haben nach dir gefragt."

„Aha …", brummt Liam. „Kennen wir uns?"

Ich bringe kein Wort heraus, stattdessen bringt sich nun Ben ein: „Nein, aber wir kennen dich. Aus Erzählungen natürlich. Wir hatten gemeinsame Freunde in Margeriten."

Immer noch keine Regung auf Liams Gesicht zu erkennen. Möglicherweise hat er Aristine schon längst vergessen und es interessiert ihn überhaupt nicht mehr.

„Vielleicht könnten wir uns zusammensetzen und das in Ruhe besprechen?", erkundigt sich Ben.

Auch er hat verstanden, dass wir aus Liam nicht so schnell herausbekommen werden, was wir wissen wollen. Was wollen wir überhaupt wissen? Was erwarten wir?

„Ja, wir arbeiten bereits an einem Gegenmittel, in ein paar Wochen werden alle Devants heil und gesund hier ankommen. Keine Sorge!"

Da werde ich wohl enttäuscht werden.

Wenig später sitzen wir zu viert in Liams Zimmer. Es ist größer als meines und Bens, aber ebenso grau und eintönig. Ich habe mich auf dem Schreibtischstuhl niedergelassen, den Hill uns angeboten hat, Ted hat sich aufs Bett fallen lassen. Ben und Liam stehen, beide mit verschränkten Armen vor der Brust.

„Sagt Ihnen der Name Aristine Devant etwas?", erkundige ich mich.

Ich habe beschlossen, Hill zu siezen, damit es wichtiger klingt. Ob es funktioniert, wird sich zeigen.

Keine Reaktion, kein Schulterzucken oder Nicken. Gar nichts.

„Gut", sage ich entrüstet, „dann werde ich ihnen eine Geschichte erzählen: Sie handelt von einer schwangeren Frau, die sich heimlich mit einem Mann trifft. Hinter dem Rücken ihres Gatten, der ohnehin ein feiger Kerl ist. Doch dieser Freund bringt ihre Familie in große Gefahr, weil er nämlich ein Elf ist.

Dieser junge Mann deckt Lügen auf, von denen man besser nicht wissen sollte und auch die Frau erfährt sie. Er plant, zu fliehen, und die Frau mit ihrem Ungeborenen zurückzulassen und verspricht ihr, wenn er fort sei, wäre ihre Familie wieder in Sicherheit.

Doch als er verschwunden und das Kind geboren ist, stellt sich auch das als eine Lüge heraus. Denn trotz dem Schutzzauber, welchne er errichtet hat, um für ihre Sicherheit zu sorgen, ist die Frau immer noch in Gefahr."

Ich blicke Hill die ganze Zeit über prüfend an, um seine Reaktion mitzuverfolgen. Seine Maske aus Gelassenheit ist nun endgültig von ihm abgefallen. Er wirkt angespannt und nervös, sieht mich aber dennoch fest an.

Ich schweige, er wartet.

„Was ist passiert?", presst er schließlich hervor und seine Stimme bebt unkontrolliert.

Auch seine Hände zittern und plötzlich tut mir leid, es ihm so wenig schonend beigebracht zu haben.

„Die Lichtalben haben ihr Ziel erreicht. Was sonst?", mischt sich Ben noch weniger präzise ein, während die restliche Farbe aus Hills Gesicht weicht.

Ich werfe Ben einen bösen Blick zu, doch er sieht mich gar nicht an, sondern fährt fort:

„Aristine konnte sich kein halbes Jahr vor ihnen schützen und das ist kein Wunder, wenn ich ehrlich bin. Sie haben es in ihr Haus geschafft und obwohl sie sehr vorsichtig war, konnten sie sie vergiften. Seit Jahren warten die Devants auf deine Rückkehr, bis jetzt konnten sie sich zu zweit vor den Lichtalben schützen, doch das wird nicht länger gutgehen."

Ben klingt empört und fast ein wenig wütend. Auch er ist als Waise großgeworden, doch seine Eltern waren gestorben. Mailas Mutter muss immer noch leiden und ihren Vater kennt die Kleine auch nicht. Von Liam weiß sie nur aus Erzählungen. Das Einzige, das ihr geblieben ist, ist ihre Granny.

Vielleicht hat Ben recht und wir müssten Liam tatsächlich die Augen gewaltsam öffnen. Es ist offensichtlich, dass er sich fast zehn Jahre lang eingeredet hat, alles wäre in bester Ordnung und den Devants ginge es gut. Hill möchte weiter daran festhalten, das sollte er nicht.

„Wir haben versprochen, dich zu finden. Wir glauben, dass du ihnen helfen kannst. Über die Jahre hat eine Art Waffenstillstand geherrscht, doch nachdem sie uns geholfen haben, die Wahrheit über die Lichtalben herauszufinden, wird dieser gebrochen sein, schätze ich", sage ich und Ben fügt eindringlich hinzu:

„Maila kann nicht mehr in den Wald, wo sie sonst immer war, weil sie das geschützte Grundstück nicht verlassen darf. Ich habe es in ihren Gedanken gelesen, sie hat es mir offenbart. Doch das ist auch schon einen Monat her und wir wissen nicht, was in der Zwischenzeit passiert ist. Sie könnten mittlerweile alle tot sein. Oder Schlimmeres."

Kapitel 4

Alle starren Ben entsetzt an.

Es ist offensichtlich, dass Liams Welt gerade zusammengestürzt ist. Er starrt mit großen Augen vor sich hin und sie glänzen verdächtig. Den Kopf in seinen Händen vergraben, fährt Liam sich durch das wirre Haar.

„Sie haben sie vergiftet?", flüstert er verstört und seine Stimme bricht mehrmals.

„Ja, aber sie wollten sie offensichtlich nicht töten, nur ausschalten. Aristine ist noch am Leben, nur leider nicht ansprechbar. Das meiste mussten wir durch ihre Gedanken erfahren", erkläre ich sanfter als zuvor.

Liam nickt tapfer.

„Kann … kann man ihr helfen?", möchte er wissen.

Als er aufsieht, stehen Tränen in seinen Augen. Der eben noch so sichere Mann wirkt jetzt ganz und gar verloren, wie zerstört. Mein Mitleid meldet sich sofort lautstark zu Wort.

„Das wissen wir nicht, aber wir hoffen es. Sie ist mit diagnostizierter Schizophrenie in der Psychiatrie und keiner nimmt ihr Gestotter über Gift, Ketten und Gefahr ernst.

Festgestellt hat man Wahnvorstellungen und Halluzinationen, doch in Wahrheit ist es das Gift, das sie in ihrem eigenen Kopf gefangen hält", erkläre ich.

Wir erzählen dem armen Mann noch eine Weile über die Devants. Über Maila möchte er alle Einzelheiten wissen. Er habe sie ja nie kennenlernen dürfen.

„Aristine und ich waren sehr gut befreundet, wir haben uns oft getroffen. Ihr Mann war ohnehin nicht für sie da und in Wirklichkeit nur mehr eine Tarnung vor den Lichtalben, wisst ihr", erklärt er. „Ich hätte so gerne Aristines Tochter kennengelernt, Maila, das Kind, das das Wasser liebt …

Die Devants legen sehr viel Wert auf die Bedeutung der Namen. Aristine bedeutet die Beste, wisst ihr? Und das war sie. Doch worauf niemand achtete, war, dass es auch die Verfluchte heißt, der Ruin."

Danach müssen wir in den Speisesaal gehen, denn es gibt Abendessen.

Ich bin erschöpft und sehe die Kraftlosigkeit auch deutlich in den Gesichtern der anderen. Vor allem Liam sieht mitgenommen aus, nicht mehr wie der selbstsichere Mann, der uns in seinem Zimmer empfangen hat. Er fährt sich minütlich durch die bereits zerzausten blonden Locken und rauft sich das Haar.

Der arme Mann macht sich bestimmt schreckliche Vorwürfe … Er hat seine liebsten Menschen, Freunde und seine Familie zurückgelassen, in der Hoffnung, sie seien dann in Sicherheit vor den Lichtalben.

Da fällt mein Blick auf Ben, der in seinem Essen herumstochert, die schwarzen Haare vor den traurigen Augen. Als er meinen Blick spürt, schaut er auf und sieht mich an.

Auf Bens müdem Gesicht erscheint ein warmes Lächeln und ich meine, einen Bruchteil des Glanzes in seinen wunderschönen Augen wiederzuerkennen, der in der Zeit hier unter der Erde verschwunden sein muss.

Doch dann senkt Ben den Blick sogleich wieder ruckartig und es ist wie ein Stich in mein Herz.

Ben und ich, wir teilen dasselbe Schicksal wie Liam Hill. Wir haben unsere Familien und Freunde zurückgelassen und müssen nun hoffen, es würde ihnen gutgehen.

Was, wenn auch wir enttäuscht werden? Wenn die Lichtalben sich Feli vorknöpfen, weil sie herausfinden, dass sie etwas weiß? Oder Amalia, weil-

Ben sieht wieder auf und mustert mich irritiert. Geschwind dämpfe ich meine Gedanken wieder, sie sind zu laut geworden und Ben muss Gedankenfetzen mitbekommen haben.

Als ich am Abend auf Bens Bett hocke und ihn beobachte, wie er den Kalender anstarrt, als wolle er ihn mit bloßen Blicken verbrennen, fühle ich mich ganz elend. Man hat uns beiden einen Kalender gebracht. Anstatt den Watches, hat die Schwarzalbe erklärt. Was auch immer das bedeutet ...

Ben?, frage ich leise und reiße ihn damit unsanft aus seinen Gedanken.

Ich selbst bin auch oft weggetreten, denke an alle, die ich verloren habe. Doch bei Ben ist es etwas anderes, wenn ich ihn so sehe, tut es mir weh. Mehr, als selbst den Schmerz zu ertragen.

Er dreht sich um und lässt sich neben mir auf dem Bett nieder. „Tut mir leid", flüstert er mir zu. „Es ist nur ... so viel Zeit ist vergangen und es könnte so vieles passiert sein. Sie könnten alle tot sein und wir würden nichts wissen, wie bei Liam. Wir bekommen es nicht mit, werden es vielleicht nie erfahren, wenn in zwanzig Jahren nicht zufällig zwei naive Kinder kommen und uns erzählen, Amalia, Feli und alle anderen seien grausam ermordet worden, als die Lichtalben versucht haben, Informationen – "

Er bricht ab und sieht erschrocken die Tränen an, die meine Wangen hinunterkullern. „Lea?"

Meine Lippen beben, als ich versuche, das Schluchzen zu unterdrücken und ich presse sie fest zusammen.

„Nicht weinen!", befiehlt Ben überfordert und rückt näher an mich heran, um seine Arme ganz fest um mich zu schließen. Ich lasse mich gegen seine Brust sinken und vergrabe mein Gesicht in seinem grauen T-Shirt. „Du bist so stark, Elfenmädchen, gib nicht auf."

Seine Stimme klingt sanft und tröstend, und als ich seinen Geruch einatme, geht es mir sogleich etwas besser. Dennoch verharre ich in Bens Armen, ganz eng an ihn geschmiegt. Er streicht mir über das Haar und bald sind meine Tränen versiegt.

Plötzlich sehe ich Amalias Gesicht vor mir, ihre grünen Augen hinter den dunkeln, langen Wimpern, die dunkelroten Lippen und die gebräunte Haut. Doch sie sieht verändert aus, erwachsener.

„Es war merkwürdig", sagt sie und lächelt mich traurig an. „Ich habe mich nicht vollkommen gefühlt, als würde ein Teil von mir fehlen. Es war, als hättet ihr nie existiert, hättet aber dennoch eine Leere hinterlassen."

Ich würde sie gerne umarmen, sie ganz fest drücken und nie wieder loslassen, doch ich kann mich nicht bewegen. Stattdessen wende ich den Blick ab und antworte mit eigenartiger, monotoner Stimme: „Ja, es ist seltsam, wie alles weitergegangen ist ohne uns. Als wären wir aus unserem Leben herausgewachsen."

Merkwürdig ist auch die Distanz, mit der Amalia und ich uns begegnen. Aber das Einzige, das zählt, ist, dass es ihr gutgeht und ich sie wiedersehen werde.

Sie verschwimmt vor meinen Augen und als ich sie wieder öffne, liege ich in Bens Bett. Ich sehe mich um, doch ich bin allein. Ich raffe mich hoch und entdecke eine Notiz auf dem Schreibtisch. Sie stammt von Ben.

Du bist eingeschlafen, wollte dich nicht wecken, als Hill kam.
Sind im Speisesaal.
Ben

Daneben liegt eine Margerite. Ich streiche sanft über die zarten Blütenblätter. Ben muss sie für mich wachsen lassen haben. Ein Lächeln stiehlt sich auf meine Lippen.

Ich lege den Zettel wieder auf den Tisch und mache mich auf den Weg zum Speisesaal, um Ben die gute Nachricht zu überbringen. Ich möchte es ihm nicht in Gedanken sagen, sondern persönlich.

Ted lässt mich mithilfe der Schlüsselkarte heraus und dürfte mich eigentlich nicht allein lassen. Doch er meint, er hätte zu tun und würde mir vertrauen, also darf ich ohne Begleitung losziehen.

Auf den Gängen ist es wie immer einsam und ruhig, aber die Stille ist nicht drückend. Nur ab und an begegnen mir Schwarzalben oder ich höre ihre Unterhaltungen. Die Türen und

Mauern sind sehr gut abgedichtet, weshalb keine Geräusche hindurchdringen.

Die Gänge sehen für mich großteils immer noch gleich aus und ich verlaufe mich einige Male, bis ich zum Speiseraum finde. Die Türe ist offen und ich kann Stimmen hören.

Ich möchte gerade eintreten, als ich verstehe, was gesprochen wird. Ben und Liam unterhalten sich gedämpft, doch ich kann nun hören, worüber sie reden. Das lässt mich innehalten, obwohl ich nicht lauschen möchte.

„Sie muss wirklich ein Sonnenschein sein, deine Zwillingsschwester."

Es ist Liams Stimme, sie klingt freundlich und tröstend.

„Sie ist bestimmt in Sicherheit, unser Spion wird darauf achtgeben."

Mein Herz wird schwer. Ben liebt seine Ammi über alles. Wie konnte ich so naiv sein, zu denken, er würde auch nur versuchen, sich auf ein Leben hier einzulassen.

Ob sich um mich auch jemand so überirdisch große Sorgen macht, wie Ben um seine Schwester?

Meine Großeltern denken schließlich, ich sei freiwillig fortgegangen. Ihnen würde niemals jemand sagen, was wirklich los ist.

Feli und Luna. Sie machen sich bestimmt Sorgen. Aber sie verlassen sich wahrscheinlich auch darauf, dass ich stark bin und allein zurechtkommen werde. Bei dem Gedanken an die beiden muss ich unwillkürlich lächeln. Meine zwei hellsten Sterne am dunklen Himmel.

„Du bist eine Elfe verdammt, da kommst du schon wieder heraus", höre ich Felis Stimme besorgt, aber dennoch zuversichtlich in meinem Kopf.

Nein, um mich macht sich nie jemand solche Sorgen wie Ben um Amalia. Und vielleicht, nur ganz vielleicht haben sie recht damit, es nicht zu tun. Ich grinse verschmitzt.

„Ich komme schon zurecht. Darauf könnt ihr Gift nehmen", rufe ich Feli und Luna in Gedanken zu.

„Ja, du hast recht. So ist es bestimmt", reißt Ben mich aus meinen Gedanken.

„Doch das ist nicht alles, was dich bedrückt, habe ich recht?", hakt Liam wissend nach, und ich höre heraus, dass er schmunzelt. Ben zuckt unbekümmert die Achseln. Dann besinnt er sich plötzlich anders.

„Nein", seufzt Ben, und ich runzle verwundert die Stirn. „Da ist noch mehr, aber ich habe es niemandem gesagt. Nicht einmal Lea. Schon gar nicht ihr."

Ich höre erstaunt auf und möchte meine Beine dazu zwingen, weiterzugehen und mich ihnen zu zeigen.

„Nicht lauschen, Lea! Das tut man nicht!", rüge ich mich selbst im Stillen.

Doch sie bewegen sich nicht. Meine Füße bleiben exakt dort, wo sie sind. Stattdessen halte ich den Atem an. Das wäre nicht nötig gewesen. Ben und Liam bemerken mich nicht, obwohl ich vorsichtig um die Ecke luge.

Ben sitzt mit dem Rücken zu mir und auch Hill sieht nicht in meine Richtung.

Mein bester Freund seufzt erneut und beginnt dann, langsam zu sprechen: „Es geht um ein Mädchen. Ich mag sie sehr gerne, aber ich kann es ihr nicht sagen und mit jedem Atemzug wird es vermutlich noch undenkbarer. Naja und jetzt, wo wir hier sind, das macht es nicht einfach."

Er lacht bitter und ich stoße pfeifend die Luft aus. Geschwind ducke ich mich wieder zurück in den Korridor und drücke mich an die kalte Wand. Ben ist verliebt?! Wieso redet er darüber mit Liam und nicht mit mir? Wir sind doch beste Freunde!

Außerdem weiß er auch davon, dass ich Erik mag und hat sich deshalb sogar noch über mich lustig gemacht!

Ich nehme wieder meine Beobachtungsposition an der Türe ein.

„Das erschwert die Sache tatsächlich", pflichtet Liam ihm bei. „Doch, wenn du sie wirklich magst, dann findet ihr sicherlich einen Weg. Oder aber es wird eines Tages Vergangenheit sein."

Ich sehe Ben nicken und gehe in Gedanken jedes Mädchen durch, das er mögen könnte. Da fällt es mir wie Schuppen von den Augen und mein Magen verkrampft sich.

Ich habe Olivia Parker bei dem Fest an unserem letzten Abend in Margeriten getroffen und mir ist sogleich aufgefallen, wie sie Ben ansieht. Ich habe zu diesem Zeitpunkt nicht gedacht, er würde das erwidern, doch anscheinend habe ich mich getäuscht.

Abrupt drehe ich mich weg und eile den Korridor zurück. Ich will nicht mehr davon hören. Ich habe selbst beobachtet, wie Olivia mit allen super auskommt. Tatsächlich habe ich noch nie jemanden etwas Schlechtes über Olivia sagen hören.

Sie ist die beste Freundin von Dalina Hunter, einem Mädchen, das sie und auch Ben schlicht liebt. Dalina ist für beide wie eine kleine Schwester.

Olivias Augen, mich an diese zurückzuerinnern, gibt mir einen Stich. Sie haben die Farbe von flüssigem Honig, wunderschön. Meine Brust ist eng und ich habe einen bitteren Geschmack im Mund.

Ben ist mein bester Freund und ich weiß, dass wir immer füreinander da sind, doch das lindert meine Eifersucht nicht. Er hat nicht einmal daran gedacht, mit mir darüber zu sprechen.

Ich habe nie darauf geachtet, dass Ben in Olivia mehr als eine Freundin sieht. Es ist mir nie aufgefallen. Andererseits ist er der Meister der Lügen höchstpersönlich. Was auch immer er glaubhaft machen will, man folgt beinahe automatisch. Wenn Ben möchte, dass niemand weiß, wie sehr er Olivia mag, ist das ein Leichtes für ihn.

Ich eile durch die Gänge und biege sofort ab, wenn ich jemanden höre. Vermutlich ist es nicht verwunderlich, dass ich bald nicht mehr weiß, wo ich bin. Doch ich bleibe nicht stehen, sondern werde immer schneller.

Ich weiß selbst nicht, was mich daran so gewaltig stört, dass Ben sich offensichtlich verliebt hat. Doch es fühlt sich so an, als würde die perfekte Olivia Parker mir meinen besten Freund wegnehmen, ihn Stück für Stück von mir entfernen.

Wie ich zu meinem Zimmer zurückgefunden habe, kann ich beim besten Willen nicht sagen. Ich lasse mich vor der Türe auf den Boden gleiten und warte, denn ich habe keine Schlüsselkarte. Schon bald kommt Andrina herbeigeeilt. Jemand muss ihr Bescheid gegeben haben, dass ich mich ausgesperrt habe. Sie lässt mich in mein Zimmer und ich falle auf mein Bett wie ein Mehlsack.

Später am Abend klopft Ben an meine Türe und als wir kurz darauf in meinem Zimmer sitzen, erzähle ich ihm, dass ich eine Vision hatte, in der ich mit Amalia spreche. Uns ist beiden klar, dass das bedeuten muss, dass wir sie wiedersehen, und das erleichtert vor allem Ben ungemein.

Olivia erwähne ich nicht und auch Ben spricht dieses Thema nicht an. Ich möchte, dass er es mir von sich aus erzählt, also lasse ich ihm die Zeit, die er benötigt, und versuche, nicht gekränkt zu sein. Unsere Freundschaft bedeutet mir mehr als mein Stolz oder die Eifersucht.

Donnerstag, 19.12.

Bei den Schwarzalben herrscht ein geregelter Ablauf und Ben und ich sollen eingewöhnt werden, also ist es kein Wunder, dass wir früh aufstehen müssen.

Andrina holt uns wenig später ab und wir begleiten sie in einen Besprechungsraum.

„Es finden beinahe zu jeder Zeit Besprechungen von bestimmten Abteilungen statt. Heute sollt ihr euch eine anhören, damit ihr wisst, wie sie ablaufen", erklärt sie, und wirkt ganz und gar nicht verschlafen.

Ich hingegen habe Mühe, die Augen offen zu halten.

„Da gibt es nicht zufällig Kaffee, oder?", erkundigt sich auch Ben gähnend.

Andrina wirft ihm einen abschätzigen Blick zu und erwidert kühl: „Gewöhn dich daran."

An mich gewandt sagt sie: „Das geht übrigens schneller, als man denkt."

Dann fährt sie fort und erklärt, dass heute die Versammlung auch für uns sehr interessant sein könne, obgleich wir uns noch nicht so auskennen mit den Schwarzalben. Andrina scheint sich schon riesig zu freuen.

Endlich sind wir da, die Versammlung hat bereits begonnen und wir würden nur eine Weile bleiben. Der Raum ist geräumig, doch ich habe mehr Alben erwartet, obwohl Andrina meinte, diese Besprechung sei im kleinen Rahmen.

Ein paar Alben nicken uns leicht zu, als wir eintreten. Leise setzen wir uns in die hinteren Reihen.

„Sicherlich, es ist zurzeit erschwert, mit uns in Kontakt zu treten, jedoch ist es Spion ‚Schneehase' bis jetzt immer vorzüglich gelungen. Was also hindert ihn daran?"

„Möglicherweise ist dies nur eine Sicherheitsvorkehrung und es werden schon bald Neuigkeiten eintreffen? Ich denke nicht, dass die Lichtalben ‚Schneehase' verdächtigen würden, er hat eine gute Position."

„Da stimme ich Ihnen zu, doch das hat sie in der Vergangenheit noch nie davon abgehalten", mischt sich eine dritte Schwarzalbe ein.

Ben und ich lauschen gespannt, wenn auch etwas verwirrt.

„Ich schlage vor, wir warten noch einige Tage, wir sollten vermeiden, voreilige Entscheidungen zu treffen."

Damit scheint dieses Thema vorerst abgeschlossen.

Der nächste Alb bringt ein neues Thema: „Möglicherweise verdächtigen sie auch Spion ‚Weiße Maus'? Sie ist in der Sicherheitsabteilung tätig und könnte die Vorkehrungen leicht ausgeschaltet haben."

„Das hat sie schließlich auch getan, aber dann würde ‚Schneehase' sich melden. Er würde ‚Weiße Maus' nicht ihrem Schicksal überlassen."

Während die anderen noch etwas diskutieren, beugt Andrina sich zu uns und flüstert: „Wir haben Decknamen für unsere Spione.

‚Schneehase' ist derjenige, der uns geholt hat, um euch zu retten. ‚Weiße Maus' hat ihm geholfen."

Sie erklärt, dass die beiden sich seit unserer Flucht nicht mehr gemeldet hätten und die Schwarzalben nun beginnen, sich Sorgen zu machen.

Dass unsere Retter möglicherweise in Schwierigkeiten sind, geht Ben und mir sehr nahe. Sie haben uns das Leben gerettet und sind nun möglicherweise selbst in Gefahr.

„Wenn wir ihnen jedoch jetzt ein Signal schicken, könnte sie das noch tiefer hinunterziehen. Wir sollten abwarten, wir können ohnehin noch nichts tun."

Die anderen brummen zustimmend.

Sie besprechen noch einige ähnliche Themen, dann verlassen wir drei wieder den Raum.

Andrina zeigt uns noch einen Trakt, der mich an ein Fitnessstudio erinnert. Er liegt nahe dem Übungsraum und damit auch nicht weit von unseren Zimmern entfernt.

Kurz darauf gibt es Frühstück im Speiseraum. Ausgehungert stürzen Ben und ich uns über das Essen. Das Leben hier sei anstrengend, sagt man uns des Öfteren, da hätte man viel Hunger.

Es kommt mir so vor, als wären wir gerade erst wieder in unsere Zimmer zurückgekehrt, als Andrina uns auch schon wieder abholt.

Sie ist in Begleitung von Ted und erklärt: „Jetzt geht es an das Messen der magischen Grade."

Sie klingt aufgeregt und Ted fügt hinzu: „Ich bin schon so gespannt, das ist immer das Tollste!"

Ihre gute Laune ist ansteckend und ich merke, wie ich mich auch darauf freue.

In der ganz hintersten Ecke des riesigen Übungsraumes wartet Markus Kellan auf uns. Dort ist ein vergleichsweise kleiner Teil mit Glaswänden von den anderen abgetrennt. Darin sind Maschinen angebracht, die ich noch nie zuvor gesehen habe.

Sie erklären uns, dass sie uns daran festschnallen und anschließend sauge das Gerät unsere Magie heraus, die wir aufbringen können. Es messe sie und speichere sie, um sie später verwenden zu können. Die Maschine kann dann verraten, wie viele Magische Grade wir haben und wie viele davon wir nutzen können. Unser Magievorrat füllt sich in den folgenden Stunden wieder vollständig auf.

„Wer möchte anfangen?", fragt Kellan uns mit einem verschmitzten Lächeln im Gesicht, das mich etwas beunruhigt.

Zu meiner Erleichterung meldet sich Ben, der ganz furchtlos in den Glasraum tritt und sich von den Gurten an die Liege spannen lässt.

Ich bewundere seinen Mut, denn mir selbst macht dieser Gedanke Angst. Nervös sehe ich zu, wie Markus die Gurte mehrmals kontrolliert und noch einige Dinge bei der Maschine einstellt. Dann setzt er sich an einen Schreibtisch und hämmert auf die Tastatur des Computers ein.

Da beginnt die Maschine zu arbeiten und zu rütteln. Schon nach wenigen Sekunden beginnt Ben auf der Zahnarztliege zu beben. Sein Gesicht verzerrt sich und er windet sich, doch die Gurte halten ihn fest.

Ein Arm legt sich um meine Schulter und hält mich fest. Ich habe nicht bemerkt, dass ich einen Schritt zu der Glaswand gemacht habe. Meine Hand vor dem Mund starre ich mit großen Augen hindurch auf Ben, der stark zuckend auf der Liege liegt, grob festgehalten von eng gezurrten Gurten.

Ich sehe, wie er den Mund zu einem Schrei öffnet, doch ich höre durch das Glas keinen Ton. Sein Körper verkrampft sich bis in die Fingerspitzen und das Beben wird immer heftiger.

Auch ich beginne leicht zu zittern und Tränen schießen mir in die Augen, als ich Ben in solchen Qualen sehe. Ich möchte mich aus Teds Griff befreien, doch er ist viel stärker und hält mich mühelos zurück.

Ich möchte ihn anschreien, sofort damit aufzuhören, Ben so zu quälen, doch kein Ton kommt über meine Lippen. Mein bester Freund währenddessen brüllt lautlos hinter den Glaswänden.

Endlich flüstert Ted mir zu: „Markus stoppt den Vorgang schon wieder, siehst du? Schon ist es vorbei und dein Freund darf wieder raus."

Ich reiße den Blick von Ben los und sehe zu Kellan, der tatsächlich gerade den Test beendet. Er befreit Ben, der nun ganz still unter seinen Gurten liegt und spricht mit ihm. Wir draußen hören natürlich keinen Ton. Ben rührt sich nicht, er liegt auf der Liege wie – ich stocke. Nein, das kann nicht sein ... er kann doch nicht... oder doch? Oh du meine Güte, das ist alles meine Schuld! Warum habe ich nichts gesagt? Ihnen nicht befohlen, aufzuhören?

Mir kommt wieder die Vision in den Sinn, die ich an unserem letzten Abend in Margeriten hatte. Vor mir sehe ich den Friedhof und mein verheultes, ausgemergeltes Gesicht in der Spieglung des Fensters. Wieder höre ich mich selbst, wie ich Ben um Vergebung anflehe, den Blick auf die trostlosen Steine gerichtet, geschüttelt von Schluchzern.

Erschrocken starre ich durch das Glas auf Ben, der immer noch auf der Liege liegt, ohne sich zu rühren. Kellan spricht immer noch, ich kann die Lippenbewegungen deutlich sehen.

Doch da bewegt sich auch Ben und Kellan hilft ihm, sich aufzusetzen. Er ist blass und sieht schrecklich erschöpft aus, aber er lebt. Auf Kellan gestützt kommt er heraus aus dem gläsernen Raum.

Auf seiner Haut glänzen kleine Schweißperlen und Ben sieht verletzlich aus, wehrlos, wie er auf wackeligen Beinen vor mir steht. Blut läuft ihm über das Gesicht, es fließt aus seiner Nase wie ein Bach, trotz des Tuches, das er hinhält.

Ben lächelt mir schwach zu, so gut es mit dem Nasenbluten geht. Markus rät ihm, sich ausgestreckt auf den Boden zu legen. Er tut, wie ihm gesagt, und langsam kehrt die Farbe zurück in sein Gesicht.

Ich muss immer noch verschreckt ausschauen, denn Andrina flüstert mir zu: „Man gewöhnt sich daran, ehrlich."

Ich nicke wenig überzeugt und bemühe mich, mich zu entspannen.

„Und?", erkundigt sich Ted gespannt bei Markus.

Da fällt mir wieder ein, weshalb Ben das überhaupt machen musste. Die allgemeine Aufmerksamkeit richtet sich auf Kellan, der sich räuspert und verkündet:

„Ben hat sich gut geschlagen und sein Bestes gegeben. Das Ergebnis ist, dass er die Magischen Grade Stufe vier erreicht hat und er das Potenzial hat, sie alle zu nutzen." Er klingt feierlich und anerkennend und die anderen freuen sich ebenfalls für Ben. Es gibt insgesamt fünf Stufen, wobei sehr viele nur zwei oder drei in sich haben, manche auch nur eine. Davon wiederum können wenige alle Magie nutzen, die in ihnen steckt. Daher gibt es auch Alben, die über gar keine Magie verfügen beziehungsweise diese nicht nutzen können.

Ben grinst und sieht wieder beinahe gesund aus, bleibt jedoch noch am Boden liegen. Ich bin stolz auf ihn, sehr sogar. Er hat das alles nicht nur mutig über sich ergehen lassen, sondern ist auch noch danach tapfer.

„Vier nutzbare Grade, nicht schlecht", lobt Andrina und ich frage mich unwillkürlich, wie viele Grade die anderen wohl haben. Sie scheinen sich ehrlich für Ben zu freuen und in ihren Stimmen schwingt Respekt mit.

Als Ben sich wieder aufsetzen kann und sich besser fühlt, bin ich an der Reihe. Ich bin nervös und habe etwas Angst, doch er lächelt von unten aufmunternd zu mir hinauf und ich werde etwas ruhiger.

Ich folge Kellan angespannt in den gläsernen Raum. Darin ist es still und man hört gar nichts mehr. Nicht weit entfernt trainieren die Schwarzalben und kämpfen wie draußen.

Kellan gibt mir die Anweisung, mich wie Ben vorher auf die Liege zu legen, lässt mir aber Zeit, die Geräte zu mustern. Während er die Gurte um mich legt, nehme ich all meinen Mut zusammen.

„Warum habt ihr das gemacht?", frage ich ihn und Markus sieht mich überrascht an.

Er runzelt die Stirn und es ist unschwer zu erkennen, dass er nicht weiß, wovon ich spreche.

„In New York, damals", helfe ich ihm auf die Sprünge. „Ich war in der Kirche und ihr habt mich gejagt, mich betäubt und dann mitgenommen."

Da weiten sich die beinahe schwarzen Augen und er scheint sich zu erinnern.

„Du warst das", flüstert er überrascht, allerdings kann ich nicht sagen, ob er gerade schauspielert. Ich bin wie selbstverständlich davon ausgegangen, dass er mich erkannt hat. „Du bist erwachsen geworden, Elea. Ja, tatsächlich war das ein Auftrag, dich mit hierher zu nehmen."

„Warum? Und warum habt ihr mich dann gehen lassen?", frage ich und denke daran, wie viel Angst ich hatte.

Ich wusste damals, dass etwas merkwürdig war an dieser Entführung, doch dass es Alben waren, das hätte ich nie im Leben vermutet.

Kellan sieht mich erstaunt an, als hätte er erwartet, dass das offensichtlich sei.

„Das haben wir nicht, du bist uns entkommen. Das war sonderbar, ein kleines Mädchen entkommt einer Gruppe ausgebildeter Schwarzalben. Dabei wusstest du noch nichts über deine Magie."

Überrumpelt mustere ich Kellan. Tatsächlich war meine Flucht damals außergewöhnlich verlaufen.

Ich war in einem Raum. Die Männer und Frauen vor mir hatten schwarze Sturmmasken über die Gesichter gezogen.

„Was wollt ihr von mir?" hatte ich mit zitternder Stimme leise geflüstert, sodass ich dachte, sie hätten mich überhaupt nicht gehört.

Doch das hatten sie natürlich dennoch.

„Die Zukunft", hatte jemand gemurmelt und wurde von einem anderen angestoßen und zum Schweigen gebracht.

Ich hatte schreckliche Angst und dann passierte es. Es hatte mich ebenso wie alle anderen erschrocken.

Als ein großer Mann mit dunklen Augen – eben diesen Augen, die mich nun verkniffen mustern – auf mich zutreten wollte, wieder eine Spritze in der Hand, wurde er plötzlich zurückgeschleudert. Bis an die Wand flog er, als wäre er nur eine Feder.

Die anderen waren, genauso wie ich, schockiert und verwundert, was geschehen war. Doch als sie auf mich zukamen, wurden auch sie durch die Luft gewirbelt.

Es brach Chaos aus und ich entkam, die Hände immer noch hinter dem Rücken gefesselt.

„Mein Schutzengel", hatte ich der Polizei, meinen Eltern und später auch den Ärzten und meinem Psychiater anvertraut. „Er hat mich gerettet, mich beschützt."

„Aber was ist denn dann passiert? Wie bin ich entkommen?", frage ich, immer noch genauso verwirrt über das Ereignis wie damals.

Kellan zuckt die breiten Schultern und meint leise, beinahe sanft: „Ich habe bis heute keine Ahnung, wie du das gemacht hast, Kleine."

Ich? Aber damals war ich noch keine Albe, wie hätte ich sie alle wegpusten können?

Doch für Kellan ist das Gespräch beendet, die Gurte sind gezurrt und er wendet sich dem Schreibtisch zu.

Kapitel 5

Ich kann mich keinen Millimeter rühren, die Bänder, die um meinen Körper geschnallt sind, verhindern, dass ich auch nur die kleinste Bewegungsfreiheit habe. Kellan gibt Befehle in den Computer ein und die Maschinen erwachen zum Leben.

„Puste sie weg, Kleine", höre ich seine Stimme durch das Brummen und da setzt der Schmerz ein.

Zuerst fühlt es sich so an, wie man sich einen leichten Stromschlag vorstellt.

Doch mit jeder ewigen Sekunde wird es intensiver, präsenter. Es ist, als würde etwas alle Zellen meines Körpers aussaugen wollen, was vielleicht auch der Fall ist. Es entreißt mir meine Magie.

Mein ganzer Körper brennt, als stünde er unter Feuer. Mein Herz rast, ich kann nicht klar denken und vor meinen Augen verschwimmt die Decke, die in dem gläsernen Raum niedriger ist als in der Halle.

Mein Schrei tönt in meinem Kopf wider, hallt von den Wänden ab und schmerzt mir selbst in den Ohren. Unkontrolliertes Beben und Zittern gehen durch meinen Körper. Er ist angespannt und windet sich unter den Schmerzen, als könne er ihnen so entkommen.

Doch nichts hilft, es will und will nicht enden. Die Gurte schneiden in meine Haut, aber ich spüre es kaum noch. Alles, was ich noch wahrnehme, sind die Schmerzen, die mich innerlich auffressen, meine Magie verschlingen und mich austrocknen.

Ich schreie und brülle, bin wie betäubt vom Schmerz. Nach einer Ewigkeit, es kommt mir vor wie Tage, flacht es ab und schließlich verstummen die Maschinen. Alles ist still, nur mein Keuchen und Stöhnen ist zu hören.

Kellan beugt sich über mich. Er mustert mich mit einem merkwürdigen Ausdruck in den Augen. Ich kann mich nicht bewegen, selbst nachdem er die Gurte beseitigt hat.

„Lass dir Zeit, Kleine“, flüstert Kellan und seine Stimme klingt anders als sonst. Merkwürdig gepresst, leise, rau. Ich habe keine Kraft, um es zu analysieren. „Du hast das gut gemacht, tapferes Mädchen.“ Ich möchte etwas erwidern, doch mein Mund ist trocken und meine Zunge schwer, sodass ich sie nicht heben kann.

Mein Kopf brummt und alles dreht sich vor meinen Augen. Erst nach einer Weile kann ich mich mit Kellans Hilfe aufsetzen und weil ich mich beim Aufstehen kaum auf den Beinen halten kann und zu stark schwanke, trägt er mich kurzentschlossen.

Kellans Arme an meinem Rücken und unter meinen Kniebeugen sind stark und ich komme mir vor wie ein Fliegengewicht. Vermutlich bin ich das für ihn auch. Ich fühle mich krank, zerbrechlich und klein.

Als ich nach draußen komme, gibt mir Andrina eine riesige Flasche Wasser und befiehlt mir, sie auszutrinken. Ich stürze sie hinunter und nehme das Wasser gierig in mich auf, so ausgetrocknet bin ich.

Kellan sagt Ted, er solle die Lüftung mehr aufdrehen, und dieser folgt sofort. Ich fühle mich immer noch schwach, nachdem Andrina mir die dritte Flasche gereicht hat, die ich bis zum letzten Tropfen leere, doch schon viel besser.

Der Wind weht mir die vom Schweiß nassen Haare aus dem Gesicht. Ich atme die frische Luft ein und sauge sie in meine wunden Lungen ein.

„Geht es dir besser, Elfenmädchen?“, fragt eine heisere Stimme. Es ist Ben.

Er kann mittlerweile stehen, leicht an die kühle Wand gelehnt, und das Nasenbluten hat aufgehört.

Ich möchte etwas sagen, doch es kommt nur ein Krächzen heraus. Also nicke ich nur und Andrina reicht mir noch eine Flasche Wasser.

Nach einer Weile geht es mir so gut, dass ich allein am Boden sitzen kann, aufrecht. Meine Stimme funktioniert auch wieder. Ich habe es geschafft. Ich habe es hinter mir.

Kellan, der mich nicht aus den Augen gelassen hat, kniet sich vor mich und räuspert sich: „Elea? Ich habe lange nicht geglaubt, dass du es damals in New York warst. Alle haben es mir eingeredet und waren überzeugt davon. Ich habe es bis heute bezweifelt." Alle sehen ihn mit gerunzelter Stirn an, doch Kellan sieht nur mir allein ganz fest in die Augen. „Doch jetzt habe ich endlich den Beweis. Du, Elea O´Brien, bist unsere Jahrhundertalbe."

Ted kreischt begeistert auf wie ein Kind und Andrina stößt einen Fluch aus, nur Ben und ich sehen uns verwirrt an.

„Was bedeutet das denn?", will ich benommen wissen.

„Eine Jahrhundertalbe", erklärt Ted aufgeregt und mit leuchtenden Augen, „ist eine Albe mit dem Potenzial, alle fünf Magischen Grade zu nutzen. Es gibt alle 100 Jahre eine Einzige und es existieren unzählige Prophezeiungen über die Nächste. Über dich."

Ich starre die anderen entgeistert an. Das kann nicht ihr Ernst sein! Sie glauben doch nicht wirklich, dass ich eine Jahrhundertalbe bin, oder?! Anscheinend doch … ach herrje.

„Lea kann fünf magische Grade nutzen?", äußert sich Ben und klingt, als wäre er sich noch nicht sicher, ob er das bewundernd oder kritisch sagen sollte.

Kellan nickt ehrfürchtig und ich frage mich, ob sie alle den Verstand verloren haben.

„Bei dem Training klang das irgendwie noch etwas anders", spotte ich.

Ich habe beschlossen, nicht auch verrückt zu werden, wie die anderen.

„Oh nein, nein, nein, Kleine. Das bedeutet nicht, dass du bereits im Stande bist, diese Magie zu nutzen, sondern nur, dass du es mit dem richtigen Training eines Tages können wirst", widerspricht Kellan mit dem altbekannten Augenrollen, das sein Gegenüber dumm fühlen lässt. „Elea, du bist eine außergewöhnliche Albe. Du bist eine Jahrhundertalbe mit zwei Elementen, eine Aloise, Zeitenwanderin und Partnerin eines Gedankenwanderers. Aber ich kann dich zu einer Albe trainieren, die Welten bewegen könnte."

„Zurzeit bin ich nur müde", gebe ich zurück und auf Kellans sonst so ernstem Gesicht erscheint ein Grinsen, bevor er den anderen aufträgt, uns auf unsere Zimmer zu bringen.

Der Vormittag vergeht viel zur schnell, am liebsten hätte ich noch weitere Stunden geschlafen, doch Andrina weckt mich auf. Es gäbe gleich Mittagessen.

Ich raffe mich auf, schleppe mich in den Speisesaal und später wieder zurück zu meinem Bett. Die Neuigkeit, dass die neue Jahrhundertalbe hier ist, hat sich herumgesprochen, und ich werde angestarrt und plötzlich angequatscht.

Andrina erzählt allen, ich sei noch erschöpft. Ted hingegen übernimmt gerne das Tratschen, weshalb ich und Ben wieder schlafen gehen können.

Auch am Nachmittag bleiben wir großteils in unseren Zimmern und überraschenderweise staubt uns niemand mehr auf. Das Programm ist für heute abgeschlossen. Ob das eine Ausnahme ist oder nicht, ist mir völlig gleich, solange man mich in Frieden lässt.

Freitag, 20.12.

Dieser Ruhezustand jedoch ändert sich am nächsten Morgen abrupt, als Andrina uns bereits vor dem Frühstück zum Training holt.

„Ernsthaft jetzt?", stöhnt auch Ben. Doch mit den Schwarzalben ist nicht gut diskutieren.

Ich dachte eigentlich, dass ich etwas verschont werde, doch anscheinend hat Kellan da ganz andere Vorstellungen. Er meint, mich noch zusätzlich fördern zu müssen. Dieser verdammte Quälgeist!

Ben und ich verbringen beinahe den ganzen Tag in der Halle. Meistens sind Ted oder Andrina dabei, die anderen neugierigen Alben schickt Kellan immer fort, damit sie nicht stören. Ab und zu fordert er auch Ted und Andrina auf, zu gehen, damit wir drei alleine sind.

Anfangs sind wir genervt von seiner Strenge und Genauigkeit. Später aber am Nachmittag merken wir, dass es genau das ist, was wir brauchen, um besser zu werden. Kellan mag nicht gerade der netteste Trainer sein, aber er weiß, was er tut.

Ich beginne, ihn zu mögen, trotz seiner seltsamen Art, seine Zuneigung zu zeigen und uns zu loben.

„Wenn du den Rückwärtssalto noch ein wenig tiefer machst, dann stößt du dir dein schlaues Köpfchen, Elea. Aber zumindest fällst du nicht mehr aufs Gesicht." – „Du hast die Reaktionsfähigkeit eines Seesterns, Ben. Dich könnte sogar ein Seeigel überholen. Naja, wenigstens bist du jetzt nicht mehr die Seeanemone." – „Es wird besser, anfangs wäre ein Streit zweier Welpen spannender zuzuschauen gewesen."

Am Abend jedoch sind wir beide ausgelaugt und fallen müde in die Betten. Ich glaube, mein Kopf hat das Kissen noch nicht einmal berührt, als ich schon schlafe.

Samstag, 21.12.

Am nächsten Morgen tut mir jeder meiner über 300 Knochen in meinem Körper weh. Von meinen Muskeln natürlich ganz zu schweigen. An der Art, wie Ben sich bewegt, merke ich, dass es ihm nicht anders geht.

„Eine Pause?!", unterbricht Kellan Ben mitten im Satz fassungslos. „Ihr seid seit ein paar Tagen hier und wollt schon einen freien Tag? Das ist wohl ein Scherz! Wozu denkt ihr, seid ihr hier? Sicherlich nicht zum Kaffeekränzchen halten! Und jetzt holt die Kugeln! ... Nein Lea, nicht die Zehn-Kilo-Kugeln, das war gestern. Heute üben wir mit fünfzehn Kilo, für den Anfang."

Ich wüsste nicht, wozu es nötig ist, eine so schwere Kugel in der Luft halten zu können, bis Kellan nachgibt und es mir erlaubt, aufzuhören, weil mir die Kugel sonst auf den Kopf fallen würde.

Doch unser Trainer kennt kein Erbarmen, sehr wohl aber jede Menge ausgefallener Situationen, in denen wir das benötigen.

„Ihr seid in einer Höhle, die plötzlich einstürzt, und müsst die Felsbrocken aufhalten, bevor sie euch erdrücken. Sie wiegen bestimmt mehr als fünfzehn Kilo und da könnt ihr auch keine Pause machen."

Ben muss die Kugeln mit einer Ranke oben halten, wobei sie ihm immer zu entgleiten droht.

„Und Ben ist schon wieder tot", kommentiert Kellan kopfschüttelnd, als er Ben die Kugel abnehmen muss.

„Ich glaube kaum, dass Felsbrocken so glatt sind, dass sie mir davonrutschen …", murrt er.

Doch obwohl erst der zweite intensive Trainingstag ist, muss ich zugeben, dass es mir bereits leichter fällt, Kellans Anforderungen zu entsprechen. Nur, dass er immer neue Kunststücke verlangt, was die Sache erheblich erschwert.

Sonntag, 22.12.

Am nächsten Tag sind wir ebenso erledigt wie zuvor. Das schöne aber ist, dass wir uns mit jedem Tag besser hier eingewöhnen. Wir haben uns an die Regeln und Bräuche gewöhnt, das frühe Aufstehen und die Abläufe. In den Korridoren kennen wir uns (mehr oder weniger) aus und auch viele der Alben sind uns schon bekannt.

Es fühlt sich gut an, wieder zu einer Gruppe dazu zu gehören, auch wenn wir es noch nicht offiziell tun. Bei den Spielen am Abend vor dem Essen sind wir dabei, sind Teil der Gemeinschaft, und können mitdiskutieren und mitscherzen.

Ich merke, wie ich besser schlafe, was auch an der Erschöpfung liegt, und wie ich mich immer wohler fühle. Die Stimmung ist besser, heiterer. Natürlich vermisse ich mein altes Leben noch, aber ich komme zurecht mit meinem neuen.

Ab und zu jedoch, wenn ich im Bad Zähne putze, oder mich in dem langweiligen Grauton der Kleidung in den Spiegel schaue, denke ich an sie. An ihre goldschimmernden Augen und Haare, ihre dunkelroten Lippen und das liebe Lächeln darauf.

Dann frage ich mich, ob Ben das auch tut, ob er sie oft vor sich sieht. Möchte er sie dann in seine Arme schließen? Ihr sagen, wie sehr er sie vermisst?

Immer wenn ich darüber nachdenke, werde ich wütend. Olivia ist in Alfheim, was interessiert es mich? Und dennoch … was hat sie, was ich nicht habe? Ist sie lustiger? Hübscher? Vielleicht auch einfach mental stärker?

Bestimmt würde sie an meiner Stelle nicht darüber nachdenken, sie würde sich für Ben freuen und mit ihm trauern. Und genau deshalb hätte er ihr vielleicht davon erzählt und bei mir hat er geschwiegen.

Aber sie ist nicht seine beste Freundin, das bin ich, und das bleibe ich auch!

Schlecht gelaunt stapfe ich zum Mittagessen, die Haare zu einem Knoten hochgesteckt und das graue Shirt in die Hose gesteckt.

Es möchte mir einfach nicht aus dem Kopf gehen, dass Ben mir so etwas nicht anvertraut. Warum will er nicht, dass ich es weiß? Was soll ich denn davon halten?

Als wir mit Andrina im Speisesaal ankommen, sind die meisten bereits da.

„Wo ist denn Liam?", erkundigt sich Ben. Die beiden sind gute Freunde geworden.

„Ja, ihm hat er sich sogleich geöffnet …", denke ich bitter und kippe mein Glas Wasser hinunter.

„Bei einer Besprechung, er kommt etwas später", erklärt Ted und häuft sich Nudeln auf den Teller.

Die beiden Gläser Orangensaft hat er sich schon bereitgestellt. Ted liebt Orangen und erlaubt es sich, immer gleich zwei Gläser mitzunehmen.

„Elea, alles gut?", fragt er, als er sich setzt, und ich nicke, ohne zu antworten. „Du wirkst irgendwie – "

„Schlecht gelaunt? Mürrisch? Abwesend?", kommt Ben ihm zu Hilfe und ich verdrehe die Augen.

Doch das scheint nicht Antwort genug zu sein, denn ihre Blicke ruhen immer noch auf mir.

„Super drauf", fauche ich und Ben fügt seiner Liste hinzu: „Gereizt. Das ist es."

Es ärgert mich, dass er tut, als wäre alles gut, wo er mir doch seine Geheimnisse nicht mehr anvertraut. Mit Feli war das nie ein Thema, wir haben uns nie angelogen. Nur mein Alben-Dasein war eine Ausnahme, aber auch das haben wir gut weggesteckt. Warum kann mir Ben nun nicht mehr vertrauen?

Ich werfe ihm einen bösen Blick zu, doch die anderen lachen nur. Wieso lacht man über die schlechte Laune anderer?

„Was soll das?", brause ich auf. „Kellan läuft immer mit einer Zehn-Tage-Regenwetter-Miene herum und niemand beschwert sich. Aber ich muss immer strahlen wie die Sonne, oder wie?"

„Kein Grund zur Aufregung", erwidert Andrina und hebt abwehrend die Hände.

Ich schnaube verächtlich, vor allem jedoch deswegen, weil ich mich über meine eigene Unfreundlichkeit ärgere.

Das restliche Abendessen über schweige ich. Ted unternimmt noch einige Versuche, mich in die Gespräche, die er hauptsächlich alleine führt, einzubinden, doch ich habe keine Lust dazu. Nicht heute. Schließlich gibt er auf und schlürft seine Orangensäfte.

„Elea, du bist unkonzentriert, so kommst du nicht weit", beschwert sich Kellan später und rauft sich entnervt die vollen Haare.

„Ja, bei ihrem alten Trainer ist das durchgegangen, nicht? Der hat es nämlich selbst nicht gekonnt", meint Ben abfällig.

Er ist mittlerweile ebenso genervt von meiner Laune wie alle anderen, eingeschlossen mich selbst. Doch auf Erik herumzuhacken, das geht zu weit.

„Na und? Erik hat mir gelernt, was er mir zu dem Zeitpunkt lernen sollte!", fauche ich zurück. „Du warst nur immer sauer, weil er unterrichten durfte und du nicht!"

„Warum braust du so auf, wenn ich Erik erwähne? Er kann dir doch wirklich egal sein, ein Blödmann in Alfheim ist er, sonst nichts", keift Ben zurück.

Ich verziehe das Gesicht und widerspreche: „Erik ist kein Blödmann, er ist ein Freund-"

„Doch darum geht es eigentlich gar nicht", unterbricht mich Ben gekränkt. „Du verteidigst ihn, weil du auf ihn stehst, weil er dich mit seinem Angeber-Lächeln beeindruckt hat."

„Darf ich denn nicht auch jemanden mögen? Du bist doch der, der ein Theater macht wegen eines Mädchens!", rege ich mich auf und Ben sieht mich irritiert an.

„Was?! Wie kommst du denn darauf?", fragt er und klingt plötzlich nicht mehr wütend, sondern nur überrascht.

„Ich werde mir dann mal etwas zu trinken holen, redet ihr euch derweilen schön aus", verkündet Kellan und macht sich aus dem Staub.

„Ich habe dich mit Liam reden hören, über Olivia", gebe ich kleinlaut zu und füge schnell zu meiner Verteidigung hinzu: „Tut mir leid, ich wollte nicht lauschen, aber ich war ziemlich gekränkt, weil du mir nichts gesagt hattest. Wir sind doch beste Freunde, die erzählen sich so etwas."

Ben nickt betroffen: „Olivia? Mir tut es auch leid, dass ich nicht mit dir gesprochen habe. Aber dürfte ich wissen, wie du auf Olivia kommst? Ich glaube nicht, dass ich einen Namen erwähnt habe."

Ich erkläre ihm, dass ich bei der Feier gesehen habe, wie sie ihn ansah. Ben nickt, in Gedanken versunken, und ich beschließe, mir ebenfalls frisches Wasser zu holen.

Ich bin schon an Ben vorbei, als er meinen Namen ruft. Ich drehe mich um und sehe Ben abwartend an: „Zwischen uns ist doch alles gut, oder?"

Er klingt hoffnungsvoll und ich nicke lächelnd. Da entspannt sich auch Ben.

Montag, 23.12.

An diesem Montag bemüht sich Ben, und auch ich bemühe mich, unsere Freundschaft nicht erneut auf die Probe zu stellen. Die

Zeiten sind auch so schon herausfordernd genug, da möchte niemand von uns den anderen verlieren.

Ansonsten verläuft der Tag so gewöhnlich, wie es im Versteck der Schwarzalben nur möglich ist. Kellan ist wie immer ausgesprochen kritisch und hart mit uns. Das Training ist dementsprechend anstrengend und kostet uns alle Energie und Kraft.

So ausgelaugt ich danach aber auch bin, fühle ich mich dennoch gut. Kellan nimmt sich nie die Zeit, unsere Fortschritte anzumerken, doch einige kann ich bereits selbst erkennen. Er hat uns beigebracht, unsere Kräfte bei Kämpfen richtig einzusetzen und obgleich es nicht immer klappt, wissen wir nun Bescheid, wie wir sie nutzen sollen.

Dienstag, 24.12.

Als ich an diesem Morgen in den Speisesaal komme, halte ich überrascht inne. So etwas Nutzloses wie Deko habe ich im Versteck noch nie gesehen, die Schwarzalben besitzen Dinge nur, wenn sie einen Nutzen daraus ziehen.

Heute jedoch, an Weihnachten, stehen an jedem der Tische eine kleine rote Kerze und eine Schüssel Kekse. In der Luft liegt ein Duft nach Kerze, Zimt und Lavendel. Ich strahle über das ganze Gesicht, als ich zu unserem Stammtisch schlendere.

Auch die anderen sind äußerst gut gelaunt.

„El! Sieh nur, ist das nicht überwältigend!", ruft mir Ted entgegen, seine Augen funkeln begeistert.

Wieder einmal erinnert mich der Optimist an ein Kind, völlig verzaubert von allem und jedem.

„Ja, es sieht wunderbar aus", stimme ich ihm verträumt zu.

Normalerweise wäre ich über ein paar Kerzen nicht so aus dem Häuschen, aber mir ist die Eintönigkeit der Schwarzalben bereits so ins Blut übergegangen, weshalb ich nichts dergleichen erwartet hätte.

„Schöne Weihnachten, Elfenmädchen", begrüßt mich Ben mit einem Lächeln und legt den Arm um meine Schultern.

Dann machen wir uns über das Frühstück her.

Feiertage sind bei den Schwarzalben sehr selten, doch einige wenige haben sich doch durchgesetzt. Das hat damit zu tun, dass die Neuzugänge zumindest an etwas festhalten wollten, das sie bereits kannten. Es war als Ablenkung und Erinnerung gedacht. Das alles muss schon ewig her sein und nun sind alle begeistert von den Feierlichkeiten. Für sie ist es etwas ganz Besonderes und dasselbe gilt wohl jetzt auch für uns.

Ich kann sehen, wie die Alben über die roten Tischdecken streichen und verzückt lächeln. Auch für mich ist es unglaublich, ein paar Farbkleckse sehen zu dürfen, denn sonst ist immer alles grau. Was auch sonst?

Jedoch habe ich mich zu früh gefreut, wie ich später von Kellan zu hören bekomme, als er unsere Gesichter sieht. Gerade hat er uns erklärt, dass unser Training heute genauso stattfindet wie immer.

„Es gibt keine Ausnahmen, die Zeitpläne gelten immer, da könnte die Welt um uns herum untergehen."

Damit behält er recht, denn niemand denkt auch nur daran, vom gewöhnlichen Ablauf abzuweichen. Er ist ihr Rhythmus, den sie niemals aufgeben, ihre Struktur ohne Wenn und Aber.

Kellans Training erscheint mir noch viel anstrengender als normalerweise. Ob er das absichtlich tut oder ich mich nur schon nach heute Abend sehne, weiß ich nicht.

Nach dem Abendessen soll es nämlich doch eine Feier geben, wie Ben und ich erleichtert festgestellt haben. Bis dahin aber wird geschuftet.

Ich habe versucht, Ted auszufragen, ob man sich dafür etwas weniger grau anziehen dürfe. Ob es Punsch gebe oder einen Christbaum. Auf alle drei Fragen kam nur ein Lachen und Kopfschütteln. Natürlich. Was habe ich erwartet?

Immer wieder schwirrt mir mein früheres Leben durch den Kopf. Mein Dad hatte mir versprochen, dass wir uns zu Weihnachten wiedersehen würden, als er und Mom nach meinem Geburtstag abgereist waren.

„Sei nicht traurig, Schätzchen", hatte er gemeint. „zu Weihnachten sind wir ja schon wieder da, um dich mit Eltern-Ratschlägen zu nerven."

Ich kann mich genau daran erinnern. Ich hatte gegrinst, nicht ahnend, was auf mich zukommen würde.

Doch nun bin ich hier, abgeschottet von der Welt. An Weihnachten zum ersten Mal nicht in Margeriten bei meiner Familie. Was man Oma und Opa wohl erzählt hat, wo ich stecke? Werden sie bereits misstrauisch?

Bitterer Geschmack macht sich in meinem Mund breit, doch ich ignoriere ihn und verdränge die Gedanken an mein altes Ich. Es hat keinen Sinn, etwas Verlorenem nachzutrauern. Ich brauche nun meine Konzentration für die Kampftechnik.

Bereit zum Sprung gehe ich in die Knie, meine Muskeln angespannt, meine Nerven aufs Äußerste gespannt. Dann stoße ich mich kraftvoll vom Boden ab und vollführe die komplexe Kombination aus Verteidigungsabfolgen.

„Besser, Elea. Duck dich ruhig weiter hinunter, den Tritt noch energischer und sicherer ausführen. Übe weiter, dann stolperst du am Ende nicht mehr nach vorne wie ein neugeborenes Kalb", lobt Kellan und wendet sich Ben zu.

Anfangs war es nicht so leicht, sich mitten in einer Übung wie bei einem Flickflack oder einem Rückwärts-Bogengang von der Schwerkraft zu lösen, sodass man es als Ausweichmanöver nutzt. Da man jedoch zu diesem Zeitpunkt bereits in der Luft sein sollte, ist es gar kein richtiger Flickflack, sondern mehr eine Andeutung dessen.

Nun jedoch geht es schon deutlich besser und Kellan möchte, dass ich dann sofort wieder zurückschnelle. Wie bei einem Gummiband, hat er erklärt. An dieser Stelle aber falle ich jedes Mal beinahe auf die Knie. Zu langsam bin ich ihm außerdem, aber das ist nichts Neues.

Am späten Nachmittag bin ich völlig fertig und möchte nur noch ein Bad nehmen und mich ins Bett legen. Ben, der teils andere Aufgaben von Kellan bekommen hat, geht es nicht anders.

Doch als ich später den Speisesaal betrete, fällt mir wieder ein, welchen Tag wir heute haben, und die Müdigkeit fällt von mir ab. Zumindest zum größten Teil.

Ben kommt mir strahlend entgegen, seine Haare sind noch feucht vom Duschen und haben nasse Tropfen auf seinem T-Shirt hinterlassen. In einer Hand hält er einen Keks und seine Augen funkeln gierig und abenteuerlustig.

„Da bist du ja, Elfenmädchen. Keks?", begrüßt er mich und bietet mir einen zweiten an, bevor er sich seinen in den Mund schiebt.

Lächelnd nehme ich ihn an und tue es Ben gleich.

Zusammen, Seite an Seite, schlendern wir zu unserem Stammtisch und setzen uns zu den anderen.

„Wisst ihr, weshalb ich Weihnachten so mag?", verkündet Ted und fährt wie immer gleich fort, ohne auf eine Antwort zu warten. „Wegen des Vanillepuddings am Ende des Abendessens. Der ist ein wahres Privileg."

Tatsächlich scheinen alle Schwarzalben bester Laune zu sein. Wir spielen einige Spiele, singen und lachen. Mir bringt man eine Gitarre, man hätte gehört, ich könne spielen. Ich begleite einige Lieder, bringe den Schwarzalben neue Songs bei.

Im Versteck ist man von der Außenwelt getrennt, man bekommt nichts mit, kann nicht raus und hat keine Ahnung, was da draußen vor sich geht. Nur die Neuankömmlinge wie Ben und ich oder von Aufträgen Zurückkehrende können ihnen von den aktuellen Trends berichten.

Der Abend ist wunderschön, eine Ablenkung zum eintönigen Alltag der Schwarzalben. Alle zeigen sich dankbar dafür und sind in bester Stimmung.

Als schließlich alle in ihre Zimmer verschwinden, ist es deutlich später als sonst. Das ist aber kein Problem, denn am nächsten Tag sollen die Abläufe ausnahmsweise alle etwas nach hinten verschoben werden.

Ich persönlich kann das kaum glauben, denn für Schwarzalben ist das ein recht großes Ding. Ihre Zeitpläne, die sollte man nicht missachten. Niemals. Anscheinend aber gibt es doch einige wenige Sonderfälle. Welch eine positive Überraschung.

Ich falle hundemüde ins Bett, ein breites Grinsen auf den Lippen. So fühle ich mich fast ein wenig high.

Mittwoch, 25.12.

Am nächsten Morgen versetzt Kellan meiner guten Laune jedoch bereits vor dem Frühstück einen gewaltigen Dämpfer. Wie hätte es anders sein können?

„Schon wieder ein Test? Wozu müssen wir die Magischen Grade schon wieder bestimmen? Das ist doch erst … ein paar Tage her", klage ich, doch Markus lässt sich nicht erweichen.

„Nichts da, das ist Vorschrift", erwidert er sogleich. „Jede Woche, das liefert uns nicht nur Informationen über die Fortschritte, sondern ist auch eine wichtige Übung für die Alben."

Wir erreichen den Speisesaal und treten durch die geöffnete Türe. Sofort fallen mir einige müde Gesichter auf, doch Müdigkeit ist hier nur auf eigene Gefahr in Kauf zu nehmen. Man muss selbst schauen, wie man mit den Zeitplänen zurechtkommt. Das habe ich bereits gelernt. Könnte man zumindest meinen.

Ich unterdrücke ein Gähnen und rede weiterhin auf Kellan ein. Heute ist ganz bestimmt nicht der geeignetste Tag für diesen anstrengenden Test … ich möchte diese Schmerzen nicht wieder durchleben, ich kann mich noch ganz genau erinnern, wie sie sich angefühlt haben.

„El, etwas mehr Disziplin, wenn ich bitten darf", fällt mir Markus ins Wort. „Außerdem ist heute euer Einweihungstag, ihr sollt dann richtig dazugehören, Ben und du. Nach dem Test werdet ihr noch in die restlichen Angelegenheiten eingeführt."

„Wirklich?", hake ich erstaunt nach und setze mich neben Ben, der sein Gespräch mit Liam unterbricht und ebenfalls zuhört. „Was genau bedeutet das?"

„Das bedeutet", mischt sich Andrina ein, „dass ihr dann offiziell Schwarzalben seid. Ihr bekommt eure Watches und Schlüsselkarten, dürft euch völlig frei bewegen und könnt ab heute Aufträgen nachgehen."

„Vorausgesetzt, ihr besteht", fügt Kellan hinzu.

Er schafft es jedes Mal wieder, mir das Lächeln aus dem Gesicht zu wischen. Kann man das erlernen oder ist diese Fähigkeit angeboren?

„Was bestehen? Davon hat mir keiner etwas gesagt", meint Ben misstrauisch.

Er sieht zu mir, doch auch ich wusste davon nichts.

„Nun", erklärt Liam besänftigend. „Es gibt einige Rituale, das ist Brauch und Vorschrift. Zum Beispiel soll man sich für unsere Gemeinschaft öffnen, die eigene Seele mit all den Fehlern und Verletzungen zeigen. Im Grunde soll man zeigen, dass man keine Geheimnisse hat, denn wir Schwarzalben verachten diese Unehrlichkeit der Lichtalben."

Obwohl alle uns gut zureden, habe ich das restliche Frühstück über ein mulmiges Gefühl in der Magengegend. Was wird heute alles auf uns zukommen? Was, wenn ich scheitere? Liefern sie mich dann den Lichtalben aus oder werde ich wieder behandelt wie eine Gefangene?

Zumindest verläuft die Bestimmung der Magischen Grade nicht weiter aufregend. Sie ist zwar genauso, wie ich sie in Erinnerung habe, doch dieses Mal bin ich vorbereitet und weiß, was passieren wird.

Danach dürfen Ben und ich auf unsere Zimmer, um uns etwas auszuruhen, bevor wir unsere Ehrlichkeit auf die Probe stellen sollen. Anschließend bringen uns die anderen wieder in die große Trainingshalle.

Doch nun befindet sich dort eine kleine Erhöhung, wie eine kleine Bühne. Rundherum haben sich unzählige Alben versammelt, was mich nur noch nervöser macht.

Pamela erwartet uns bereits, sie steht am Rand des Podests. Die Arme vor der Brust verschränkt, einen angespannten Gesichtsausdruck und ihre braunen Haare streng nach hinten zu einem Pferdeschwanz gebunden.

Ihre aufrechte Haltung lässt sie trotz ihres recht kleinen Körperbaus respekteinflößend und einschüchternd wirken. Und das, obwohl sie gerade besorgt wirkt, wobei sie älter aussieht, als ich sie geschätzt hätte.

Als sie uns erblickt, setzt Pamela ein munteres Lächeln auf und es scheint, als wären all ihre Sorgen verpufft. Ich bewundere sie für diese Begabung, alles mir nichts dir nichts beiseite zu schieben.

Mehr denn je kann ich verstehen, warum Pamela Peters immer wieder von den Schwarzalben als ihre Vorsitzende gewählt wird. Sie scheint immer alles unter Kontrolle zu haben und gibt einem das Gefühl von Sicherheit.

Etwas, das ich mittlerweile für verloren halte. Wann kann man denn schon sagen, wahrhaftig sicher zu sein?

Kapitel 6

„Kellan, Fuchs", grüßt Peters Markus und Andrina, die uns von unseren Zimmern geholt haben, bevor sie sich an uns wendet. „Das hier dient nicht nur Sicherheitszwecken, es handelt sich dabei um ein Versprechen, eine Versicherung gegenüber allen anderen Schwarzalben. Ihr versprecht ihnen, ehrlich zu ihnen zu sein und vertraut euch ihnen an."

Ich nicke angespannt und trete von einem auf den anderen Fuß, während mein Blick unentwegt durch die Halle wandert. Ben wirkt lockerer als ich, doch selbst er kann nicht verbergen, dass ihm mulmig zumute ist. Nicht vor mir.

„Okay, fein", fährt Peters sachlich fort. „Man wird euch einige Fragen stellen und ihr werdet ehrlich darauf antworten. Denkt daran, dass es unter Alben eine große Bandbreite an Fähigkeiten gibt.

Dazu gehört erstens, Gedanken zu lesen, wie ihr wisst. Und zweitens, Unwahrheiten aufzuspüren. Wir verlangen von euch nur eure Ehrlichkeit, ihr müsst uns nicht vertrauen. Denn Vertrauen ist schlussendlich immer gefährlich."

Peters steigt auf die Bühne und sogleich verstummen die Gespräche. Es wird ruhig und alle warten gespannt, was als nächstes kommt. Nun, obwohl natürlich alle außer Ben und mir wissen, wie das hier abläuft.

„Schwarzalben, es ist so weit!", sagt sie, ohne ihre Stimme zu erheben. „Zwei weitere tapfere Alben haben es zu uns und bis zu dieser Bühne geschafft." Ihre Augen richten sich auf mich und Ben. „Schenkt uns eure Ehrlichkeit!"

Alle in der Halle wiederholen die letzten Worte und in meinen Ohren klingt die Aufforderung erschreckend laut wider. „Benjamin Carter!" ruft Peters und deutet ihm, sich zu ihr zu begeben. „Schenke uns deine Ehrlichkeit!"

Ben setzt sich auf einen Stuhl neben Pamela, wie bei einem Verhör. Doch er lässt sich nichts anmerken, schaut gelassen in die vielen Gesichter unter ihm, und wirkt voll und ganz entspannt. Ich aber weiß, dass er es nicht ist.

„Benjamin Carter, du bist fünfzehn Jahre alt und wurdest erst neulich von uns aus den Händen der Lichtalben geholt. Du warst wegen Unruhestiftung, Neugierde, Ungehorsam und zu viel Wissen und Nachforschungen in Gefahr. Du bist ein talentierter Erdelf und Gedankenwanderer, dessen Eltern im Kampf um Freiheit von den Lichtalben getötet wurden. Du scheinst ein mutiger Kämpfer zu sein, der sich nicht vom Weg abbringen lässt. Wovor aber, Carter, hast du am meisten Angst?"

Alle schauen Ben erwartungsvoll an, doch er schweigt. Seine Augen sind düster auf den Boden vor ihm gerichtet. Die Stirn in Falten gelegt, als überlege er konzentriert.

Nach einer kurzen Weile mischt sich Peters ein: „Das dachte ich mir bereits. Nun, dann kommen wir später erneut auf die Frage zurück. Du bist sehr eigensinnig, Carter, aber wirst du in Zukunft in unserem Sinne handeln? Deine Aufträge verlässlich erfüllen und Wort halten?"

Wieder überlegt Ben gründlich und ich fürchte, er würde heute nichts mehr beantworten. Sei nicht so stur! Versprich es einfach, bitte!

Doch wir beide wissen, dass er das, was er jetzt verkündet, auf ewig einhalten muss. Sie werden wissen, wenn wir lügen, so viel ist klar.

„Ich bin mir sicher, dass ich mein Bestes geben werde, dass ihr euch auf mich verlassen könnt. Ich werde kämpfen und alles geben, wenn ich es für richtig halte", erwidert Ben und ich halte die Luft an vor Spannung.

Doch Pamela nickt nur kurz anerkennend. Sie scheint zufrieden mit der Antwort und ich stoße die Luft erleichtert wieder aus.

„Du wirkst, als wärst du sehr entschlossen, deine Ziele zu verfolgen. Was tust du, um sie zu erreichen?"

„Alles, was ich kann", entgegnet Ben schlicht. „Wenn mir etwas wichtig ist, dann werde ich dafür kämpfen und nicht aufgeben, ganz gleich, was ich möglicherweise opfern muss."

Seine Stimme ist fest und ich lächle stolz über sein Selbstbewusstsein und seine Stärke. Ich kenne niemanden, der sich so unter Kontrolle hat wie Ben. Er ist ein Meister darin, andere zu beeindrucken.

„Gibt es denn bereits etwas, wofür du alles aufs Spiel setzen würdest? Etwas, mit dem die Lichtalben dich erpressen können?"

Ich weiß bereits, was Ben sagt, bevor er es tut.

„Meine Zwillingsschwester ist für mich das Wichtigste. Für ihre Sicherheit würde ich beinahe alles tun."

„Können sie dein Handeln sonst noch durch irgendetwas beeinflussen? Ist dir noch etwas bekannt? Vielleicht noch eine Person, von der sie wissen, wie nahe sie dir steht, und für die du, wie für deine Schwester, alles tun würdest?"

„Ja", gibt Ben zu. „Lea."

Ich blicke überrascht auf, doch tief in meinem Inneren wusste ich es bereits. Wir sind uns schrecklich nahe und selbst wenn ich immer dachte, niemand würde für Ben je an seine Ammi herankommen, war mir schon länger klar, dass ich bereits sehr weit vorne aufgelistet bin.

Dass man Ben jedoch mit einem von uns erpressen könnte, darauf bin ich noch nie gekommen. Nun erscheint es nicht mehr allzu weit fort. Geschwind schiebe ich den Gedanken beiseite.

„Dann zurück zu meiner ersten Frage: Was ist deine größte Angst, Benjamin Carter?"

Ben senkt seinen Blick, der bis jetzt ehrlich und aufmerksam durch den Raum geglitten ist. Er starrt auf den Boden und antwortet leise:

„Vergessen zu werden. Dass ich nichts bewirken kann oder ändern und einfach einer von Unzähligen bin. Dass ich zu unbedeutend bin, als dass man sich an mich erinnert."

Seine Stimme klingt dumpf, belegt.

„Danke für Ihre Ehrlichkeit", sagt Peters zu ihm und alle wiederholen die Worte. Da erscheint wieder ein ungezwungenes Lächeln auf Bens Lippen.

Eben dieses Lächeln, das einem im Magen kitzelt, weil es so schön ist. Das einem den Atem verschlägt und die Blicke festhält, selbst wenn man die Augen abwenden möchte. Doch dieses Mal bin ich mir nicht sicher, wie aufrichtig es ist.

Dann bittet Peters mich zu ihr, wie zuerst Ben, der nun die Bühne verlassen darf. „Elea O´Brien! Schenk uns deine Ehrlichkeit!"

Die vielen Stimmen klingen wie ein Echo, das von den Wänden widerhallt.

„Elea O´Brien, du bist ebenfalls fünfzehn Jahre alt und die Geschichte, wie du hierhergekommen bist, ist dieselbe wie bei Ben. Du bist als Jahrhundertalbe sehr begabt, eine Wasser- und Luftelfe. Aloise, Zeitwanderin und Gedankenpartnerin Bens. Deine beiden Eltern sind Lichtalben, nicht?"

Ich nicke peinlich berührt. Sie stehen auf der anderen Seite. Doch sie kennen die Wahrheit nicht, hinterfragen die Lichtalben nicht. Eine Tatsache, die ihre Leben rettet, sie aber dennoch zu den Bösen macht.

„Schätze ich dich richtig ein, wenn ich sage, Familie und Freunde wären dir ausgesprochen wichtig, Elea?" Ich nicke zögerlich. „Denn dann ist zu überlegen, ob du für sie Dinge tust, die du ansonsten nicht tun würdest?"

Ich schlucke schwer.

„Meinen Sie, ich könnte wegen … meiner Familie und Freunden die Seiten wechseln?", frage ich mit belegter Stimme und Peters nickt ernst.

Alle Blicke ruhen auf mir, doch ich habe keine Antwort. Würde ich meine Liebsten im Stich lassen für das, was angeblich das Richtige ist? Würde ich im Notfall gegen sie kämpfen, um meine Ziele zu verfolgen, oder würde ich meine Meinung für sie zurückstecken?

„Ich würde natürlich versuchen, mit ihnen zu reden und ihnen meine Sichtweise zu erklären. Mich tatsächlich gegen sie zu stellen, würde mir sicherlich äußerst schwerfallen. Lieber wäre mir, wenn man ihnen zeigen kann, was das Richtige ist und sie auf meine Seite – unsere Seite – bringen kann."

„Wie auch Carter stelle ich dir dieselbe Frage. Bist du bereit, deine Aufträge verlässlich zu vollbringen und die Regeln einzuhalten?"

„Es ist nicht leicht, sich hier einzuordnen, aber ich habe bis jetzt versucht, mich in das Leben einer Schwarzalbe einzufügen und werde das sicherlich auch weiterhin tun."

„Wirst du in der Lage sein, Entscheidungen alleine zu treffen, selbst wenn diese auch Verluste für dich mit sich bringen?", erkundigt sich Pamela.

„Das werde ich müssen, schätze ich. Ich hoffe, ich kann in dieser Situation einen kühlen Kopf bewahren und entscheide mich richtig", erwidere ich und merke selbst, wie sicher meine Stimme klingt. Zum Glück.

„Bist du bereit, unsere Geheimnisse für dich zu behalten, selbst wenn etwas geschieht, das man jetzt noch nicht sagen kann? Wirst du bis zum Schluss stark genug sein, andere zu schützen, wenn es darauf ankommt?"

„Ich werde mein Bestes geben, stark genug zu sein, und werde die Geheimnisse nicht verraten, sondern sie für mich behalten. Mir ist bewusst, wie wichtig es ist, dass kein Verrat stattfindet. Das könnte alles zerstören, so viele Leben kosten. Ihr könnt euch auf mich verlassen", erwidere ich und meine es genauso.

Ein kleines Lächeln stiehlt sich in Peters Gesicht, doch so plötzlich, wie es gekommen ist, verschwindet es wieder. Es kommt mir vor, als hätte ich es mir nur eingebildet, als sie weiterspricht:

„Nun zur letzten Frage: Was, Elea O´Brien, ist deine größte Angst?"

Zum ersten Mal zögere ich. Doch das tue ich nicht, weil ich es nicht mitteilen möchte, sondern weil ich es nicht genau weiß. Ich denke eine kurze Zeit lang darüber nach. Schließlich antworte ich:

„Ich denke, ich fürchte mich am meisten davor, alleine zu sein. Auf mich selbst gestellt, ohne jemanden, dem ich vertrauen kann, und der mir hilft."

„Danke für Ihre Ehrlichkeit", hallt es von den Wänden wider und da gehören Ben und ich plötzlich dazu. Wir sind richtige Schwarzalben.

Peters überreicht uns feierlich unsere Watches. Sie seien nicht nur ein Erkennungszeichen, sondern viel eher ein praktisches Accessoire und eine Hilfe. Die Watches haben unzählige Funktionen, die Ben und ich erst lernen müssen. Damit kann man sich mit jeder Schwarzalbe in Verbindung setzen.

„Es werden wichtige Nachrichten an alle ausgesendet und vor allem bei Aufträgen wären die Watches nicht mehr wegzudenken. Damit aber nur ihr sie verwenden könnt, sind viele Geheimcodes und Sicherheitsvorkehrungen eingespeichert", erklärt man uns.

Es dauert lange, uns die Uhren zu erklären, sie sind sehr komplex aufgebaut. Auch als Waffe dienen sie. Man kann sie wie eine Granate verwenden und vieles mehr.

Zur Sicherheit, falls Lichtalben eine Watch in die Finger bekommen, gibt es weitere Fallen. Bei gefährlichen Aufträgen muss man sich zusätzlich dazu regelmäßig „melden", mit Codes und verschlüsselten Nachrichten.

Passiert das nicht, zerstören sich die Watches von selbst. Sie explodieren oder gehen in Flammen auf.

Ich muss zugeben, die Watches sind wirklich genial. Dennoch habe ich etwas Respekt vor ihnen. Sie sehen so harmlos aus, sind es aber nicht. Es ist ein merkwürdiges Gefühl, sie an meinem Handgelenk zu tragen. Eine tödliche Waffe, konstruiert mit so vielen kleinen Details.

Der Zeitplan mit Erinnerungen, wann man wo sein soll, gefällt mir am besten.

„Wirklich sinnvoll. Was würde ich nur ohne den machen?", murmelt auch Ben, als er ihn entdeckt.

Außerdem dürfen wir nun allein durch das Versteck streifen. Wir haben immer noch nicht alles gesehen, es gibt hier auch Parks.

Dort wachsen Bäume, Sträucher und Wiesen, als wären wir draußen und nicht unter der Erde.

In diesen Räumen gibt es auch Wetter. Es weht ein Wind, es kann regnen, gewittern oder nebelig sein. Luftalben kontrollieren das, sie üben dort gerne, so, wie die Erdalben die Vegetation gestalten. Auch Gewässer sind dort zu finden und ich komme mir vor wie in einem Paradies.

Den ganzen Tag lang erforschen wir zusammen die Veränderungen, die Watches und das Versteck. Es ist riesig und wir verlaufen uns trotz der Karten-Funktion der Uhren. Dabei waren wir schon stolz, überhaupt bis zu der Karte zu kommen, trotz der Verschlüsselungen.

„Das weiß man schnell alles auswendig, dann muss man gar nicht mehr nachdenken", redet Liam uns gut zu. „Anfangs ist es unpraktisch, aber die Vorkehrungen können unser aller Leben retten. Das haben sie bereits zig mal."

Am Abend brummt mein Kopf von Dingen, die ich mir merken muss. Natürlich ist das für Alben wesentlich leichter, als für Menschen. Dennoch bin ich erschöpft.

Es ist also kein Wunder, dass ich nicht an alles denke. Ich weiß, ich weiß. Ich sollte besser aufpassen, aber in diesem Augenblick denke ich einfach nicht daran.

Erst später fällt es mir siedend heiß ein.

Als ich meine schmutzigen Laken in die Waschräume gebracht habe, vergaß ich die Socke. Sie liegt immer noch in dem Kissenbezug, unerlaubterweise.

Da bin ich wieder hellwach und stürme eilig zu den Waschräumen. Bitte lass es noch niemandem aufgefallen sein! Wer weiß, wie streng die Schwarzalben mit so etwas umgehen …

Meine Sorge, jemand könnte die Socke entdeckt haben, ist unbegründet. Denn nicht einmal ich kann sie finden, zwischen all den vielen gleichfarbigen Bezügen.

Es ist wie eine Suche nach der Nadel im Heuhaufen – mühsam und zeitaufwendig. Aber nicht unmöglich! *Aber beeile dich, denk an den Zeitplan* ...

Endlich – ich will schon laut losjubeln – finde ich die Socke und stecke sie unter mein graues T-Shirt. In meinen BH hinein. Dort würde sie niemand je finden. Erleichtert lehne ich mich an die kühle Wand und schließe kurz die Augen. Und da höre ich es.

„– etwas tun! Man kann den armen Jungen nicht im Stich lassen, nach allem, was er für uns getan hat! Er gehört zu uns, hat dieselben Feinde und –"

„Das weiß ich doch! Ich sage nur, dass er in letzter Zeit einfach unvorsichtig war. Die Rettungsaktion der beiden Neuen war schon riskant, das hätte er auch anders planen können. Weniger spontan, besser organisiert und vielleicht später, damit alles vorbereitet ist."

„Wir wissen nicht, wie dringend es war. Möglicherweise wusste er durch seine Kontakte mehr als wir", erwidert die erste Stimme wieder. Eine Frau.

„Vielleicht. Wie auch immer, jetzt müssen wir wieder alles aufs Spiel setzen, um unseren Spion sicher aus Alfheim heraus zu bekommen. Damit sind sie beide in Gefahr, wenn der Junge es nicht schafft, die andere zu verteidigen", entrüstet sich eine zweite Frau. Ihre Stimme kommt mir vage bekannt vor.

„Das stimmt, aber wer einen Hilferuf sendet, bekommt unseren Beistand. Der Junge hätte vor Jahren fliehen können, blieb aber und wurde unser Spion. Ein für gewöhnlich sehr vorsichtiger", verteidigt die erste den Buben. „Die Lage spitzt sich schlicht zu, zwischen Licht und Schatten."

„Jaja, schon gut. Die Prophezeiungen werden sich erfüllen, blabla. Ich weiß, ich weiß. Aber darauf verlasse ich mich nicht. Ich hoffe nur, die Stellung der Eltern des Jungen liefern uns durch ihn Informationen, die zu gebrauchen sind. Wozu denn sonst ein Zentrum-2-Bewohner?"

Die Stimmen entfernen sich wieder und ich muss das Gehörte verarbeiten. Rettungsaktion der beiden Neuen. Beide in Gefahr. Hilferuf. Spion.

Kann es tatsächlich sein, dass es sich dabei um den Retter handelt, der Ben und mich aus den Fängen der Lichtalben geholt hat? Oder aber interpretiere ich zu viel in die Worte hinein? Plötzlich habe ich es schrecklich eilig, springe auf und laufe los.

„El! Möchtest du auch mitspielen? Wir wollten gerade eine neue Runde eröff – Ist alles in Ordnung?", erkundigt sich Liam, als ich auf ihn zukomme und dem anscheinend erst jetzt meine Hektik aufgefallen ist.

„Liam! Was ist mit dem Spion, der einen Hilferuf gesendet hat? Wurde da etwas in einer Notfallssitzung heute Mittag erwähnt?", dränge ich.

„Ja, schon, aber … El, woher weißt du davon?", fragt Hill verwirrt und Ben sieht mich eindringlich an.

Vermutlich forscht er gerade in meinen Gedanken, wovon ich rede.

Ich erkläre den beiden, was ich gehört habe.

„Ja, dabei handelt es sich tatsächlich um den Jungen, der euch geholfen hat", meint Liam, als ich meine Ausführungen beendet habe.

„Junge? Was kann ich mir darunter vorstellen? Wie alt ist er?", erkundigt sich Ben, die Stirn in Falten gelegt und die Augen immer noch auf mich gerichtet.

„Er ist in etwa in eurem Alter, glaube ich. Er und seine Schwester arbeiten für uns. Wenn also er in Verdacht von Verrat gerät, sind beide dran", teilt Hill uns seine Sorgen mit.

„Und was macht ihr jetzt? Hat er euch um Hilfe gebeten, weil man sie enttarnt hat?", erkundige ich mich aufgeregt und lasse mich neben Liam auf einen Stuhl fallen.

„Wir müssen vermutlich erst einmal abwarten, weil wir nicht genau wissen, was los ist. Zwei Rettungsaktionen in kurzer Zeit, das ist auffällig. Aber man kann ihn nicht sich allein überlassen. Er hat uns ein Hilfezeichen gesendet, warum ist nicht ganz klar.

Kontakt zwischen uns und unseren Spionen war immer schon schwierig", gesteht Liam und wirkt ehrlich besorgt.

Er erklärt, dass es riskant für alle Beteiligten ist, Botschaften zu übermitteln. Daher sei der Junge sehr wichtig gewesen. Er sei ein Meister darin gewesen, da er die Voraussetzungen habe.

„Er konnte uns nur eine Erinnerung mitteilen, dass er verdächtigt wird, euch beiden geholfen zu haben. Man beschuldigt ihn und beobachtet ihn genauestens", erklärt Liam, und wir bitten ihn, uns am Laufenden zu halten. Er verspricht es.

Samstag, 28.12.

Die nächsten Tage passiert nicht viel. Ben und ich gewöhnen uns daran, nun endlich richtige Schwarzalben zu sein. Von dem Spion gibt es nichts Neues, er meldet sich nicht.

„Ist das ein gutes oder ein schlechtes Zeichen?", frage ich Liam. Doch er hat keine Antwort darauf.

Wer weiß schon, was in Alfheim los ist. Nur die Lichtalben und unsere Spione.

Der Großteil der Schwarzalben ist der Meinung, nichts unternehmen zu müssen. Ich selbst habe dabei ein ungutes Gefühl, verstehe aber die Entscheidung. Wie gesagt, niemand weiß, was vor sich geht, und einzuschreiten bedeutet große Gefahr.

„Wer könnte es denn sein?", überlege ich, als Ben und ich zusammen auf dem Weg zum Training mit Kellan sind.

Ich grüble fast die ganze Zeit vor mich hin, kann aber weder eine Antwort finden, noch kann ich sie jemandem entlocken.

„El, ich weiß es nicht", meinte Liam, als ich ihn heute Morgen wieder bedrängt habe. „Und selbst wenn, was bringt dir ein Name?"

Dass ich ihn vielleicht kenne, den, der sein Leben für unsere gefährdet hat …

Selbst Ben möchte langsam nichts mehr davon wissen. „Lea, bitte. Zerbrich dir nicht den Kopf. Das alles ist nicht deine Aufgabe."

Ich schweige, doch in Wirklichkeit möchte ich ihm sagen, wie sehr mich seine Genervtheit enttäuscht.

Wir kommen gerade in die Halle, weiter entfernt sehen wir Markus Kellan. Er kommt auf uns zu. Ted ist bei ihm, er redet auf ihn ein, wirkt völlig aufgebracht.

„Was ist denn da los?", fragt Ben laut und spricht damit unser beider Gedanken aus.

Ich zucke mit den Schultern und wir beschleunigen unsere Schritte.

In diesem Augenblick bleibt Kellan abrupt stehen und fährt zu Ted herum. Er gestikuliert wild und scheint Ted zu beschimpfen. Dennoch spricht er zu leise, als dass wir auch nur ein Wort verstehen könnten.

Wir brauchen uns nicht abzustimmen, gleichzeitig beginnen Ben und ich zu rennen. Im Laufschritt nähern wir uns dem Geschehen und da können wir endlich verstehen, worüber die beiden Männer diskutieren.

„Das ist nicht nötig! Das lenkt nur alle Aufmerksamkeit in eine Richtung, die wir nicht wollen! Wann verstehst du das endlich, Ted?"

„Ich verstehe sehr wohl, warum ihr Angst habt, aber für sie ist das eine große –", erwidert Ted ruhiger, wird aber sofort wieder unterbrochen.

„Ihr Bruder regelt alles, okay?", fährt Kellan ihn an und redet sanfter weiter: „Sie sind nur hinter ihm her, sonst hätte er es uns irgendwie mitgeteilt! Es geht Zara sicherlich gut."

Mit diesen Worten lässt er Ted stehen und rauscht mit gewohnt grimmiger Miene an uns vorbei.

„Training entfällt", erklärt er knapp, ohne uns anzusehen.

Ben und ich sehen ihm einen Moment verwundert nach, dann wenden wir uns an Ted.

„Was ist hier los?", erkundige ich mich, ahne es aber schon.

„Ein erneuter Hilferuf aus Alfheim, wir sind gezwungen, einzugreifen. Jetzt sofort."

Das hört sich nicht gut an, Lea.

Nein, ganz und gar nicht! Der arme Ted wirkt völlig aufgelöst …

„Erzähl uns alles", fordere ich ihn laut auf. „Wir müssen genau wissen, was passiert ist!"

Während er uns alles schildert, bereiten sich einige Teams der Schwarzalben vor, zu einem bestimmten Portal nach Alfheim zu reisen.

Der junge Spion habe sich vor einigen Tagen gemeldet, er würde verdächtigt werden. Nun endlich hat er erneut Kontakt aufgenommen, es sei sehr dringend. Ted selbst war nicht dabei, weiß aber genau, was geschehen ist.

Der Junge wäre während des Hilferufs überrascht worden. Er konnte anscheinend fliehen, denn er ist ein Gestaltenwanderer. Das bedeutet, er kann sein Äußeres verändern, wie er möchte.

Diese Gabe war es auch, die ihm die vielen Jahre als Spion ermöglichte. So konnte er unbemerkt wegkommen und ab und zu sogar persönlich mit einem Schwarzalben sprechen.

Er hat eine ältere Schwester, die auch eine sehr wichtige Position hat. Im IT- Bereich der Lichtalben, sie kontrolliert unter anderem Überwachungen. Also die Aufnahmen, die sie durch die Ketten erlangen oder die Aufzeichnungen vor den Portalen. Diese werden nämlich auch gefilmt.

Nun jedenfalls, soll der Junge auf der Flucht sein, in der Nähe eines Portals. Seine Schwester müsse noch in Alfheim sein, angeblich gehe es ihr gut.

Ted glaubt das nicht, er meint, sie gehöre da auch sofort rausgeholt. Er betont das immer wieder sehr nachdrücklich, aber niemand schenkt ihm Beachtung.

„Aber wie kann der Spion denn überhaupt Kontakt zu euch aufnehmen?", erkundigt sich Ben.

Eine Frage, die wir uns beide schon des Öfteren gestellt haben.

„Für gewöhnlich lässt der Junge seine Kette in seinem Zimmer in Alfheim zurück. Er schaltet Musik ein und dann kann er dank seiner Schwester das Abhörsystem umgehen.

Als andere Person kann er dann ins Freie und zum Beispiel an einen vereinbarten Treffpunkt kommen. Das ist riskant, hat aber bis jetzt am Ende immer funktioniert."

„Das ist schlau!", rufe ich überrascht aus. „Natürlich trotzdem gefährlich, aber ziemlich durchdacht."

„Ja, so hat es anfangs gut geklappt. Später, als wir uns ganz sicher waren, dass wir ihm vertrauen können, und es immer schwieriger wurde, haben wir unsere Strategie geändert. Wir gaben ihm und später auch seiner Schwester eine Watch und mit einigen Zaubern konnte der Junge sie so verstecken, dass nur er in der Lage sein würde, sie zu erreichen. In Alfheim gibt es einen See, an dem die Wasserelfen sich herumtreiben." Ted erzählt, der Spion würde dort hinuntertauchen und in eine Höhle hinein. In einer Höhle, am Grund des Sees sei die Watch versteckt. Der Junge müsse dazu die Codes kennen, damit er sie verwenden kann.

Doch in der letzten Nachricht steht, er würde gerade gesucht und müsse unbedingt fort von Alfheim. Er schreibt, er würde im Wald des Portals nahe Kuala Lumpur warten.

„Das bedeutet so viel wie, dass wir keine Gifte einsetzen können, wenn wir ihn holen gehen. Wenn wir die Wachen in diesem Wald außer Gefecht setzen, dann tun wir das auch mit dem Jungen ..."

„Aber wie machen wir es sonst?", fragt Ben, während ich mich erkundige: „Dürfen wir jetzt zumindest die Namen der Geschwister kennen?"

„Es ist noch nicht ganz sicher, aber wir werden alle auf dem Laufenden gehalten. Wir werden noch diskutieren, was das Beste ist, aber die Teams müssen jetzt sofort aufbrechen. Ich glaube, sie sind bereits weg ..."

Wir schweigen eine Weile betroffen. Uns ist allen klar, was das bedeutet.

Es ist ein Notfalleinsatz.

Ein Gefährlicher noch dazu und wir wissen noch nicht, wie wir ihn angehen werden ...

Meine Knie zittern vor Angst und Aufregung, was als Nächstes passieren wird.

„White", sagt Ted plötzlich mit belegter Stimme, und ich sehe verwirrt auf.

„Wie bitte? Was ist?"

„So ist der Name der Geschwister-Spione. Zara und Erik White."

Kapitel 7

Zuerst passiert gar nichts. Alles ist ruhig. Für einen winzigen Augenblick scheint es, als wäre die Zeit stehen geblieben.

Dann plötzlich bricht die Welle über mir zusammen. Erik? Mein Erik? Er ist der Spion, der Verräter? Erik war es, der uns von den Lichtalben wegbringen lassen hat, damit uns nichts passiert?

„Er- Erik?", stottere ich, völlig außer mir.

Ben ist ebenso überrumpelt wie ich. Er holt tief Luft, um sich zu beruhigen, schweigt aber.

„Aber ... dann ist er jetzt in Gefahr!", stoße ich verzweifelt aus.

Ein Blick zu Ben zeigt mir, dass ihn das gerade wenig kümmert. Natürlich. Er hasst Erik und ist nur überrascht.

„Kennt ihr ihn etwa?", erkundigt sich Ted neugierig und ich nicke heftig.

Endlich bringt auch Ben einen Ton heraus: „Wie lange ist er schon ein Schwarzalb?"

Seine Stimme klingt brüchig, als brauche es alle Konzentration, um sie unter Kontrolle zu bekommen.

„Die White-Geschwister wurden mit sieben und zehn Jahren ein Teil von uns, ein sehr wichtiger. Sie hatten großes Glück, nicht sofort von den Lichtalben entlarvt worden zu sein. Ich weiß es noch, als wäre es gestern gewesen ...", antwortet Ted und dann erzählt er uns, was damals passierte.

Erik und seine ältere Schwester Zara sind die Kinder eines sehr angesehenen Lichtalbs mit hoher Stellung. Es ist bereits neun Jahre her, als sich ihre Einstellung komplett änderte.

Ich gehe unruhig hin und her und knabbere nervös an meinen Nägeln. Wie halten die Schwarzalben diese Ungewissheit nur alle aus? Seit zwei Stunden sind die Alben, die für die Rettungsaktion befehligt worden sind, nun schon fort. Eine Nachricht ist aber immer noch nicht eingetroffen.

„Immer mit der Ruhe." Andrina wirft mir einen Blick zu und ich merke, dass sie versucht, nicht allzu genervt von mir zu sein. Aber ich kann auch nichts machen. Ständig fallen mir noch schlimmere Szenarien ein, die passiert sein könnten.

Ben seufzt und sieht beinahe wütend aus. Er hat den Blick von mir abgewandt und starrt düster die graue Wand an. Seine Finger trommeln hektisch auf sein Knie, doch als ihm das bewusst wird, hält er sofort inne.

Ich zwinge mich, an etwas anderes zu denken als an eine misslungene Rettungsaktion, die darin endet, dass ein schwer verwundeter Schwarzalb uns mit seinen letzten Worten mitteilt, dass alle tot sind. Auch das Zielobjekt, Erik.

Sofort verwandelt sich der Wald hinter meinem früheren Zuhause vor meinen inneren Augen in ein Schlachtfeld. Mittendrin bekannte Gesichter. Kim Hunter, blutüberströmt im Schnee sitzend, zu verletzt, um sich wieder aufzurichten. Emilia Evans, blass und schwach neben ihrer Schwester Elvira kniend. Und natürlich Erik.

Ben stöhnt laut auf und seine Augen verfinstern sich noch mehr. Sie sind dunkelgrün und sprühen vor Energie. Schnell versuche ich wieder, leiser zu denken, damit er sich nicht so anstrengen muss, meine panischen Gedanken nicht immer laut brüllend in seinem eigenen Kopf zu hören.

„Entschuldigung", murmle ich betreten, bemüht, das schreckliche Bild von Erik zu vertreiben. „Ich bin so aufgeregt."

Wieder erkundige ich mich bei Andrina, ob es normal ist, so lange nichts von den Alben zu hören.

„Ja, El. Das ist nicht außergewöhnlich, schon alleine die Reise dauert lange."

Sie klingt genervt und sieht mich nicht einmal mehr an. Ihr Blick ruht auf einer anderen Albe auf der anderen Seite des Raumes.

Dann lehnt Andrina sich vor und stützt ihre Ellbogen auf ihre Oberschenkel. Ihre großen, braunen Rehaugen schauen uns unter ihrem rotbraunen Pony eindringlich an.

Wir müssten lernen, Geduld zu haben. „Raubtiere haben auch ihre eigenen Strategien. Unsere ist es, abzuwarten und unsere

Beute unvorsichtig werden zu lassen. Eine Gazelle ist schnell, was bedeutet, dass man, wenn man sie nicht einholen kann, Zeit braucht. Sie wird müde und du bist im Vorteil. So funktioniert die Jagd. Und so funktioniert das Leben."

Wenn das so ist, dann kann es mir gestohlen bleiben … es macht mich wütend, nichts für Erik tun zu können. Er hat immer alles versucht, um mir zu helfen, und ich sitze blöd herum und muss warten!

Doch da muss ich nun alleine durch. Durch die Zeit der Ungewissheit. So verrückt es mich auch macht, ich habe keine andere Möglichkeit. Alle paar Sekunden wandert mein Blick zu meiner Watch auf meinem Armgelenk.

Es wird immer schlimmer, ich kann nicht stillsitzen, meine Augen wandern ruhelos durch den Raum. Mittlerweile sehe ich, dass es Ben nicht viel besser geht.

Ich muss daran denken, was er gesagt hat, als Pamela Peters ihn nach seiner größten Angst fragte.

„Dass ich nichts bewirken kann …"

Es quält ihn, zu wissen, dass er nicht helfen kann, selbst, wenn es nur um Erik geht, den er nicht ausstehen kann.

Andrina hingegen ist immer noch ruhig. Sie sitzt seit Stunden schweigend da und tut … nun, nichts. Einfach rein gar nichts. Sie wirkt nicht völlig entspannt, aber sollte sie aufgeregt sein, so kann sie es gut verstecken.

Meine Nerven sind aufs Äußerste gespannt, doch das Spannendste, was passiert, ist, dass endlich wieder eine Minute vergeht und sich eine Zahl auf meiner Watch ändert. Die Zeit zieht sich wie Kaugummi und selbst nachdem Stunden des Wartens geschafft sind, gibt es keine Neuigkeiten.

Ben und ich versuchen, Karten zu spielen, doch schon nach kurzer Zeit geben wir wieder auf. Es hat keinen Sinn, wenn niemand von uns bei der Sache ist.

Gerade streckt Ben ächzend seine eingerosteten Beine aus. Im Gegensatz zu mir läuft er nicht immer wieder aufgekratzt im Zimmer umher.

Da wird auf einmal die Türe aufgerissen und alle im Raum schrecken hoch. Selbst Andrinas Kopf fliegt zu Ted, der mit den Nerven ebenso am Ende ist wie Ben und ich, und gerade hereingestürzt kommt.

Sofort springt Ben auf, als Ted auf uns zukommt. Das war nicht die beste Idee. Er schwankt ein wenig und hält sich geschwind beim Tisch fest.

„Ted? Was ist los?", verlange ich ungeduldig zu wissen und gehe ihm wenige Schritte entgegen.

Nun ist auch Ben wieder sicher auf seinen Beinen und stellt sich an meine Seite.

„El!", erwidert er etwas zerstreut und legt mir eine Hand auf die Schulter. „Kellan schickt mich, ich soll Ben und dich zu ihm bringen."

Auf dem Weg versuchen wir, etwas aus dem anscheinend schrecklich besorgten Ted herauszubekommen. Kellan hätte ihm nichts verraten, er wisse nichts.

Wir glauben ihm aufs Wort, so verzweifelt wie er aussieht, sind aber dennoch enttäuscht. Unseren Nerven tut es auch nicht unbedingt gut, dass Ted noch aufgeregter ist als wir. Er scheint ausgesprochene Angst zu haben. Sein Gesicht ist kreidebleich. Warum, ist mir ein Rätsel, und ich möchte nicht nachbohren.

„Elea, Ben", begrüßt uns Markus Kellan und wirkt ebenso ruhig wie Andrina.

Wäre er es nicht, würde ich in Panik geraten, um ehrlich zu sein. Er ist jemand, an den man sich immer etwas anlehnt. Würde Kellan nicht diese überlegene Gelassenheit zur Schau stellen, würden viele andere durchdrehen. Da bin ich sicher.

„Ich dachte, vielleicht interessiert es euch zu wissen, dass unser Team die unmittelbare Gefahrenzone verlassen konnte."

Er sieht mich mit seinen dunklen Augen an, doch ich kann seinen Blick nicht deuten.

„Also ist alles nach Plan verlaufen?", erkundigt sich Ben und man hört, wie ihm ein Stein vom Herzen fällt.

Auch meine Knie werden plötzlich ganz weich wie Pudding und ich muss mich in Bens Arm krallen, um nicht umzufallen.

„Genau, die Schwarzalben sind vollzählig und heil mit dem Spion auf dem Rückweg." Dann bleiben Kellans Augen kurz an Ted hängen. „Alles wie wir es besprochen haben."

Ted nickt und senkt den Blick, sodass sein Gesicht kurz von seinen Haaren verdeckt ist. Es dauert nur einen winzigen Augenblick, bevor er uns wieder anlächelt.

Es wirkt ehrlich, als wäre er wirklich erleichtert, die anderen in Sicherheit zu wissen. Das ist es vermutlich auch, aber etwas irritiert mich.

Während Ben und ich wieder normal durchatmen können, wirkt Ted abwesend. Er schweigt und ich werde das Gefühl nicht los, dass ihn etwas bedrückt. Er wirkt nicht glücklich.

Sein Blick geht durch mich hindurch. Plötzlich erinnert er sich, dass er sich freuen müsste und setzt wieder sein Lächeln auf. Wie eine Maske und es wirkt dabei zum Täuschen echt.

Einiges Warten später heißt es, das Team solle bald kommen. Wir versammeln uns alle im Speiseraum und erst da wird mir bewusst, dass ich kurz vor einem Wiedersehen mit Erik stehe.

Augenblicklich werde ich wieder aufgeregt. Ich habe ihn so lange schon nicht mehr gesehen. Ich dachte, dass ich ihn nie mehr sehen würde. Die letzten Stunden hatte ich nur gebetet, er würde überleben, doch ich habe nie einen Gedanken daran verschwendet, was wäre, wenn wir uns dann gegenüberstünden.

Ein Arm legt sich von hinten um meine Schulter. Ich muss mich nicht umdrehen, um zu wissen, wer mich da tröstet. Erleichtert lehne ich mich an Ben und ein stilles Lächeln schleicht sich auf meine Lippen.

Genauso verharren wir und warten auf das Eintreffen des Teams. Es dauert noch eine Weile – natürlich, was sonst? Aber nun, da ich weiß, dass es allen gut geht, vergeht die Zeit schneller, so kommt es mir vor.

Es sind exakte 42 Minuten und etwa 13 Sekunden. Dann hören wir die Schritte, viele Schritte. Sie kommen näher und es ist klar, dass die Schwarzalben nun wieder zurück im Versteck sind.

Die Türen gehen auf und tosender Applaus bricht aus. Die Gesichter der Männer und Frauen, die den Raum betreten, sind erschöpft, verschwitzt und müde. Doch es liegt ein Stolz darin, eine Sicherheit wie ein Versprechen.

Mitten unter ihnen entdecke ich endlich einen Blondschopf. Als er sich in meine Richtung umdreht, sehe ich ihn das erste Mal seit langem näher.

Erik ist ein Stück gewachsen, aber nicht so sehr. Er sieht noch genauso aus wie früher. Die eisblauen Augen strahlen trotz der Müdigkeit in seinem Gesicht vor Energie.

Seine Wangen sind leicht gerötet, ob vor Anstrengung oder wegen des Applauses und der Rufe kann ich nicht sagen. Ich tippe aber eher auf Erstes, denn Erik steht gerne im Mittelpunkt. Dann geht er aufrechter, lächelt sicherer und wirkt insgesamt gelassener.

Ich beobachte aus der Entfernung, wie Pamela Peters und einige andere ihm die Hand schütteln und einige Worte tauschen. Sie begrüßen ihn wie einen alten Freund, nicht wie mich und Ben, wie einen Feind.

Erik bewegt sich unter ihnen, als gehöre er immer schon dazu. Sein Blick schweift über die Menge und dann sieht er mich. Seine Augen ruhen einen Moment auf mir und sogleich strahle ich ihn an. Und dann wendet er mir plötzlich den Rücken zu.

Das Lächeln gefriert in meinem Gesicht. Ich versuche, mir die Enttäuschung nicht ansehen zu lassen. Dann entdecke ich Ted, er steht abseits und ist vermutlich der Einzige, der genau weiß, wie ich mich gerade fühle. Auch er hat dasselbe aufgesetzte Lächeln auf seinen Lippen.

Ich befreie mich aus Bens Umarmung und sage ihm in Gedanken schnell, wohin ich gehe. Dann schlendere ich durch den Raum und geselle mich zu Ted. Wir stehen schweigend nebeneinander und betrachten das Geschehen.

Kellan, wie er sich mit David Ohreas, der den Einsatz geleitet hat, unterhält. Sie scheinen sich gut zu kennen, vielleicht sind sie befreundet.

Andrina Fuchs, die sich nun mit einigen Jungs austauscht, ein Glas mit durchsichtiger Flüssigkeit in der Hand. Wasser oder doch etwas Alkoholisches? Ist das hier im Versteck überhaupt erlaubt? Wohl kaum.

Natalie, die ihre Cousine Jana begrüßt, und sich mit ihr und ihren Freundinnen lachend unterhält. Jana gestikuliert wild und schlägt dabei versehentlich Juliet, die gerade abgelenkt war. Erst da wendet sie lächelnd den Blick von der Jungengruppe mit Andrina ab und beteiligt sich am Gespräch.

Ben steht nun zusammen mit Nico und einigen anderen beisammen. Sie lachen über etwas, das ein Mädchen mit blonden Haaren gesagt hat. Und ich stelle zufrieden fest, dass zumindest mein bester Freund gutgelaunt zu sein scheint.

Vielleicht vergisst er Olivia. Das wäre das Beste für Ben, wenn er einfach darüber hinwegkommt.

„Darf ich mich zu euch gesellen?", erkundigt sich da jemand hinter mir und ich schrecke zusammen.

Ich habe ihn weder kommen hören, noch kommen sehen. Ich war zu abgelenkt gewesen.

Ich nicke und Erik stellt fest: „Lange nicht gesehen, wie geht's dir, Lea?" „Gut, wir haben uns eingelebt."

Da fällt mir Ted neben mir ein und ich stelle ihn vor.

„Hallo, freut mich."

Aber Ted nickt nur. Ich hatte erwartet, er würde wieder losquasseln und seine positiven Energien versprühen. Ich hatte mich getäuscht.

„Ist alles in Ordnung?", erkundige ich mich vorsichtig, aber mein Freund winkt nur ab. Ich solle mir um ihn keine Sorgen machen.

Ich will nachbohren, denn es ist offensichtlich, dass etwas ganz und gar nicht stimmt mit ihm. Aber ich halte mich zurück.

Stattdessen meine ich zu Erik: „Du warst die ganze Zeit ein Spion der Schwarzalben. Wie konnte ich davon nichts merken?"

Ich sehe ihn an und ein geheimnisvolles Lächeln erscheint auf seinen Lippen. „Das war ich wohl … ich wollte es dir sagen, ehrlich. Aber es ging nicht, ich konnte euch nicht einmal warnen."

„Aber wie wusstest du, dass Ben und ich Hilfe brauchten. Ich meine, es ging alles noch ganz gut, oder nicht?"

Er sieht mich stirnrunzelnd an und es kommt mir so vor, als hätte ich etwas Wichtiges übersehen.

„Bis dahin habt ihr alles halbwegs geschafft, ja. Aber ich wusste, es würde nicht mehr lange dauern, bis etwas passiert. Bis dahin waren wir immer unglaublich vorsichtig, aber bei euch beiden wollte ich schnell handeln. Vielleicht war es voreilig, aber es hat funktioniert. Fürs Erste."

Er erzählt mir, wie er an unserem letzten Abend in Alfheim alles gehört hatte. Erik war Ben und mir gefolgt, er hatte mitbekommen, wie ich Ben von meiner Vision erzählt habe. Er wusste, dass ich gesehen hatte, dass Ben sterben würde, und da musste er handeln.

Aus diesem Grund hatte Erik dieses Risiko auf sich genommen, obwohl es noch nicht sicher war, dass die Lichtalben gegen uns vorgehen würden. Wir waren zwar da schon ihre Feinde, das wusste er von seinem Vater, doch sie konnten noch nicht riskieren, uns etwas anzutun.

Die Aussicht, dass Ben sterben könnte, hatte Erik wachgerüttelt und in Panik versetzt. Er hätte sofort reagiert und die Schwarzalben alarmiert, uns rauszuholen.

„Aber du hasst Ben doch!", rutscht es mir völlig irritiert heraus. „Ich meine, warum würdest du deine gesamte Tarnung aufs Spiel setzen für jemanden, den du verabscheust."

Ich sehe Erik verwirrt an. Es ergibt keinen Sinn, doch er lächelt nur traurig. „Ich hasse ihn nicht, das habe ich nie."

Wir sehen beide zu Ben hinüber, der immer noch bei seinen Freunden steht. Als hätte er unsere Blicke gespürt, schaut er auf. Er fragt mit seinen Augen, was los sei, aber ich erwidere, alles sei gut.

„Nicht?"

Ich verstehe es nicht, die beiden waren immer so gemein und hinterhältig zueinander. Aus ihren Worten triefte der Hass. Doch dann sagt Erik etwas, das mich ihn nur noch fassungsloser ansehen lässt.

„Ich könnte Ben niemals hassen. Glaub mir, ich habe es versucht."

Kapitel 8

Erik lacht, doch es klingt nicht glücklich. Ich bin sprachlos. Kein Ton kommt über meine Lippen. Ich wüsste auch gar nicht, was ich sagen sollte. Was meint er damit? Was auch immer es ist, Erik hört sich dabei plötzlich nicht mehr wie der selbstsichere Alb an, den ich zu jeder Zeit in ihm gesehen habe.

Plötzlich klingt er verletzlich. Nein, er klingt verletzt. Gebrochen. Ich kann den Jungen neben mir nur anstarren.

Erik wendet den Blick von seinem früheren besten Freund ab und schaut mir wieder in die Augen. Das Glitzern darin erinnert mich an den Ozean. Blau, wunderschön und tief.

„Ich sollte mit ihm reden, ich weiß. Aber wie erklärt man jemandem, der eine schreckliche Meinung von einem hat, dass man nur angefangen hat, ihn schlecht zu behandeln, um ihn vor der Wahrheit zu schützen?"

Erik und Ted wechseln einen kurzen Blick, als würden sie sich etwas mitteilen, was ich nicht verstehe.

Ein trauriges Lächeln erscheint auf Eriks müdem Gesicht und es zieht mich fast noch mehr in den Bann als das selbstsichere, das ich immer von dem alten Erik kannte.

Zwar verstehe ich nicht genau, was er mit dem Ganzen meint, sehr wohl aber merke ich, dass es ihn belastet. Also erwidere ich nichts. Ich weiß, irgendwann werde ich es erfahren. Dann wird Erik alles erklären und bis dahin halte ich den Mund und bin ihm eine gute Freundin.

Eine Weile stehen wir drei einfach nur so da und hängen unseren Gedanken nach. Ted und Erik scheinbar in Erinnerungen, abwesend.

„Danke", wispere ich und Erik weiß sofort, was ich meine.

Immerhin sind wir beide nur deshalb jetzt hier, im Versteck der Schwarzalben.

„Klar doch", erwidert er und sieht mich vielsagend an. „Ich bin immer da."

Es ist ein Versprechen und es hinterlässt eine angenehme Wärme in meiner Brust.

Ich muss den Blick abwenden, doch ich bin sicher, dass Erik mich noch anschaut. Seine Augen mustern mein Gesicht und ich verfluche meine verräterisch geröteten Wangen.

„Wie geht es Ammi?", reißt mich eine Stimme aus meinen Gedanken.

Ben ist neben uns erschienen, ohne dass ich ihn bemerkt habe. Er steht dicht neben mir und hat seine Hände tief in den Hosentaschen vergraben.

Erik erzählt uns noch lange von allem, was zuhause gerade passiert. Wie bedrückt die Stimmung nach unserem Verschwinden war. Wie niedergeschlagen Amalia wirkte.

„Ich dachte schon, ich halte es nicht mehr aus. Tatsächlich war ich manchmal knapp davor, Amalia anzuvertrauen, dass ihr in Sicherheit wärt", gibt Erik zu und in seinen Augen spiegelt sich sein Schmerz.

Feli und Amalia hätten begonnen, sich beinahe jeden Tag zu sehen. Ihre Trauer hätte sie zusammengeschweißt wie nichts sonst es gekonnt hätte.

„Sie ist anders", fährt er fort. „Amalia hat sich sehr verändert. Sie ist erwachsen geworden, so ernst. Aber Feli tut ihr gut, sie kann Amalia noch zum Lachen bringen. Sie und Alex."

„Alex?", erkundigen wir uns.

Ja, er habe die beiden letzte Woche erst auf den Weihnachtsmarkt begleitet und Amalia überredet, mit dem Karussell zu fahren. Alex und sie hätten sich später gebrannte Mandeln geteilt, während sich Feli über einen kandierten Apfel hermachte.

„Amalia ist in guten Händen mit den beiden", versichert Erik ernsthaft. „Das verspreche ich dir Ben."

Sonntag, 29.12.

Am nächsten Morgen benötigt es sehr viel Disziplin, um mich aus dem Bett rollen zu können. Ja, rollen. Ich rolle mich zweimal in dieselbe Richtung, bis ich unsanft auf den Boden plumpse. Denkt etwa jemand, ich würde es sonst schaffen, aus dem Bett zu kommen?

Alles an mir fühlt sich schwer an, meine Arme, mein Kopf, meine Beine. Ich schleppe mich vorwärts. Das Einzige, was mich vorantreibt, ist die Sicherheit darüber, dass ich mir keine Standpauke von Pamela Peters oder von sonst jemandem anhören möchte, wenn ich zu spät zum Frühstück komme.

Ich habe das einmal bei einem Alben beobachtet. Es war angsteinflößend. Abschreckend. So sehr, dass ich es sogar heute rechtzeitig schaffe. Dem armen Tropf sei Dank.

An unserem Stammtisch sitzen bereits alle. Ben, Ted, Liam, Andrina, Nico und nun auch Erik. Ich lasse mich neben Ben plumpsen und hätte auf der Stelle wieder einschlafen können.

„Na, welcher Sonnenschein beehrt uns denn da?", scherzt Liam, und Ben unterdrückt ein Lachen, nachdem ich ihm einen bitterbösen Blick geschenkt habe, weil er gegluckst hat.

„Du siehst heute super aus", sagt Ben ernst, und ich sehe ihn misstrauisch an.

Selbst mein übermüdetes Gehirn findet das seltsam. Und schon kommt, worauf ich gewartet habe.

„Dazu brauchst du dein T-Shirt nicht einmal richtig herum anzuziehen."

Er lächelt verschmitzt und plötzlich bin ich hellwach und reiße erschrocken die Augen auf. Die anderen am Tisch lachen, während ich entsetzt an mir hinuntersehe.

Ben hat recht, ich habe mein graues T-Shirt falsch herum an. Nach der ersten Schrecksekunde habe ich mich wieder gefasst und tue lässig.

„Ja, nicht? Das dachte ich mir heute Morgen auch", sage ich locker, als wäre es tatsächlich Absicht gewesen.

Die anderen schütteln sich aber immer noch vor Lachen. Noch mehr, um genau zu sein.

Zum Glück kommt da Kellan und rettet mich aus dieser peinlichen Situation. Er kommt an unseren Tisch, ohne uns auch nur anzusehen. Das Übliche eben.

Vor Ted bleibt er stehen. „Du willst bei der Konferenz heute teilnehmen?"

Markus kommt gleich zur Sache.

Ted sieht trotzig von seinem Stuhl zu ihm auf.

„Ja."

Mehr sagt er nicht.

„Gut, sei pünktlich", meint Kellan kühl.

Mir fällt ihr Streit gestern wieder ein, kurz bevor Ben und ich von der Rettungsaktion erfahren haben. Er scheint immer noch nicht gegessen zu sein.

Ted entspannt sich etwas, er atmet erleichtert auf.

Doch da fügt Markus Kellan hinzu: „Aber bilde dir nicht ein, deinen Willen durchsetzen zu können."

Teds grünbraune Augen verengen sich und er funkelt Kellan wütend an.

„Sie hat auch ein Recht auf Freiheit", faucht er fuchsteufelswild und sieht plötzlich nicht mehr wie der lustige, freundliche Optimist aus.

„Warum zeigen jetzt plötzlich alle von ihnen Seiten, die ich nicht kenne?", denke ich erschrocken. Ist das ein neuer Trend, oder was?

Kellan ist im Gegensatz zu mir weder überrascht noch eingeschüchtert.

„Niemand ist wirklich frei", widerspricht er. „Wir brauchen sie noch in Alfheim, du sturer Esel."

Plötzlich springt Ted von seinem Stuhl auf, sodass dieser nach hinten kippt und mit einem lauten Knall aufschlägt. Wie er da so steht, die schulterlangen Haare vor dem wutverzerrten Gesicht und den Zeigefinger drohend vor Kellans Gesicht erhoben, sieht der sanfte Ted erschreckend gefährlich aus. Als wäre er zu allem bereit. Ich schnappe synchron mit allen anderen am Tisch nach Luft.

„Wir brauchen sie? Wir brauchen sie?", braust er auf und seine Stimme zittert vor Zorn. „Ja, aber sicherlich nicht tot! Wie könnt ihr denselben Fehler noch einmal machen?"

Ted ist entsetzt und wirkt völlig aufgelöst. Ich weiß nicht, wovon er spricht, dennoch bin ich ganz gebannt von dem Gespräch. Mein Kopf wandert mit großen Augen von einem Mann zum anderen.

Sie scheinen uns andere vergessen zu haben, so sehr steigern sie sich in den Streit hinein.

Als Kellan nun spricht, sehe ich von Ted zu ihm rüber. Er wirkt weniger aufgebracht, seine Wut scheint sich gelegt zu haben.

„Was damals passiert ist, war ein beinahe einmaliger Fehler. Wir wissen, was wir tun. Aber lass dir gesagt sein, dass du noch etwas Geduld haben musst, bis du das Mädchen wiedersiehst. Sie hält sich seit fast zehn Jahren gut getarnt, wir sind zuversichtlich und das solltest du auch sein, Ted."

Ted wirkt nicht zuversichtlich. Als würde all seine Wut aus ihm herausgesickert sein, sacken seine Schultern nach unten. Er steht da wie ein nasser Hund und sofort wünsche ich mir die Wut in ihn zurück. Damit er etwas dagegen tun kann. Um sich zu schlagen, zu schreien, oder was auch immer - nur nicht so schrecklich traurig auszusehen.

Kellan drückt ihm kurz die Schulter und geht mit langen Schritten geschäftig davon. Ted bewegt sich nicht von der Stelle, den Blick auf den Boden gerichtet.

Da halte ich es nicht länger aus. Ich springe auf und laufe um den Tisch herum zu Ted. Eine ganz feste Umarmung kann so manchen Kummer verscheuchen.

Nach einigen Sekunden legt Ted seine durchtrainierten Arme um mich.

Erst bin ich irritiert von dem Geräusch, bis ich bemerke, dass es von ihm kommt. Ted schluchzt und weint wie ein Kind.

Sofort steigen auch mir Tränen in die Augen, wie er sich an mir festklammert wie an einem Rettungsring. Ich lasse nicht los. Das ist die erste Regel für Hilfe bei seelischen Problemen anderer. Lass niemals als Erste los!

Nach einigen Minuten beruhigt sich Ted wieder etwas. Er murmelt Entschuldigungen und löst sich sanft von mir. Ben reicht ihm ein Taschentuch.

Alle vom Tisch sind aufgestanden, nur Nico und Andrina nicht, die nicht recht zu wissen scheinen, was zu tun ist. Sie fühlen sich sichtlich unwohl in ihrer Haut. Ob es an den Tränen liegt, oder daran, dass ein erwachsener Mann sie vergießt, kann ich nicht sagen. Ich tippe auf beides.

Plötzlich räuspert sich Erik und richtet damit alle Aufmerksamkeit auf sich.

„Teddi, ich glaub nicht, dass du dir um Zara Sorgen machen musst. Sie weiß, was sie tun muss, und ist vorsichtig. Du kennst sie doch, schließlich haben wir das von dir gelernt."

„Ich weiß", antwortet Ted. „Das war sie immer schon, das sind wir alle. Vorsichtig. Und doch überlebt nur ein Prozentsatz."

Später, am Rückweg zu unseren Zimmern, begleitet uns Erik noch. Zwischen ihm und Ben ist es etwas angespannt, distanziert. Doch zumindest streiten sie sich nicht oder beleidigen sich.

„Kennst du ihn? Ted meine ich", erkundigt sich Ben.

Er hat viel darüber nachgedacht, das habe ich gehört. Woher sie so vertraut miteinander reden.

„Ja, es ist lange her", antwortet Erik.

Er erzählt uns, wie seine Schwester und er ganz verloren in Alfheim waren. Wie sie lange Zeit Spione suchten, um sich jemandem anvertrauen zu können.

„Nach Monaten stießen wir endlich auf Ted. Wir hielten ihn nie im Leben für einen Spion, aber er war immer so entgegenkommend. Man konnte sich auf ihn verlassen und wir freundeten uns an. Schließlich rutschte Zara etwas heraus, nur eine kleine Andeutung.

Ted musste sofort Verdacht geschöpft haben und da er selbst Bescheid wusste, vertrauten wir uns einander an. Er half uns sehr, war immer für uns da. Doch irgendwann musste er fort, weg aus Alfheim. Wir konnten nicht mit, aber Ted versprach Zara und mir,

114

wenn er sicher bei den Schwarzalben wäre, würde er Kontakt mit uns aufnehmen.

Das tat er, er war unser Kontaktpunkt zu den Schwarzalben. Als du ihn mir gestern Abend vorgestellt hast, Lea, wollte ich nichts sagen. Aber es ist echt der Wahnsinn, Teddi nach so langer Zeit wiederzusehen."

Dienstag, 31.12.

Auch der letzte Tag in diesem Jahr beginnt im Versteck, wie jeder andere. Geschäftig. Durchgeplant. Auspowernd. Immerhin kann man sagen, dass Kellans Training schnell Fortschritte zeigt.

Der Streit am Frühstückstisch ist bereits zwei Tage her. Seitdem hat sich die angespannte Stimmung zwischen Markus und Ted gelegt. Zwar war Ted bei der Abstimmung dabei, jedoch hat er nichts ausrichten können. Zara White, Eriks Schwester, bleibt vorerst in Alfheim.

Dafür herrscht eine frostige Distanz zwischen Ben und Erik. Sie werfen sich gegenseitig keine Beleidigungen an den Kopf, was ein gutes Zeichen ist. Doch sie gehen einander sichtlich aus dem Weg.

Den Silvesterabend habe ich mir anders vorgestellt. Dass Feuerwerke unter der Erde trotz anwesender Feueralben nicht stattfinden, das habe ich bereits stark vermutet.

Dass das Highlight des Abends aber darin bestehen würde, dass Pamela Peters eine Rede hält, habe ich nicht erwartet. Sie gibt einen Jahresrückblick auf alle Erfolge, die die Schwarzalben errungen haben.

Das fände ich ja auch ganz interessant, wenn es nur nicht so ewig lange dauern würde. Immer wieder beobachte ich Ben. Er wirkt ziemlich vertieft und anfangs dachte ich tatsächlich, das läge an Pamelas Rede.

In Wirklichkeit sucht er in dem vollen Raum nach Gedanken, die nicht so gut geschützt vor ihm sind. Schwarzalben, so erklärt er mir immer wieder, sind darauf trainiert, all ihre Gedanken für sich zu behalten. Ben kann die wenigsten lesen, weil sie so gut vor ihm blockiert sind.

Außerdem müsse man darauf achtgeben, dass sie keine Lügen sind, um jemanden zu verwirren. Dennoch spürt er immer wieder Gedanken auf.

Vor allem während der Rede entdeckt er in einigen Köpfen der Alben, wie sie diese Errungenschaften, über die Peters berichtet, empfunden haben. Ben erfährt über die Verluste dabei und über die Erleichterung. Er sieht, wie die Einsätze stattgefunden haben und was genau passiert ist.

Ich beneide ihn in solchen Situationen um seine Gabe. Ich selbst kann nur Bens Gedanken lesen. Ab und zu zeigt er mir die der anderen in seinem Kopf, doch das ist nicht annähernd dasselbe.

Freitag, 03. 01.

Die nächsten Tage vergehen wie im Flug. Während wir durchgehend trainieren, finden ständig Versammlungen und Besprechungen statt. Doch weder aus Kellan, Andrina, noch aus Ted ist viel herauszubekommen.

Nur Liam hält uns auf dem Laufenden.

„Es geht unter anderem um die Rettungsaktion der Devants. Ich konnte durchsetzen, dass etwas unternommen wird", berichtet er. "Wenn jemand von den dreien noch Informationen hat, die uns nicht bekannt sind, dann wäre es wertvoll für unsere Sicherheit, davon zu erfahren."

„Dürfen wir diesmal mit zu dem Einsatz?", will Nico aufgeregt wissen.

Und obwohl die Antwort ein Nein ist, trainieren wir alle von da an umso härter. Er, seine Freundin Laura, Ben, Erik und ich tun alles, was von uns verlangt wird, ohne zu meckern, wie selbst Kellan überrascht feststellt.

Eine Erlaubnis ist trotzdem nicht drinnen, auch nach all unseren Bemühungen nicht. Wir geben aber nicht auf. Unser Fleiß und unser Ehrgeiz sind schon bald an unseren Ergebnissen zu sehen, wie wir zufrieden feststellen.

Dienstag, 07. 01.

„Liam, was ist los?", fragt Laura überrascht, als er zum Mittagessen hereinkommt. Er wirkt aufgekratzt und berichtet sofort, was in der Besprechung entschieden worden ist.

„Am 12. soll es losgehen. Es ist alles geplant und nun fehlen nur noch die allerletzten Vorbereitungen."

Einige Alben drehen sich abschätzig zu uns um, als wir beginnen, zu jubeln.

„Was können wir tun? Gibt es etwas, womit wir behilflich sein können?", frage ich und freue mich schon auf ein Wiedersehen mit den Devants.

Plötzlich kann ich gar nicht mehr ruhig sitzen, so aufgeregt bin ich.

Andrina lässt Liam nicht zu Wort kommen: „Ihr seid Kinder, neu noch dazu. Ihr werdet nicht viel machen können. Trainiert lieber weiter, vielleicht kommt schon bald ein einfacherer Auftrag für euch."

Wir sind mittlerweile gewöhnt, dass Andrina Fuchs gerne einen schroffen Ton anschlägt. Sie meint es nicht so, das wissen wir. Dennoch lassen wir das Thema schon bald fallen.

Bei unserem Training an diesem Tag kommt dann die große Überraschung. Sie kommt in Gestalt eines großen, starken Mannes mit dunklen Haaren und Augen.

„Hey, Markus!", ruft Liam, der uns heute merkwürdigerweise begleitet.

Er wirkt heute ausgesprochen gut gelaunt. Fast schon verdächtig gut gelaunt, wie ich mir in diesem Augenblick denke.

„Liam Hill, so eine Überraschung", erwidert Kellan, aber es klingt nicht danach.

Eher, als hätte sich mit Liams Auftauchen eine böse Vorahnung erfüllt. Was führen die beiden im Schilde? Warum benehmen sie sich so merkwürdig?

„Nun …", beginnt Hill fröhlich an uns gewandt, und er klingt aufgeregt. „Ich habe bei den Versammlungen ein gutes Wort für euch eingelegt – "

„Mehr als eines", wirft Kellan wenig erfreut ein.

„ – und damit hatte ich tatsächlich Erfolg."

Liam klingt unglaublich stolz und einen Augenblick dringt die Nachricht gar nicht zu mir durch. Ben geht es ebenso.

„Du hast … warte … was?"

Kellan verdreht gelangweilt die Augen und fällt Liam ins Wort, bevor er etwas sagen kann.

„Wenn ihr die Einverständniserklärung eures Trainers, also mir, habt, könnt ihr mit zum Auftrag."

Ben und ich lassen gleichermaßen die Schultern hängen.

Das bekommen wir nie, nicht von Kellan! Er würde sich lieber selbst in den Hintern beißen, als uns diesen Gefallen zu tun. Wir wissen beide, dass unser Trainer sich nicht überreden lassen wird.

Liam grinst aber.

„Ihr habt sie."

Ich sehe überrascht zu Markus, der wenig begeistert, sondern eher säuerlich aussieht. Aber er nickt, die Zähne zusammengebissen, als wäre er ein knurrender Hund.

„Aber … wie?", stottere ich und meine Stimmung ist plötzlich wieder ausgelassen. Hill lächelt geheimnisvoll.

„Ich habe da einige nützliche Beziehungen."

Ben und ich strahlen um die Wette. Unser erster Auftrag bei den Schwarzalben steht kurz bevor. Sogar Erik darf mit, in einer anderen Gestalt. Besser kann es gar nicht laufen!

„Okay, genug davon. Ihr müsst noch viel üben, sonst garantiere ich für gar nichts. Auch nicht für euer Überleben", holt Kellan uns zurück in die Gegenwart.

Er hat nicht übertrieben, er drillt uns, bis uns Knochen und Muskeln schmerzen, von denen ich gar nicht wusste, dass es sie gibt.

Als Ben und ich am Abend zusammen in den Speisesaal humpeln und uns schwerfällig auf unsere Stühle fallen lassen, glaube ich, aus dem Augenwinkel Markus leicht lächeln zu sehen. Als ich aber hinsehe, schaut er gar nicht in unsere Richtung.

„Was ist denn mit euch beiden los?", fragt Laura und zieht eine Augenbraue hoch.

Wir erzählen ihr, dass das Training für den Auftrag anstrengender war, als je zuvor.

„Auftrag?", fragt Nico verwirrt und da fällt es uns allen vieren wie Schuppen von den Augen.

Acht empörte Paar Augen richten sich auf Liam. Der zuckt entschuldigend mit den Schultern.

„So gute Beziehungen habe ich auch wieder nicht. Bei Lea, Ben und Erik konnte ich einbringen, dass sie sich gut in der Gegend auskennen. Sie wissen, wo das Zimmer im Hospital ist und wo das Haus der Devants."

Für den Rest des Tages sprechen Laura und Nico nicht mehr mit uns. Ich verstehe, dass sie wütend sind. Aber Liam hat recht, er hätte uns bestimmt nicht alle fünf mitnehmen dürfen. Nie im Leben.

Ben kann ihre plötzliche Abneigung ganz und gar nicht nachvollziehen.

„Was wollen sie denn damit bezwecken? Wir können auch nichts dafür, dass man sie nicht dabeihaben will. Sollen sie sich doch bei Peters beschweren. Sie hat ja nichts Besseres zu tun, als sich ihr kindisches Benehmen gefallen zu lassen."

Aber er kann noch so über Nico und Laura schimpfen, ich fühle mich trotzdem wie eine Verräterin. Er hat recht, wir haben diese Entscheidung nicht getroffen, aber sie ist dennoch ungerecht gegenüber den beiden.

„Mach dir nichts daraus, Lea", meint Erik tröstend und lächelt mich warm an. „Nico und Laura werden sich wieder beruhigen, du wirst sehen."

Unaufhaltsam kommt der Tag des Aufbruchs näher, bis ich eines Morgens die Augen aufschlage und er da ist. Es ist noch mitten in der Nacht, als der Trupp sich zum Frühstück begibt. Die meisten Alben schweigen. Sie sind entweder müde oder in Gedanken beim Einsatz.

Erik, Ben, Liam und ich setzen uns gerade an den Tisch, als Markus Kellan wie aus dem Nichts auftaucht.

„El, mitkommen", ist das Einzige, was er sagt.

Meine Knie werden sofort zu Wackelpudding. Dennoch folge ich ihm möglichst selbstbewusst aus dem Speisesaal. Markus wirkt so schrecklich ernst, dass ich mich nicht einmal traue, zu fragen, wohin wir gehen oder warum.

Endlich spricht er von selbst.

„Ich war strikt dagegen, dass ihr mitgenommen werdet. Ich habe es Liam Hill immer wieder gesagt, aber auf mich wurde nicht gehört. Schließlich musste ich doch nachgeben. Und nun seid ihr nun einmal mit dabei, also möchte ich dir zumindest das hier mit auf den Weg geben."

Ich verstehe nicht, wovon er spricht, aber mir ist klar, dass wir an unserem Ziel angelangt sind. Wir befinden uns abseits aller zentralen Räumlichkeiten in einem schmalen Nebengang, in dem ich noch nie gewesen bin.

Kellan öffnet mir eine Türe und ich betrete das Zimmer. Ich bleibe wie angewurzelt stehen und muss mich erinnern, meinen Mund zu schließen.

Dass das Versteck unvorstellbar alt ist, sieht man keinem der Räume auch nur annähernd an. Das dachte ich zumindest. Hier in diesem Zimmer jedoch bekommt man tatsächlich einen kleinen Einblick in das hohe Alter.

Der Raum ist sehr hoch, wie einige andere auch, doch hier ziehen sich hölzerne Regale bis an die Decke. Darin stapeln sich unzählige Schriftrollen, einige Kisten und gläserne Kugeln aller Größe sowie aller möglicher antiker Kram.

Zwischen den Regalen befindet sich ein gigantischer Tisch, ebenso überfüllt mit Papieren und anderen Sachen. Eine goldgrüne altmodische Schreibtischlampe ist die einzige Lichtquelle. Fenster gibt es natürlich auch hier nicht, nicht einmal Fake-Fenster wie in den meisten anderen Räumen.

Kein Wunder, dass es hier so stickig ist. Es riecht nach Staub und altem Holz und Papier. Dass das restliche Versteck permanent mit frischer Luft versorgt wird, wird mir erst in diesem Moment so richtig bewusst. Obwohl man uns das schon oft gesagt hat, habe ich es nie wirklich bemerkt. Bis zu diesem Augenblick, in dem ich in diesem alten, modrigen Zimmer stehe.

Markus geht an mir vorbei zu dem Schreibtisch und scheint etwas in den Schriften zu suchen.

„Was ist das hier?", möchte ich wissen.

Er sieht nicht zu mir auf, sondern blättert angespannt weiter.

„Das hier ist das Archiv der Prophezeiungen. Der Zukunft. In diesem Raum werden seit tausenden von Jahren alle Originale und unzählige Abschriften von Vorausdeutungen aufbewahrt. Unsere Spione überliefern uns des Öfteren auch welche, die Königin Freya bekommen hat, und die zu ihnen durchgedrungen sind. Diese sind auch hier."

Endlich blickt er auf und sieht mich wieder an. Der Ernst in seinem Gesicht lässt mich wünschen, er hätte es nicht getan.

„Du, Elea, bist eine Jahrhundertalbe. Von euch gibt es auch Prophezeiungen, jede von euch wird schon vorhergesagt. Ich möchte, dass du deine kennst, bevor du zu deinem ersten Auftrag aufbrichst.

Es ist meiner Meinung nach dein Recht zu wissen, was auf dich zukommen könnte."

Eine Prophezeiung? Über mich? Will ich das überhaupt hören?

Es könnte schrecklich sein, immerhin kann in der Zukunft alles Mögliche passieren! Andererseits würde es mich brennend interessieren und vielleicht kann es mir helfen. Zum Beispiel, was die Verhinderung von Bens Tod angeht …

„Wir wussten schon lange, dass du es bist."

Markus Kellan sieht mich an, interessiert, als könnte er sich nicht erklären, was er da vor sich hat.

„Ich dachte, eine kleine Jahrhundertalbe wäre leicht zu uns zu holen. Wie falsch ich gelegen habe."

Er schüttelt lächelnd den Kopf über seine eigene Unerfahrenheit.

Als er weiterspricht, liegt in seinem Blick fast so etwas wie Stolz. Er gilt mir.

„Aber du hast uns allen gezeigt, dass man dich nicht einfach betäuben und mitnehmen kann. Es wäre ein Klacks, dachte ich, als wir aufbrachen und ich sagte dem Organisator des Auftrags, ich bräuchte nicht so viele Leute dafür, wie er meinte. Aber er hat sich ohnehin nicht erweichen lassen.

Zurückgekehrt von New York waren wir dennoch mit leeren Händen, aber dafür mit Scham über unsere Verletzungen. Du hast uns alle weggepustet, ohne eine Ahnung von all dem zu haben. Das ist bemerkenswert. Ein Wunder. Mehr als das.

Daraufhin haben wir beschlossen, dass du allein durchkommen musst. Und das bist du bis jetzt auch.

Beide, Tag und Nacht, Lichtalben und Schwarzalben, wollten dich und deine Macht immer auf ihrer Seite. Sie haben sogar versucht, dich anzugreifen und es uns in die Schuhe zu schieben. Alles haben sie gegeben. Und dennoch bist du jetzt hier, unversehrt mit deinem Begleiter."

Er wendet sich wieder seiner Suche zu und während ich noch über seine Worte nachgrüble, zieht Kellan eine Schriftrolle hervor. Er streicht vorsichtig darüber, fast schon liebevoll. Ein wehmütiger Glanz liegt in seinen Augen.

„Hier, ich habe sie. Hier ist sie."

Ich trete näher zu Markus. Er sieht mich ernst an, dann reicht er mir die Rolle. Meine Zukunft. Ich nehme sie mit zitternden Händen entgegen und lese die Worte.

Ein kleiner Funke aus Magie und Kraft
Geboren in jener schrecklichen Nacht
Zwei unschuldige Geschwister
Zurückgelassen in Feindesland
Erhört ihr Geflüster
Und reicht ihnen die Hand

Doch eines der beiden bleibt zurück im Zwiespalt
Wo nach und nach wird erlischen sein Licht
Durch Hand der grausamen Gewalt
Denn der Funke der Hoffnung zögert nicht
Wird erfinden seinen Weg zu wahrer Gestalt

Doch seiet gewarnt, denn selbst ein Stern
Mit Kraft hunderter Jahr´
Kann vergehen, der Reichweite anderer fern
Denn Macht kontrolliert von Trauer und Wut
Letztendlich immer schon Zerstörung aus Liebe schuf

Mit ihr wird kommen die Zeit der Entscheidung
Ein Kampf gefochten seit Ewigkeiten
Soll ein Ende finden durch den Rat der Begleitung
Die der Albe steht zur Seite und sie wird leiten
Den Krieg, der bedeuten kann Untergang von Welten

Kapitel 9

„Die Prophezeiung hat sich bis jetzt sehr exakt erfüllt. Deine Geburt, in der Nacht, in der die Flucht der Carters missglückt ist. Das Geflüster, damit könnten Bens Gedanken gemeint sein. Ihr habt euch versöhnt, seid Freunde geworden und habt euch gegenseitig geholfen. Damit war der erste Teil der Voraussagung erfüllt."

Ich lese den zweiten Teil erneut und fasse zusammen: „Und dann haben wir Amalia in Alfheim zurückgelassen. Den Rest verstehe ich nicht, er ist noch nicht passiert, richtig?"

Kellan weiß es nicht. Alles andere wären nur mehr Vermutungen.

„Sicher aber ist, dass du der Grund für einen finalen Kampf zwischen Schwarzalben und Lichtalben sein wirst. Du und deine Begleitung, die dir zur Seite stehen wird."

Nach einiger Zeit kehren wir zusammen wieder zu den anderen zurück. Als wir zu ihnen stoßen, drängt bereits der Aufbruch. Ben fragt, was geschehen ist, doch ich winke ab.

Alle Alben werden jeweils mit Waffen ausgestattet, die sie am besten beherrschen. Die Kleidung, die uns zugewiesen wird, ist voller Verstecke, die man nicht einmal mit den guten Augen einer Albe bemerkt.

Ich habe kleine Messer bei mir, bereit, im Notfall gezogen zu werden. Ben, Erik und ich bekommen weit weniger Ausstattung als die erfahrenen Alben. Ich bin darüber erleichtert. Angst würde ich es nicht nennen, aber großer Respekt vor den Waffen beschreibt es ziemlich gut.

Dann brechen wir auf.

Wir trotten hinter den anderen Alben durch die Korridore. Ein Transporter steht für uns bereit und fährt uns durch das Versteck. Es ist kolossal, noch gigantischer als ich gedacht habe.

Obwohl wir sehr schnell unterwegs sind, dauert es ewig, den Ausgang aus dem Versteck zu erreichen. Es gibt nur einen, erklärt

Liam. So kann niemand eindringen, er ist klein und schwer zu finden. Perfekt, um das Versteck verteidigen zu können, sollte es entdeckt werden.

Das letzte Stück müssen wir zu Fuß gehen. Der Gang ist zu schmal, um anders voranzukommen. Der Trupp besteht aus zwölf Alben. Erik, Ben und Liam sind die Einzigen, die ich kenne.

Eine Frau führt uns an, sie hat ihre dunklen, gekringelten Haare fest zusammengeknotet, um später keine Probleme beim Aufsetzen ihrer schwarzen Sturmmaske zu haben. Nun dreht sie sich zu uns um.

„Wir kommen zum Loch. Ab jetzt ist es mucksmäuschenstill, ist das klar?"

Nicken allerseits.

Ich sehe nicht nach vorne, was da passiert. Alles, was ich merke, ist, wie es ganz langsam vorangeht.

Dann ist Ben vor mir an der Reihe. Er steigt durch eine kleine Öffnung und hilft auch mir hindurch. Es folgt eine schmale Wendeltreppe. Meine Oberschenkel hätten mich umgebracht, wäre ich nicht so gut trainiert, seit ich hier bin. Denn sie ist unheimlich lange.

Dann, endlich, erreichen wir den eigentlichen Ausgang. Es ist wieder eine kleine Öffnung, etwa so groß wie ein Fenster. Die massive Türe, die sie verschließt, ist ungefähr einen halben Meter dick, und kann nur mithilfe eines riesigen Handrades geöffnet und geschlossen werden.

Ich klettere hindurch und finde mich in einem winzigen Raum mit Wänden aus Holz. Er erinnert mich an ein altmodisches Klohäuschen.

Eine dunkle Hand streckt sich mir entgegen und als ich meine hineinlege, zieht unsere Gruppenleiterin Katharina mich heraus.

Erst da erkenne ich, dass es sich nicht um ein Klohäuschen, sondern um einen Schrank handelt.

Wir warten, bis alle aus dem Versteck getreten sind, dann macht sich Katharina am Eingang zu schaffen. Vermutlich macht sie ihn wieder unpassierbar.

Ein Alb verschwindet im Nebenzimmer und ich sehe mir den Raum genauer an. Es scheint ein ganz gewöhnliches Haus zu sein, alt, aber über der Erde. Durch die Fenster, deren Vorhänge zugezogen sind, kann man das Tageslicht erkennen. Ich wage es nicht, näher heranzutreten.

Katharina scheint fertig zu sein und auch der Alb kommt zurück. Und mit ihm eine ältere Frau in einem Nachthemd und mit Lockenwicklern im Haar. Hinter ihr erscheint ein Mädchen. Es starrt uns mit großen Augen an. Es ist zierlich und versteckt sich bei der Frau, die ich für seine Großmutter halte.

„Nachtalben, seid willkommen", begrüßt die alte Frau uns und neigt den Kopf als Zeichen des Respekts.

Es sieht unterwürfig aus, doch sie scheint mehr als glücklich, uns zu sehen.

„Ritha, verzeihe die Störung. Unser Auftrag führt uns nach Österreich", erwidert Katharina.

Die Alte nickt, als wisse sie genau, was zu tun ist.

„Der Geländewagen?", tippt sie, und als ein Nicken zur Antwort kommt, schickt sie das Mädchen fort und wir folgen der alten Frau durch das Haus in eine Garage.

Diese ist riesig, unzählige Autos warten dort auf uns. Wir steuern auf einen Geländewagen zu. Von dort startet eine lange Reise. Erst zu einem Flughafen, wo anscheinend alles vorbereitet ist. Ich komme mir vor wie ein Promi, denn wir bekommen niemanden zu Gesicht.

Anschließend steigen wir irgendwo in Russland wieder aus. Weiter zum nächsten Flughafen. In die Schweiz, wo wieder ein Kleintransporter auf uns wartet. Wie im Film sind wir undercover unterwegs und tauschen die Verkehrsmittel wie Chamäleons ihre Farbe.

Liam erklärt uns zwischendurch einmal, was es mit der alten Frau auf sich hat.

„Die Familie steht seit Ewigkeiten auf unserer Seite. Vorher wurden Ausgänge nach einer Zeit wieder verschlossen, damit man sie nicht findet. Aus heutiger Sicht gesehen, muss das schrecklich gefährlich gewesen sein. Und aufwendig noch dazu.

Es war während einer Zeit, in der es in der Gegend, in der die Familie damals ihren Sitz gehabt hatte, eine schreckliche Hexenverfolgung gab. Die Familie wusste anscheinend von einem Alben dort in der Gegend. Durch ein Unglück wurde die Tochter der Magie beschuldigt. In Wahrheit handelte es sich um das Werk des Alben. Die Familie verriet ihn nicht, flehte ihn aber um Hilfe an. So schritten die Schwarzalben ein und versteckten das junge Mädchen bei sich, wo niemand es finden konnte. Man hielt sie für tot und nach einigen Jahrzehnten lebte die Familie wieder in völliger Ruhe.

Das Mädchen lebte ihr restliches Leben im Versteck und seit damals steht die Familie in unseren Diensten. Sie zogen nach Australien und bauten das Häuschen, um uns zu unterstützen. Das Loch, also der Durchgang, ist ein perfekt versteckter Ausgang. Das Haus ist abgelegen, aber nicht auffällig weit entfernt von besiedelten Gebieten. Niemand würde etwas vermuten."

Der erste Flug dauert ewig, etwas mehr als zehn Stunden. Zuerst bin ich zu nervös, um ein Auge zuzutun, dann schlafe ich doch ein.

Vor mir sehe ich plötzlich das Gesicht meiner Mom. Sie hat dunkle Ringe unter den Augen und ihre Hände fummeln ruhelos an ihrer Kette herum. Erschrocken stelle ich fest, dass sie älter aussieht.

Sorgenfalten zieren ihre Stirn und ihr Mund ist zu einem verbitterten Strich verzogen.

„Wir müssen etwas tun können", murmelt sie und sieht plötzlich auf. „Wenn wir nur wüssten, wo sie ist!"

Eine große Hand legt sich auf ihre dünnen Oberarme. Sie trägt einen silbernen Ring und ich erkenne sie eindeutig als die Hand meines Dads.

Er nimmt Mom schweigend in den Arm und drückt sie an sich.

Nach einer Weile meint er mit belegter Stimme: „Es sind noch Kinder. Die machen immer verrückte Sachen. Denk nur an dich und Valerie. Es wird schon alles gutgehen. Sie haben es nicht so gemeint, die Lichtalben werden ihnen verzeihen."

Mom und Dad wechseln einen Blick, als läge hinter diesen Worten noch mehr als ich hören kann. Moms Finger spielen wieder mit dem Anhänger.

Plötzlich reißt sie die Augen auf und Leben kommt wieder in sie, als sie aufgeregt aufspringt.

Der Raum beginnt sich zu drehen und im nächsten Augenblick stehe ich im Wohnzimmer des Hexenhauses. Stimmen dringen zu mir hindurch. Ich brauche einen Moment, um zu erkennen, dass es Tante Emma und meine Mom sind, die sich da unterhalten.

„Möchtest du noch ein Stück Kuchen?"

„Nein danke, Emma. Aber gegen einen Schluck Tee hätte ich nichts einzuwenden."

„Sehr gerne, kommt sofort. Wie geht es deiner Schwiegermutter? Lebt sie immer noch in Großbritannien?"

Zuerst verstehe ich nicht. Was soll das? Warum führen sie Smalltalk? Es ergibt keinen Sinn.

Doch dann fällt mein Blick auf ein schmales, abgegriffenes Buch vor ihnen. Mom blättert darin und ihre Augen suchen hektisch zwischen den Zeilen.

Ich erkenne es sofort wieder. Es ist das magische Tagebuch. Sie muss es aus meinem Zimmer genommen haben.

Mom und Emmas Haltung und das Gespräch wirken auf den ersten Blick harmlos, doch ihre Augen verraten sie. Unruhig wechseln sie einen Blick.

Es steht außer Frage, wonach sie suchen. Uns. Nach Ben, Erik und mir. Ohne Aufmerksamkeit auf sich zu ziehen. Eine Welle von Erleichterung erfasst mich. Wie schlau meine Mom doch ist!

Das Tagebuch wird ihnen zeigen, was sie wissen müssen. Wann auch immer die Zeit reif ist. Mom wird es wissen. Und dann wird sie handeln.

Der zweite Flug dauert ungefähr sechs Stunden. Auch die ziehen sich wie Kaugummi. Zwischen den Flügen liegen qualvoll lange Stunden, die wir mit Autofahrten verbringen.

„Zeit genug, um den Trupp kennenzulernen", meint Katharina.

Das stimmt, denn als wir endlich in Österreich ankommen, habe ich das Gefühl, die acht mir anfangs unbekannten Schwarzalben mein Leben lang zu kennen.

Montag, 13.01.

Es dämmert bereits, als wir in Margeriten ankommen. Zuerst sollen Eleonore und Maila in Sicherheit gebracht werden. Eric, Lisa und Jacob sollen diese Aufgabe erledigen, und dabei andere Gestalten annehmen. Ben, ich und Luke sollen im Wald rund um das Haus Wache halten.

Also stehe ich bald darauf allein im Dunkeln. Jeder Muskel ist angespannt. Katharina meinte, Ben und ich sollten nicht kommunizieren, weil uns das ablenken könnte. Austausch findet ausschließlich statt, wenn es notwendig ist.

„Nähern uns dem Haus", meldet sich Lisa, wie ich auf meiner Watch ablesen kann.

Ich höre den Wind, wie er durch den Wald pfeift. Die Tiere, die hier leben. Ich höre meinen eigenen Atem und Herzschlag. Ich bin nervös, habe Angst, dass etwas schiefgehen könnte.

„Wenn ihr genau tut, was Katharina euch sagt, passiert nichts", meinte Liam.

Die Minuten ziehen sich wie Kaugummi und kommen mir vor wie Stunden. Jacob verkündet, sie seien im Garten. Alles sei ruhig. Endlich seien sie im Haus angekommen.

Alles verläuft laut Plan, doch die Gedanken fahren Achterbahn in meinem Kopf. Wenn doch etwas passiert? Vielleicht hatte Kellan recht und wir sind noch nicht so weit ...

Dass ich es überleben werde, das ist klar. Meine Prophezeiungen und Visionen haben sich noch nicht erfüllt. Doch was ist mit Ben? Ich weiß schon lange, dass er sterben wird. Sehr bald. Zu bald.

Ich weiß auch, dass ich schuld sein werde. Ist es nun soweit? Wird er nochmals in das Versteck zurückkehren? Meine Gedanken überschlagen sich, während ich nach Gefahren Ausschau halte. Dann kommt die Nachricht. Von Ben.

„Alarm! Ein Tierspion der Lichtalben! Was soll ich machen?" Mein Herz setzt einen Schlag aus. Das war´s. Wir sind aufgeflogen. Ben stirbt.

„Bleib ganz ruhig, ich bin gleich bei dir." Diese Nachricht kommt von Luke. Dann passiert gar nichts mehr. Ich stehe panisch im Wald und warte auf ein Zeichen, dass es den beiden gutgeht. Es kommt nicht.

Ich halte es nicht mehr aus. Will selbst nachsehen, was los ist. Doch ich weiß, ich darf nicht. Auf keinen Fall.

„Wenn ihr genau tut, was Katharina euch sagt, passiert nichts", hatte Liam gesagt.

Also bleibe ich im Schatten der Bäume stehen und zittere vor Angst. Ausgemacht ist, dass Ben, nachdem Katharina ihr Okay gegeben hat, zu mir kommt. Zusammen sollen wir einen anderen Weg nehmen zu einem Wagen, der auf uns wartet.

„Wir haben beide Zielpersonen. Sind auf dem Weg nach draußen." Das kommt von Lisa. Zumindest das ist anscheinend nach Plan verlaufen. Nun müsste Ben kommen.

Ich lehne mich angespannt an einen Baum hinter mir und warte. Mein Blick sucht unentwegt die Umgebung ab. Meine Watch zeigt an, dass erst einige Minuten vergangen sind. Es kommt mir viel länger vor.

Ich warte und warte, doch von Ben keine Spur. Wieder packt mich die Angst. Ich habe keine Entwarnung erhalten, dass das Problem mit dem Spion geklärt ist, fällt mir ein. So gut ich kann, versuche ich, ruhig zu bleiben, das tue ich wirklich. Aber die Panik und Angst um Ben kommt immer wieder, so sehr ich sie auch zurückdränge.

„Wo bleibst du nur? Hoffentlich ist nichts passiert …", murmle ich kaum hörbar und meine Augen suchen wieder den Wald ab. „Oh nein … bitte, lass nichts geschehen sein."

Wieder sehe ich seine wunderschönen Augen starr und leer vor mir. Ich höre mein eigenes Flehen, er solle mir verzeihen. Da es eine Vision war, weiß ich, dass es so und nicht anders passieren wird. Hätte ich ebenfalls zu Hilfe eilen sollen?

„Das könnte ich mir nie verzeihen! Lass es dir gut gehen!", bete ich leise vor mich hin und fahre mir aufgelöst durch das Haar.

Ich versuche, meine Hände stillzuhalten, aber ich bin zu nervös. Zu warten und nichts zu tun ist eine Qual für mich und fast nicht auszuhalten.

Ich merke, dass ich an meinen Fingernägeln kaue, höre aber nicht damit auf. Etwas muss ich ja tun. Im Wald ist es mittlerweile hell, die Sonne ist aufgegangen. Ich warte insgesamt schon eine Dreiviertelstunde im Wald.

Bei mir ist alles ruhig, nichts passiert. Es scheint friedlich, doch ich weiß, dass die Lichtalben nicht weit fort sind und das lässt mir den Schweiß ausbrechen. Warum kommt er nicht?

Ich spiele mit dem Gedanken, den anderen zu schreiben, obwohl mir Katharina später vielleicht den Kopf deswegen ausreißen wird. Ist das bereits ein Notfall?

Plötzlich höre ich Schritte hinter mir. Es ist verrückt, wie vertraut sich zwei Menschen werden können. In so kurzer Zeit. Doch als ich in diesem Augenblick herumfahre, weiß ich, dass es Ben ist.

Ich werfe mich überschwänglich in seine Arme, so glücklich bin ich, ihn zu sehen. Ben erwidert meine Umarmung und so stehen wir einen Moment da. Fest aneinandergeschmiegt.

Dann fällt mir ein, dass er mich hat warten lassen, während ich vor Angst um ihn fast gestorben wäre. Ich trete einen Schritt zurück, das Gesicht gerötet und meine Augen zornig funkelnd.

„Da bist du ja! Oh Mann, ich habe mir solche Sorgen gemacht!", flüstere ich ärgerlich und starre ihn voller Wut an. Oder zumindest versuche ich es, denn ich bin so froh, wieder in seiner Nähe zu sein, dass ich beinahe nicht mehr böse sein kann.

„Du hättest tot sein können!", fauche ich. „Warum um Himmels Willen kommst du erst jetzt? Ich male mir eine Stunde lang die schlimmsten Szenarien aus und mache mir Sorgen!"

Doch Ben lächelt mich nur liebevoll an und meine Wut tritt ärgerlicherweise wieder den Rückzug an. Meine Nerven sind am Ende, ich möchte einfach nur noch zurück ins Versteck. *Ich weiß*, kommt es von Ben. *Ich auch.* Er zieht mich vorsichtig wieder zu sich hin und ich lasse mich an seine Brust sinken. Wir halten uns aneinander fest, wie an einem Rettungsreifen.

„Alles ist gut", flüstert er und ich weiß, warum er es laut ausspricht, anstatt es mir in Gedanken zu sagen. Er hat versprochen, mich in meinem Kopf niemals anzulügen. „Jetzt bin ich ja da. Lebendig", versichert er mir und als ich nicke, schießen mir unwillkürlich die Tränen in die Augen. Ich versuche, es zurückzuhalten, aber ich schluchze leise auf. Ben tut, als hätte er es nicht mitbekommen.

Wir lösen uns voneinander und ich habe wieder meinen Kampfgeist zurückerlangt.

„Okay", meine ich laut, denn es ist ebenfalls eine Lüge. Nichts ist okay. *Lass uns gehen. Die anderen warten auf uns.*

„Dann weiter", bestätigt Ben mit einem Nicken.

Er scheint erschöpft, mindestens so sehr wie ich. Ich weiß, dass er an seine Schwester denkt. Sie ist ganz in der Nähe, aber unerreichbar für ihn.

„Wir müssen doch etwas tun können!", meint er verzweifelt und seine Stimme klingt gepresst vor Qualen.

Es versetzt mir einen Stich. So heftig, dass ich kurz keine Luft mehr bekomme. Ich könnte mich krümmen vor Schmerz. Ich ignoriere diese Wunde.

„Das können wir", versichere ich ihm. Schließlich muss man ja irgendwie gegen die Lichtalben vorgehen können. „Aber erst müssen wir herausfinden, wie wir den größten Schaden verursachen können. Dazu müssen wir uns gedulden und sie von Innen angreifen, aus dem Hinterhalt."

Ich weiß, dass ich diesen Krieg beenden sollte. Kellan hatte gestern eben dasselbe gesagt wie ich jetzt.

„Das ist der beste Plan, den wir haben, der einzige. Wir brauchen einfach nur Zeit ...", füge ich niedergeschlagen hinzu.

Ben lacht freudlos auf: „Zeit, ja? Aber eben diese haben wir nicht, Lea. Was, wenn wir scheitern? Wie so viele vor uns und einfach sterben und in Vergessenheit geraten, ohne etwas bewirkt zu haben?"

Ich schweige, denn ich möchte ihm nicht jetzt von der Prophezeiung erzählen. Die Stille lastet auf uns wie ein Gewicht, das einen erdrückt. Dann entschuldigt sich Ben plötzlich. „Du hast ja recht, wir dürfen die Hoffnung und den Glauben niemals verlieren."

Er ist niedergeschlagen und fühlt sich elend. Ich lächle ihm aufmunternd zu und greife nach seiner Hand, um sie zu drücken. Keiner von uns zieht seine zurück und so halten wir uns, bis wir zu dem Auto kommen, das auf uns wartet.

Niemand erwähnt die Unpünktlichkeit, stattdessen startet Beatrice den Wagen. Erst während der Fahrt erklärt Ben, er und Luke hätten noch Probleme mit dem Tierspion gehabt. Sie mussten das Tier töten, bevor es sie an die Lichtalben verraten konnte.

Bea murmelt etwas über den Zeitplan, aber Liam auf dem Beifahrersitz fällt ihr ins Wort: „Jetzt sind sie ja da."

Mir fällt auf, wie angespannt und nervös er wirkt. Bald sieht er die Devants und danach Aristine wieder, das muss ihm zu schaffen machen.

Auf dem Weg zur Psychiatrie halten wir nur einmal. Unser anderes Auto ebenfalls. Beatrice, Jacob und Liam sollen Maila und ihre Großmutter schon mal fortbringen. Wir anderen werden mit dem größeren Auto Aristine holen und dann ebenfalls folgen.

Eleonore Devant schenkt uns ein anerkennendes Lächeln, während Maila aufgeregt zu uns herüberkommt. Sie wirft sich Ben stürmisch in die Arme und als er leise lacht, wirkt er fast wieder wie früher.

Maila fällt auch mir um den Hals. Doch dann entdeckt sie Liam, der zögernd auf uns zukommt. Ich glaube, in ihren Augen die

Erkenntnis zu sehen. Manchmal kommt es mir vor, als würde das kleine Mädchen alle Geheimnisse der Welt kennen.

„Maila", ruft ihre Großmutter sie gedämpft zu sich. „Komm, wir müssen weiter."

Sie hält ihr die Autotür auf und die beiden steigen ein, gefolgt von Liam. Ich drücke ihm im Stillen die Daumen und wünsche ihm Glück.

Dann eilen Ben und ich zu dem anderen Wagen und schlüpfen hinein. Wir sind zu neunt und Paul braust davon. Neben mir sitzt ein junger Mann, den ich nicht kenne.

Er lächelt mich jedoch so begeistert an, dass ich unsicher zurücklächle. Erst da begreife ich, dass es Erik ist. Er ist Gestaltenwanderer, kann also sein Aussehen beliebig verändern.

Der Trupp spricht nicht viel, wir warten schweigend und bereiten uns auf den Einstieg in die Psychiatrie vor. Wie wird Aristine auf die Schwarzalben regieren?

Dann kommen wir an und es dauert nicht lange und wir stehen in ihrem Zimmer. Sie starrt uns mit großen Augen an. Sie sind leer. Merkwürdig ausdruckslos. Sieht sie uns überhaupt? Oder schaut sie einfach durch uns hindurch?

Fast bin ich froh, dass Liam nicht mit zu ihr kommen durfte. Katharina hatte ihren Grund, so zu entscheiden. Obwohl ich das Verbot anfangs unfair empfunden habe, verstehe ich nun, dass es so besser ist.

Ich gehe langsam auf Aristine zu, um sie nicht zu erschrecken oder zu ängstigen.

„Ich bin es wieder, Lea Körner", rede ich beruhigend auf sie ein. Wie mit einem wilden Tier, schießt es mir durch den Kopf.

„Wir sind hier, um dir zu helfen. Wir möchten dich aus der Gewalt der Lichtalben retten, verstehst du?"

Keine Reaktion.

„Aristine, wir tun dir nichts. Aber du musst jetzt mit uns kommen. Wir bringen dich in Sicherheit."

Keine Reaktion.

„Können wir sie nicht einfach betäuben und mitnehmen?", fragt Lisa ungeduldig.

Auch Katharina überprüft unglücklich die Uhrzeit. Der Aufbruch drängt.

„Das wäre Entführung", beschwert sich Luke, doch auch er klingt nicht überzeugt.

„Aristine, ich bringe dich zu Liam. Er wartet auf dich. Ich kann dich dorthin bringen", probiere ich es nochmals. „Aber bitte, du musst mitkommen. Bitte vertraue uns, Aristine."

Ich flehe, doch immer noch starrt die kranke Frau nur auf ihre weiße Bettdecke. Ich mustere ihr Gesicht genauer und kann die Tränen sehen, die ihre Wangen hinunterkullern. Sie kann nicht. Sie kann nicht mit uns kommunizieren.

Ich drehe mich verzweifelt zu den anderen um. Katharina hält eine Spritze in der Hand. Sie sucht kurz meinen Blick und ich nicke niedergeschlagen. Worte kämen nicht aus meiner schmerzenden Kehle.

Die anderen Schwarzalben durchsuchen in Sekundenschnelle das Zimmer. Sie finden eine hölzerne Schatulle, sonst nichts. Keine Überwachungen der Lichtalben, als hätten diese damit nichts zu tun.

Sie heben die leblose Aristine aus dem Krankenbett. Sie ist abgemagert und sieht schrecklich zerbrechlich aus, wie eine Glaspuppe. Ich lehne mich mit dem Rücken an Ben und vergrabe meine Hände in den Jackentaschen.

Plötzlich fühle ich etwas darin. Ich greife danach und es fühlt sich an wie eine Schnur, nur kälter und fester. Ich ziehe es heraus und halte eine Halskette in der Hand. Daran ist ein kleiner Schlüssel befestigt.

„Sie geht nicht auf, die Schachtel muss verzaubert sein", höre ich Luke zu Katharina sagen.

Er solle sie trotzdem mitnehmen, meint sie.

Die ersten Alben machen sich auf den Rückweg. Sie haben Aristine mitgenommen.

Dann sind nur noch Ben, Erik, Luke und ich in dem Zimmer. „Luke, kann ich die Kiste kurz haben?", frage ich leise und er hält in der Türe inne. „Ja, klar. Aber sie geht nicht auf."

Ich nehme sie entgegen und Luke verschwindet im Korridor. „Was hast du vor?", möchte Erik wissen. Doch ich habe bereits Mailas Schlüssel in das Schloss gesteckt und die Kiste geöffnet.

Darin liegen Fotos von Aristine und Liam, Briefe und ein Buch. Es ist ein Tagebuch. Ich lasse es liegen und sehe die anderen Dinge weiter durch. Wir haben nicht viel Zeit, doch ich habe das Gefühl, nach etwas zu suchen.

Ich stoppe bei einem Zettel, den man in großer Eile aus einem Buch herausgerissen hat. Die Schrift ist schief und anscheinend hektisch gezeichnet worden. Wir haben nicht die Zeit, sie zu entziffern, doch ich stecke den Zettel geschwind in meine Tasche und verschließe die Kiste wieder. Die Kette hänge ich mir zur Sicherheit um den Hals.

Weder Ben noch Erik stellen Fragen. Dafür ist später noch Zeit. Nun müssen wir erst schauen, dass wir zu den anderen aufschließen und so schnell wie möglich von hier verschwinden, bevor Lichtalben auftauchen.

Wir wollen das Krankenzimmer gerade verlassen, ich bin schon in der Türe, als ich zurückstolpere. Direkt vor mir steht eine Gestalt, fast wäre ich in sie hineingelaufen. Eine kurze Schrecksekunde sind wir alle wie eingefroren, dann erkenne ich, wen ich vor mir habe.

„Frau Fender!", rufe ich überrascht aus und merke selbst, dass meine Stimme schrill klingt. „Was tun Sie denn hier?"

Sie starrt mich immer noch völlig überrumpelt an. Sie arbeitet hier, sage ich mir selbst und ärgere mich, nicht schon lange fort zu sein.

Doris Fender lugt an mir vorbei in Aristines früheres Zimmer und erfasst die Situation mit einem Blick. Es gibt auch nicht so viel zu sehen. Ihre geistesgestörte Patientin ist verschwunden und drei Kinder spazieren aus dem Zimmer. Was kann man da groß sagen?

„Kommt, hier lang", weist uns Frau Fender überraschenderweise an und nickt nach links. Sie wirft einen Blick nach rechts, als erwarte sie Angreifer.

Völlig perplex folge ich ihren Anweisungen.

„Frau Fender, woher wissen Sie …", beginne ich, doch sie zischt, ich solle still sein.

„Wer weiß, was für Wesen sich hier sonst noch herumtreiben", meint sie und wedelt ungeduldig mit ihrem Arm nach links.

Ich gehe ein paar Schritte den Gang entlang.

„Arme Kinder, werdet da in eine schreckliche Sache hineingezogen", murmelt Doris und ich kann mir richtig vorstellen, wie sich ihr rundliches Gesicht mitleidig verzieht.

Beim Weitergehen überlege ich, wie sie von den Alben und allem erfahren haben könnte. Hat sie eine Ahnung, was es mit Aristines Krankheit zu tun hat?

Plötzlich höre ich einen dumpfen Aufschlag hinter mir und als ich herumfahre sehe ich gerade noch, wie auch Ben direkt hinter mir zusammenklappt. Er sinkt zu Boden wie Erik wenige Sekunden vor ihm. Als hätte man einer Marionette die Fäden durchgeschnitten.

Ich starre auf meine Freunde hinunter, als mir ein Schmerz in die Schulter fährt und auch meine Beine unter mir nachgeben. Ein fieses Lächeln liegt auf Frau Fenders Lippen.

„Armes, dummes Mädchen", sagt sie mitleidig und ich knalle unsanft auf den Fußboden. Gleichzeitig fallen mir die Augen zu und alles wird schwarz.

Kapitel 10

Mein Kopf schmerzt. Ich stöhne. Jeder meiner Knochen tut mir weh. Ächzend öffne ich meine Augen und blinzle einige Male, bis die bunten Kreise verschwinden. Nun nehme ich meine Umgebung schärfer wahr.

Ich liege am Boden. Er ist kalt, hart und äußerst unbequem. Über mir sind Regale, es sieht schmutzig und unaufgeräumt aus. An der Decke sind einige Rohre zu sehen. In dem Raum ist es dunkel, doch ich kann trotzdem alles erkennen. Immerhin bin ich eine Albe. Eine Schwarzalbe.

Doch wo bin ich? Ich drehe den Kopf und erblicke Erik neben mir. Er lehnt an der Wand, den Kopf auf die Arme gelegt. Er sieht wieder blass und erschöpft aus.

In frischer Luft bekommen Alben immer eine bessere Farbe und Ausstrahlung. Kommen sie nicht in die Natur, so hat mir Ted einmal erklärt, werden sie krank. Aus diesem Grund gibt es im Versteck auch den Park, denn er zählt als Natur und bewahrt die Gesundheit aller Schwarzalben.

Ich möchte Erik fragen, was passiert ist, doch aus meiner Kehle dringt nur ein Krächzen.

„Seid ihr okay?", kommt es heiser von weiter unten bei meinen Füßen.

Ben, der sich gerade mühsam aufzusetzen versucht. Auch sein Gesicht ist wieder fahl, noch blasser als im Versteck. Dabei habe ich mich so gefreut, wieder etwas Farbe in seinem Gesicht zu sehen, als wir ins Freie kamen.

Ich bringe ein Nicken zustande, mehr nicht.

„Diese Schlange!", faucht plötzlich Erik. „Ich hätte es wissen müssen …"

„Was wissen müssen?", bringe ich hervor und versuche ebenfalls, mich aufzusetzen.

Mit jeder Sekunde kehrt die Kraft in mich zurück.

„Diese Frau, sie arbeitet für die Lichtalben, diese miese Verräterin", ärgert sich Erik weiter. „Sie hat uns unsere Uhren abgenommen. Wir können keinen Kontakt mehr mit den Schwarzalben aufnehmen, sollten wir überhaupt aus diesem Keller herauskommen!"

Schlagartig wird mir bewusst, dass er recht hat. Es ist zum Verrücktwerden! Wir sitzen im Keller einer Psychiatrie fest. Nicht nur das. Wir haben auch keine Möglichkeit, zurück ins Versteck zu gelangen. Wir sind ausgeliefert! Nein, wir haben uns selbst ausgeliefert! Auf dem Silbertablett präsentiert, wie dämlich.

Kellan hatte völlig recht, uns nicht mitnehmen zu wollen. Wir sind zu unerfahren, haben keine Ahnung von alldem. Wir sind keine Krieger, keiner von uns.

Das wird uns allmählich klar, als wir den Keller nach einem Ausgang absuchen. Es gibt nur eine einzige Türe und diese hat Doris Fender natürlich abgesperrt. Wie könnte es anders sein?

„Wir sitzen in der Falle", jammere ich, den Tränen nahe, und lasse mich verzweifelt zu Boden sinken.

„Sag so etwas nicht", kommt es prompt von Erik zurück.

Während er unermüdlich auf- und abläuft, hämmert Ben weiterhin gegen alles, das in seine Reichweite kommt.

„Könntest du bitte damit aufhören?", fährt Erik ihn an, als wir beide durch den Krach zusammenzucken.

„Das ist doch bescheuert! So eine Scheiße!", schimpft Ben. Das ist seine zweite Beschäftigung in diesem gottverdammten Keller. Fluchen. „Es muss doch einen Ausweg geben, vielleicht hört uns jemand."

„Schrei noch ein bisschen lauter hier herum und wenn wir Glück haben, kommen auch noch Ratten", murmelt Erik.

Ben keift gereizt: „Ach und ich dachte, du wolltest positiv bleiben. War wohl ein Irrtum. Ich mache zumindest etwas Sinnvolles."

„Jungs, bitte!", schreite ich ein. „Streit bringt uns auch nicht zurück ins Versteck. Die Lichtalben werden uns jederzeit holen kommen. Es ist ein Wunder, dass sie noch nicht aufgekreuzt sind."

„Du hast recht, wir müssen hier schleunigst verschwinden", stimmt Erik mir zu und dann klopfen wir zu dritt die Wände ab. Man weiß ja nie.

„Psst, seid leise!", keucht plötzlich Ben, der sich an der Türe zu schaffen gemacht hat und nun innehält. Wir lauschen in die Stille. Die Zeit vergeht. Nichts passiert.

„Was soll-", beginnt Erik, verstummt dann aber abrupt, als er hört, was Ben meint. Schritte, die eine Treppe herunterkommen und damit uns immer näher. „Da kommt jemand, versteckt euch!"

Zu spät, das Schloss klickt bereits, bevor sich auch nur einer von uns aus der Schreckstarre bewegt hat. Die Türe springt auf. Wir stehen immer noch alle drei wie angewurzelt da und starren Frau Freund voller Entsetzen entgegen.

„Kinder! Ach du liebe Zeit!", ruft sie aus.

Sie mustert uns düster und sieht dabei noch angsteinflößender aus als die missgelaunte Frau Freund, die ich vor Monaten kennengelernt hatte.

Ich tue das Einzige, zu dem ich im Augenblick noch fähig bin. Ich ziehe die erste Waffe hervor, die ich zu greifen bekomme. Einen Dolch, der mörderisch glitzert, als ich ihn drohend auf die Frau in der Türe richte.

„Ich habe keine Angst!", brülle ich, um mir Mut zu machen und mir ist in diesem Moment vollkommen bewusst, dass es eine einzige Lüge ist.

Frau Freund blickt mich irritiert an.

„Armes Kind, ist auch schon völlig hinüber", murmelt sie und lauter meint sie:

„Für wen auch immer unsere liebe Frau Fender arbeitet, sie haben nichts Gutes mit euch vor. Also kommt, beeilt euch!"

Und weil wir ohnehin nicht mehr durchblicken, was hier passiert, folgen wir Frau Freund widerstandslos aus unserem Gefängnis.

Sie führt uns durch den Keller der Psychiatrie und erklärt uns währenddessen düster, wie sie uns gefunden hat. „Ich traue Doris Fender nicht, habe ich noch nie. Sie lässt merkwürdige Leute zu den Patienten. Immer wieder zu Frau Devant. Das bedeutet nie etwas Gutes.

Ich weiß nicht, was hier vorgeht, aber es ist nichts Gutes. Diese Leute sind nicht normal und Frau Fender ist nicht so eine nette Person, wie man meinen könnte. Etwas stimmt nicht mit ihr, da bin ich sicher.

Aus diesem Grund behalte ich sie gut im Auge. Als ich sie heute aus der Richtung des Kellers kommen sah, hatte sie ein gemeines Lächeln auf den Lippen. Ich habe bei Aristine vorbeigeschaut, doch die war nicht da und da habe ich den Keller abgesucht und euch drei hier gefunden."

Sie schüttelt aufgebracht den Kopf.

„So meine Lieben, das ist der Ausgang. Ihr landet auf der hinteren Seite des Gebäudes. Ich würde euch empfehlen, so schnell wie möglich von hier zu verschwinden."

Sie öffnet eine Türe und wir schlüpfen dankbar ins Freie. Dennoch fühle ich mich plötzlich verloren. Was sollten wir nun tun? Ich reibe mir das leere Handgelenk, wo eigentlich meine Watch sein sollte.

Wir bedanken uns aus ganzem Herzen bei Frau Freund.

„Eines noch", hält sie uns zurück, als wir gehen wollen. „Könnt ihr mir sagen, was mit Frau Devant passiert ist?"

Sie klingt ehrlich besorgt und ich beschließe, dass wir ihr die Wahrheit schuldig sind.

„Wir haben sie geholt. Aristine ist nun in Sicherheit vor … den merkwürdigen Leuten, wie Sie sie nennen. Unsere Freunde können ihr vielleicht helfen."

Frau Freund atmet erleichtert auf und meint dann streng: „So und jetzt ab mit euch!"

Ich lächle ihr noch einmal zu, bevor ich mit den anderen vom Gelände der psychischen Klinik Sankt Georg verschwinde.

Ich habe begonnen, die distanzierte Frau zu mögen. Sie wirkt zwar kühl, streng und unfreundlich, aber man kann trotzdem die Sorge um uns und ihre Patienten heraushören.

Wie sehr man sich nur in Leuten täuschen kann.

Wir wandern einige Zeit orientierungslos umher und halten uns von allen Orten fern, wo Leute unterwegs sind. Die Angst, den Lichtalben direkt in die Arme zu laufen, lässt uns immer weiterlaufen, selbst als unsere Beine bereits schmerzen.

Die Sonne hat schon lange den höchsten Punkt erreicht. Immer noch wissen wir nicht, wie wir zurück ins Versteck gelangen können. Dass es sich in Australien befindet, habe ich auf dem Weg nach Margeriten herausgefunden. Wo genau, das hat uns niemand verraten.

„Was machen wir jetzt?", spricht Erik es endlich aus.

Dass wir nicht zurück zu unseren Familien und Freunden können ist klar. Sosehr ich Feli um Rat fragen, Omas Essen genießen und Luna alles erzählen möchte, es ist nicht möglich. Die Lichtalben würden uns in Nullkommanichts einfangen und nach Alfheim verschleppen.

„Es gäbe da einen Ort, an dem wir vermutlich ungestört nächtigen könnten ...", meint Ben vorsichtig. „Der Weg dorthin wird länger sein, aber dann können wir uns in Sicherheit wiegen und überlegen, wie wir zurückkommen."

Er erklärt, dass Tante Emma ein Haus in Italien habe, das fast immer leer stehe. Niemand außer ihr und ab und zu den Zwillingen werde je dort sein. Wir stimmen zu, dass es einen Versuch wert sei.

„Vielleicht könnten wir, wenn wir über das Hexenhaus fliegen, meine Familie darauf aufmerksam machen? Wenn sie auch dorthin kommen, hätten wir Essen und-"

„Nein! So geht das nicht!", unterbricht Erik den verzweifelten Ben. „Das ist zu riskant, damit könnten wir die Lichtalben auf unsere Fährte bringen!"

Beide sehen mich an, warten auf mein Urteil, das ich nicht fällen kann. Ich weiß, wie sehr Ben darunter leidet, seine Schwester nicht zu sehen.

Dennoch spüre ich insgeheim, dass Erik recht behält. Es wäre idiotisch, die Carters noch weiter mitreinzuziehen. Das kann gar nicht gut ausgehen.

Also räuspere ich mich und meine beschwichtigend: „Ben, ich denke nicht, dass wir das tun sollten. Es tut mir leid."

Ben senkt den Blick und eine schwarze Haarsträhne verdeckt sein Gesicht. Meine Brust fühlt sich eng an. Am liebsten würde ich zurückrudern. Ihm erlauben, seine Schwester in die Arme schließen zu können.

Doch das geht nun einmal nicht und er weiß es ebenso gut wie ich.

„Okay, schon gut", presst er hervor, ohne uns anzusehen. „Gebt mir nur eine Minute."

Ich nicke. Warum nur muss alles immer so erdrückend sein?

Ein Arm legt sich tröstend um meine Schulter und ich lehne meinen Kopf erleichtert an Erik. Schweigend hängen wir alle unseren Gedanken nach.

„Möglicherweise kann ich Corvin Bescheid geben, wohin wir unterwegs sind. Es ist riskant, aber ich denke wir können dem Raben vertrauen, dass er achtgibt", schlage ich vorsichtig vor.

Schließlich gibt Erik nach und willigt ein, es könne klappen und wäre einen Versuch wert.

Kurz darauf fliegen drei Alben in den Nachthimmel davon, in der Hoffnung, unbemerkt zu bleiben. Wir haben einen langen Flug vor uns und das Letzte, was wir brauchen könnten, wären Lichtalben, die unsere Fährte aufnehmen.

Plötzlich bin ich froh, dass ich während der langen Reise vom Versteck nach Margeriten so viel geschlafen habe wie schon ewig nicht mehr. Viel Anderes konnte man ja nicht tun und das kommt uns dreien jetzt zugute.

Dienstag, 14.01.

Bei Eintritt der Morgendämmerung lassen wir uns tiefer sinken und landen dann vor einer Hundehütte. Ich brauche nicht lange mit dem freundlichen Hund zu sprechen. Er bietet sogleich an, den Schlüssel für die Scheune zu holen.

Gewärmt vom Stroh und seinem Fell machen wir eine Pause und warten, bis Eriks und Bens Finger aufgetaut sind. Sie sind kälteempfindlicher als ich, weil sie keine Luftalben sind.

Langsam beginne ich, an unserem Plan zu zweifeln. Wie sollen wir bis nach Italien gelangen? Wenn wir vorher nicht erfrieren, dann verhungern wir. Es ist Mitte Jänner. Was haben wir uns dabei nur gedacht?

Wir ruhen uns aus und der Hund teilt sogar seine Wurst mit uns. Er bietet uns auch sein Hundefutter an, aber wir lehnen höflich ab. Also stibitzt er mit uns etwas Essen von seinen Besitzern.

Als wir gestärkt, ausgeruht und wieder bei Kräften sind, erklären wir Louis, dass wir wieder aufbrechen müssen. Das bedauert der Hund sehr, er habe sich so sehr über unseren Besuch gefreut.

„Wohin sind die Dame und die Herren denn unterwegs?", erkundigt er sich.

Wir erklären ihm unseren Reiseplan und Louis erwidert: „Ich habe eine gute Freundin, dessen Frauchen am morgigen Tag in eine durchaus ähnliche Richtung wie Sie aufbrechen wird. Wenn Sie wollen, könnte ich für Sie eine Mitfahrgelegenheit organisieren."

Mittwoch, 15.01.

Wir können unser Glück kaum glauben, als wir uns am nächsten Morgen mit unserem neuen Freund auf den Weg zu der anderen Hündin machen.

Sie ist noch größer als er und ebenso gastfreundlich. Die Verabschiedung von unserem Helfer fällt uns allen äußerst schwer. Louis wirkt ehrlich betrübt und wehmütig.

„Ich werde euch immer in meinem Herzen behalten, Freunde. Macht es gut!"

Wenig später sitzen wir mit Kora auf ihren Decken im Käfig, der im Kofferraum des Autos verstaut ist. Ein Glück, dass Alben sich in Miniaturausgaben verwandeln können. Eine wirklich praktische Gabe.

„Schön, heute einmal so eine nette Gesellschaft zu haben!", bellt Kora, die ebenso gastfreundlich ist wie Louis.

„Ja, ja, Kora, wir fahren jetzt los", meint ihr Frauchen von vorne ebenso fröhlich und ihre Hündin antwortet ihr erfreut. Die beiden sind richtige Gute-Laune-Verbreiterinnen und so ist die Reise angenehm entspannt.

Während Sophie, die Besitzerin, mit ihrem Hund spazieren geht, verlassen auch wir das Auto mit ihnen. Wir trauen uns, unsere wahre Gestalt anzunehmen und es fühlt sich befreiend an.

Erik kauft uns in der Gestalt von Louis Besitzer etwas zu essen und wir stärken uns. Es kommt mir fast ein wenig vor wie Urlaub, nicht mehr wie eine Flucht.

Dann rückt der Abschied näher. Unsere Route deckt sich nun nicht mehr mit der von Sophie und Kora. Die Hündin bellt und macht ihre Besitzerin darauf aufmerksam, dass sie aus dem Kofferraum müsse. Wir halten und steigen mit unseren Gastgebern aus.

Wir sehen Sophie und Kora nach, bis sie hinter der nächsten Ecke verschwunden sind, dann machen auch wir uns auf den Weg. Es ist nicht mehr weit, die Strecke haben wir erfolgreich abgekürzt.

Donnerstag, 16.01.

Schon am nächsten Tag kommen wir bei dem kleinen Haus an. Nacheinander fliegen wir durch den Kamin hindurch und stehen kurz darauf in einem kleinen Wohnzimmer.

Obwohl das Haus abgelegen ist, und laut Ben niemand hierherkommen würde, halten wir uns von den Fenstern fern. Wir wollen kein Risiko eingehen, dass die Lichtalben uns hier finden könnten.

Essen gibt es hier nicht wirklich. Wir wollen nicht noch einmal den sicheren Hafen verlassen, also verzichten wir darauf. Es wäre zu gefährlich, uns in der Nähe des Hauses zu zeigen. Da sind wir uns einig.

Als es schon bald dunkel wird, drehen wir kein Licht auf. Wir sitzen zusammen auf dem Fußboden im Wohnzimmer. Keiner von uns möchte jetzt allein in sein Zimmer gehen.

„Was, wenn sie nicht kommen?", flüstert Ben, den Blick auf den Vorhang vor dem Fenster gerichtet.

Ich versichere ihm, dass sie das werden und wir nur warten müssten. Wieder einmal.

Mittlerweile fällt es mir schon leichter, nichts tun zu können. Ich verstehe, dass die anderen Schwarzalben darin schon so geübt sind. Im Stillsitzen, ohne verrückt zu werden.

Nach einiger Zeit werde ich müde und mir fallen die Augen zu. Immer noch mit Ben und Erik am Teppich sitzend, schlafe ich ein.

Vor mir hockt Feli. Sie bemerkt mich gar nicht, sondern streichelt Luna weiterhin über das schwarzweiße Fell. Ich möchte sie ganz fest umarmen, sodass sie nach Luft schnappt und sich beschwert, ich würde sie erdrücken.

Die Mütze auf Felis blonden Locken sitzt schief und ihre kleine Stupsnase ist rot vor Kälte. Sie muss sich schon lange draußen aufhalten. Ihre Augen suchen den Horizont ab, bis sie auf den Gipfeln des Waldes hängenbleiben.

Feli weiß über die Lichtalben Bescheid und sie weiß, dass Ben und ich ihnen nicht mehr vertraut hatten, bevor wir verschwunden sind. Ahnt sie also, dass unsere Abwesenheit in den letzten Monaten auf die Lichtalben zurückzuführen ist? Vermutlich.

Meine beste Freundin seufzt.

„Ganz alleine hat sie uns gelassen, nicht?", flüstert sie meiner Katze zu, und es bricht mir fast das Herz, wie traurig Feli sich anhört.

Sie reibt sich die kalten Finger und haucht ihren warmen Atem hinein.

„Nach New York, ohne sich zu verabschieden", meint sie kopfschüttelnd.

Würde eine Lichtalbe mithören, würde sie keine Zweifel hegen, dass Feli keine Ahnung von ihrer Existenz hat.

Ich aber weiß, dass sie alle damit extra glauben lässt, unwissend zu sein. Unschuldig und ungefährlich. Mein Herz zerspringt beinahe vor Freude darüber, dass es Feli gutgeht.

Luna miaut und drückt ihren kleinen Körper schnurrend an die Winterjacke meiner Freundin.

„Positiv bleiben, Lea kommt schon wieder nach Hause", sagt die Katze, aber Feli versteht das natürlich nicht.

„Ich vermisse sie auch", antwortet sie stattdessen. „Sie ist schon so lange fort. Es kommt mir vor wie Jahre."

Sie sieht zu meinem Fenster hin. Der Vorhang ist zugezogen, aber es sieht aus, als wäre ich nur kurz nicht da. Als könnte ich jederzeit zurückkehren und ihn beiseiteschieben, als wäre nichts gewesen.

Aber werde ich das je tun? Werde ich je wieder aus diesem Fenster sehen? Mich auf mein Bett setzen? Oder gar mit Feli am Sofa herumkauern?

Feli überlegt wohl dasselbe, denn ihr Gesicht verdüstert sich. „Komm wieder", flüstert sie ganz leise, sodass ich sie fast nicht verstehe, trotz meiner Albenohren. Ich bin mir nicht einmal sicher, ob sie es wirklich gesagt hat, oder ob es nur meine Gedanken waren.

Ich soll es nie erfahren, denn in diesem Augenblick kehre ich zurück nach Italien. Zurück auf den Teppich zu Ben und Erik, die sich ganz leise flüsternd unterhalten.

Freitag, 17.01.

„Und sie erfinden immer Neue, testen sie an ihren Feinden", erklärt Erik gerade verbittert. „Einmal habe ich das mitansehen müssen, es war schrecklich. Ich glaube, erst da wurde Zara und mir bewusst, wie ernst die Lage eigentlich ist."

„Wieso bemerkt niemand, dass sie diese Mittel herstellen?"

„Die Lichtalben sind nicht dumm, sie haben das Vertrauen der anderen und die Feindschaft zu den Schwarzalben. Also schieben sie alles, das herausgefunden wird, uns in die Schuhe."

Erik lacht bitter und ein Schauer läuft mir über den Rücken. „Ted musste kurz darauf fliehen, er war total fertig. Verständlicherweise", meint er dann traurig. „Darum ist es wichtig für uns Spione, keine wahren Freunde zu haben. Das war das Erste, das Ted uns eingeschärft hat. Man soll sich von seinen Liebsten fernhalten, denn wenn sie wissen, wer diese sind, können sie dich jederzeit erpressen."

„Darum hatten deine Schwester und du dann keinen so guten Kontakt mehr? Keinen sichtbaren?", erkundigt sich Ben und hört sich mitfühlend an. Haben sie sich ausgesprochen? Verstehen sie sich wieder?

„Ja. Und ich habe versucht, meinen Vater nachzuahmen. Ein kühler, distanzierter Lichtalb, der denkt, er stehe über allem. Ist mir wohl gelungen, das hatte ich anfangs nicht erwartet."

Wieder lacht er leise. Auch diesmal wirkt es freudlos.

Schweigen folgt.

Ben erwidert nichts, widerspricht Erik nicht. Ich tue, als würde ich nun langsam aufwachen. Bewege mich etwas und öffne dann die Augen. Ein Gähnen, ich strecke mich. Dann erst setze ich mich auf.

„Gut geschlafen?", fragt Erik mit einem verschmitzten Lächeln.

Weiß er, dass ich gelauscht habe? Ich nicke etwas verschlafen. Von meinem Traum von Feli erzähle ich nichts.

Bens Magen knurrt laut. Es erinnert uns daran, dass wir nichts zu essen haben. Wie lange wird es noch dauern, bis Tante Emma kommt?

„Ich könnte etwas wachsen lassen", schlägt Ben vor.

Wir versuchen es. Der größte Hunger ist schließlich gestillt. Doch ohne in den Garten gehen zu können, werden wir nicht alle drei satt, denn Ben hat keine Erde hier. Außerdem ist der Platz etwas zu knapp.

„Immerhin", murmle ich, doch Erik erwidert, wir würden nicht allzu lange durchhalten.

So sehr wir auch tüfteln, wie wir die Schwarzalben, aber nicht die Lichtalben, auf uns aufmerksam machen könnten, es scheint aussichtslos zu sein.

Montag, 20.01.

Die Tage vergehen und mit ihnen schwindet unsere Hoffnung. Die Stimmung wird immer angespannter. Erik und Ben streiten schlimmer denn je und auch ich schnauze unfreundlich herum.

„Kannst du nicht mal etwas anderes als Möhren wachsen lassen? Wir essen seit Tagen nichts anderes mehr und ich bekomme keine weitere hinunter", beschwere ich mich bei Ben, als wieder eine aus seinen Händen sprießt.

„Nein, kann ich nicht!", faucht er. „Es funktioniert hier leider nur mit den Möhren, weil es einfach ist, sie wachsen zu lassen. Aber du kannst auch gerne verhungern! Immerhin warst du es, die uns in diesen Dreck hineingeritten hat! Wegen einer blöden Kiste, die jetzt ohnehin die Lichtalben haben!"

„Das war ein unglücklicher Zwischenfall, dafür kann ich nichts!", schnauze ich beleidigt und nehme mir doch eine Möhre.

„Hättest du mit dem Öffnen noch gewartet, wären wir mit den anderen fort gewesen, bevor Fender aufgetaucht ist!", beharrt Ben trotzig. „Das ist also alles deine Schuld."

Es versetzt mir einen Schlag, obwohl ich weiß, dass er recht hat. Wieder, wie so oft, habe ich das Bild aus meiner Vision vor mir. Ich, heulend am Fenster mit Blick auf einen Friedhof. Wie ich flehe, Ben würde mir verzeihen können. Dort werde ich eine schwere Last an Schuld tragen müssen.

Ist das der Fehler, der ihm den Tod bringen wird? Wird Ben sterben, weil ich zu viel Zeit nahm, die ich nicht hatte? Ist es das, warum ich mich entschuldige?

„Jeder macht Fehler!", erwidere ich trotzdem giftig.

Die Prophezeiung wird sich nicht bewahrheiten, nicht so! Das lasse ich nicht zu! Solange ich lebe, wird Ben nicht sterben, das schwöre ich!

Ben öffnet bereits den Mund für eine Retourkutsche, als wir alle drei mitten in der Bewegung erstarren.

„Ist das…?", beginnt Erik und bricht dann ab.

Der Streit ist vergessen, wir stürzen zusammen hinter das Sofa und gehen in Deckung. Ich halte den Atem an, mein Herz pocht.

Dann erstirbt das Motorengeräusch. Autotüren schlagen. Schritte nähern sich dem Haus. Schlüsselrascheln und ein klickendes Schloss. Die Haustüre wird aufgeschoben.

Ich sehe mich nach einer Waffe um. Sie liegen alle noch am Teppich, zusammen mit dem Brief, für den wir das alles hier riskiert haben. Ich, rufe ich mir selbst ins Gedächtnis. Ich habe es riskiert. Ich bin schuld.

Kapitel 11

„Amalia, geh und bring die Koffer in das Schlafzimmer", tönt da Tante Emmas Stimme durch das Haus.

Erik und ich reagieren gleichzeitig und packen Bens Arm, bevor er sich seiner Familie zu erkennen geben kann.

Nicht! Ihre Ketten!, erinnere ich ihn.

Sie würden alle Geräusche aufzeichnen und wenn einer der Carters unsere Namen sagt, wären wir ausgeliefert. Wer weiß, was dann mit uns allen passiert. Ich will es mir gar nicht ausmalen. Nicht umsonst haben wir Corvin eingeschärft, uns mit keinem Krächzen zu erwähnen.

Erik deutet uns, still zu sein, und verwandelt sich in eine junge Frau. Dann kommt er langsam aus dem Versteck hinter dem Sofa hervor und vorsichtig, um niemanden zu erschrecken, wagt er sich in den Nebenraum.

Die junge Frau sieht nicht gefährlich aus, sie ist hübsch und lächelt freundlich. Sie legt einen Finger auf die Lippen und Tante Emma gehorcht, sie muckst sich nicht.

Ich kann sie nicht sehen, doch ich bin sicher, sie ist überrascht und misstrauisch. Erik spielt seine Rolle aber so gut, dass niemand ein Wort sagt. Dann winkt er uns hervor.

Wir treten hinter Erik. Tante Emmas Augen weiten sich, sie hält sich geschwind den Mund zu. Auch Amalia, bereits auf den Stufen, starrt uns völlig entsetzt an.

Seid bitte ganz still, ihr dürft nicht laut mit uns kommunizieren!, verlangt Ben in Gedanken von seiner Familie.

Er deutet mit der Hand zu einem Notizblock und einem Stift. Seine Tante greift sofort danach und beginnt hastig zu schreiben:

Geht es euch gut??

Wir nicken zögernd.

Was ist passiert? Erzählt!!

Langsam löst sich Amalia aus ihrer Starre und kommt die Stufen wieder herunter. Um ihren Hals hängt glänzend das Zeichen der Lichtalben. Ihre grünen Augen funkeln merkwürdig.

Meine Freundin sieht bezaubernd aus, wie immer, ihre dunklen Haare sind etwas kürzer. Ihr Blick ruht unverwandt auf ihrem Zwillingsbruder. Ich habe erwartet, sie würde ihm um den Hals fallen, glücklich, ihn wiederzuhaben.

Stattdessen mustert sie ihn argwöhnisch, als traue sie ihren Augen nicht. Ben lächelt sie erleichtert an, er hat sie so schrecklich vermisst. Amalia aber geht nicht zu ihm, sie stellt sich zu ihrer Tante. Vermutlich ist sie immer noch zu geschockt, um sich freuen zu können.

Ich gehe zu Tante Emma und nehme den Block zur Hand.

Die Lichtalben sind hinter uns her, sie dürfen unter keinen Umständen erfahren, dass wir hier sind.

Tante Emma runzelt die Stirn, nickt dann aber. Sie erhebt ihre Hände, sodass die Armbänder an ihren Händen aneinanderschlagen und eine Art Musik machen. Sie winkt ihren Neffen zu sich und schließt Ben in ihre langen Arme.

Amalia unterdessen schreibt uns: *Wer ist das?*

Sie nickt zu Erik, immer noch in seiner Frauengestalt. Er sieht nicht aus, als wolle er das ändern und sich zu erkennen geben.

Stattdessen schreibt er einen anderen Namen: *Stefanie, nett euch kennenzulernen!*

Seine Schrift ist fein säuberlich und leicht nach links geneigt.

Tante Emma umarmt auch mich, sie scheint überaus glücklich, uns unversehrt wiederzusehen.

Warum dürfen wir nicht sprechen?, fragt Amalia, die immer noch distanziert wirkt.

Wir erklären es ihnen und obwohl sie uns nicht so recht glauben wollen, lassen sie zu, dass wir uns an den Ketten zu schaffen machen.

Ich friere sie auf Eriks Befehl hin ein. In einen Eisklotz, sodass kein Ton hindurchdringt. Dann setzen wir uns ins Wohnzimmer, das plötzlich noch winziger wirkt.

Erik, ich meine Stefanie, kniet sich vor den Kamin und entfacht ein Feuer, in das sie sogleich die beschriebenen Blätter wirft, um sie zu vernichten.

„So, jetzt können wir sprechen", meint Ben leise. Seine Stimme ist etwas heiser und treibt seiner Tante sogleich Tränen in die Augen.

„Warum verfolgen euch die Lichtalben? Wo wart ihr die ganze Zeit über?", fragt sie.

Wir zögern, es ihnen zu erzählen, doch schließlich rücken wir doch damit heraus.

„Ihr wart bei den Schwarzalben? Ihr kennt ihr Quartier?", mischt sich Amalia ungläubig ein und sitzt mit einem Mal aufrechter.

„Wir gehören zu ihnen", gebe ich zu. „Wir alle drei."

„Wir wissen sehr viel, von dem ihr keine Ahnung habt", mischt sich Ben düster ein. „Darum mussten wir verschwinden und die Seiten wechseln. Würdet ihr die Wahrheit kennen, hättet ihr dasselbe machen müssen."

Amalia wirkt wenig überzeugt. Sie kräuselt ihr Näschen und legt die Stirn in Falten. Ihre Augen glänzen und sie knetet unwohl ihre Finger.

Glaubt sie tatsächlich, wir wären zu ihren Feinden geworden? Oder ist es doch nur der Schock?

Sie wird einfach überfordert sein, sie braucht Zeit, um alles zu verarbeiten. Am liebsten würde ich sie in den Arm nehmen. Ganz fest, sodass sie die letzten Monate vergisst.

„Und ich wollte euch soeben von einem weiteren Angriff der Schwarzalben erzählen", lacht Emma unsicher. „Das werdet ihr natürlich alles schon wissen, habe ich recht?"

Wir nicken.

„Aber nun erzählt einmal, was tut sich in Margeriten?", lenke ich von dem heiklen Thema ab.

Jeder scheint darüber erleichtert zu sein, und die anfängliche Angespanntheit lässt allmählich nach.

Während wir uns alle fünf stärken, tauschen wir Neuigkeiten aus. Feli geht es gut, obwohl sie mich schrecklich vermisst und etwas wütend war, dass ich angeblich ohne Abschied nach New York musste. Sie und Amalia sind nach wie vor recht gut befreundet. Sie sehen sich sehr häufig.

Eine weitere große Neuigkeit gibt es noch. Ben nimmt sie nicht allzu gut auf.

„Amalia hat jetzt einen Freund", vertraut Tante Emma uns lächelnd an und zwinkert ihrer Nichte vertraulich zu. „Sie ist mit Alex zusammen, schon eine ganze Weile."

Alexander Buchner war ein guter Freund von Ben, bis sie wegen Amalia stritten. Ben würde sie schlecht behandeln, er und ich würden sie ausschließen. Das war leider wahr, er hatte recht. Dennoch war Ben schrecklich wütend auf Alex.

Eigentlich sollte es mich nicht überraschen, dass er und Amalia ein Paar sind. Schon damals fiel mir auf, dass sie plötzlich viel gemeinsam unternahmen. Doch ich hatte überhaupt nicht mehr daran gedacht. Ben anscheinend ebenso wenig.

„Er kommt übermorgen nach", verkündet Amalia mit einem glücklichen Lächeln.

Unwillkürlich erscheint auch auf meinen Lippen ein Grinsen und ich freue mich, ihren Freund näher kennenzulernen.

Sie scheint ihn wirklich sehr zu mögen und ich freue mich für meine Freundin. Sie muss es in den letzten Monaten sehr schwer gehabt haben. Gut, dass Alex in dieser Zeit für sie da war.

Nach dem Essen trägt Amalia das Geschirr in die Küche. Ich folge ihr, in der Hoffnung, etwas mit ihr sprechen zu können. Vielleicht kann ich dann unsere Verbindung wieder aufbauen. Ich verstehe, dass sie distanziert ist und nicht weiß, wie sie mit all dem umgehen soll. Doch ich möchte, dass wir wieder sind wie früher.

„Kann ich dir helfen?", frage ich und kurz darauf stehen wir Seite an Seite und waschen das Geschirr ab.

Amalia scheint nicht zu wissen, was sie sagen soll. Mir geht es ähnlich.

„Ich freue mich für dich, dass du glücklich bist mit Alex", erkläre ich ihr und meine es genauso. Ein kleines Lächeln stiehlt sich auf ihre Lippen. Nur ganz kurz, während sie auf das schäumende Wasser starrt.

Sie sieht plötzlich so erwachsen aus, als sie endlich wieder in Echt vor mir steht. Eine dunkle Strähne fällt ihr ins Gesicht und das Strahlen, das sie immer umgeben hat, wirkt gedämpfter. Ihre Ausstrahlung ist zurückhaltender, nicht mehr so ansteckend positiv und überdreht.

Amalia ist einfach älter geworden, in der gar nicht allzu langen Zeit, in der Ben und ich wie vom Erdboden verschluckt gewesen waren. Es ist, als wären wir Jahre fort gewesen. Als wäre Amalia langsam aber sicher von uns fortgewachsen.

Doch dann lächelt sie mich traurig an und ich weiß, dass sie immer noch dieselbe ist. Auch wenn sie sich ganz anders verhält. Tief drinnen erinnert auch sie sich gerade an diese vertraute Freundschaft und Verbundenheit.

„Es ist merkwürdig", beginnt sie zu reden und schlägt die Augen nieder.

Ihre langen Wimpern werfen Schatten auf ihre Wangen, sodass sie noch viel gewaltiger wirken.

„Ich habe mich nicht vollkommen gefühlt, als würde ein Teil von mir fehlen", versucht sie, mir zu erklären.

Amalia beißt sich leicht auf die blutrote Unterlippe, während sie überlegt, wie sie das Gefühl beschreiben soll.

„Es war, als hättet ihr nie existiert, hättet aber dennoch eine Leere hinterlassen."

Ich verstehe genau, was sie meint. Verhält sie sich deshalb so abweisend? Als wären wir ihr irgendwie fremd geworden? Hat sie uns einfach aus ihrem Leben gestrichen, weil der Schmerz über den plötzlichen Verlust ihres Zwillings und ihrer besten Freundin so schmerzte?

Wie gut ich das nachvollziehen kann … ich wende betroffen den Blick ab. Habe ich wirklich geglaubt, es würde alles wieder werden wie früher, sobald wir miteinander sprechen? Ja, ich hatte das wirklich gehofft.

Dass wir eines Tages wieder wie damals lauthals mit Feli Karaoke singen würden und Amalia die schiefsten Töne herausschmettert, die die Welt je gehört hat. Dass wir uns gegenseitig durch Felis Garten jagen würden, die Wasserpistolen in den Händen. Dass unser Lachen und Kreischen den Hof erfüllen würde.

Ich hatte es wirklich gedacht.

„Ja", antworte ich mit belegter Stimme.

Ich lasse sie dennoch so unberührt wie möglich klingen. Es gelingt mir nicht ganz, sie klingt resigniert.

„Es ist seltsam, wie alles weitergegangen ist, ohne uns. Als wären wir aus unserem Leben herausgewachsen."

Danach scheint alles gesagt zu sein und wir arbeiten schweigend weiter.

Vielleicht, überlege ich, wären wir auf einer Picknickdecke beisammengesessen und Amalia hätte mir von Alex erzählt. Ihre Wangen hätten sich gerötet und ihre Augen hätten begonnen zu strahlen. Feli hätte sie aufgezogen und ich hätte gelacht. Amalia hätte gegrinst und wäre meiner Aufforderung nachgekommen, uns alles ganz genau zu erzählen.

Vielleicht. Vielleicht, wenn ich nicht mit ihrem Zwilling geflohen wäre und sie im Ungewissen zurückgelassen hätte. Im Zwiespalt, wem sie vertrauen sollte. Ob sie an uns festhalten sollte. Ob wir jemals zu ihr zurückkommen würden.

Als wir fertig sind, verschwindet Amalia in ihr Zimmer und wir bekommen sie erst zum Abendessen wieder zu Gesicht.

Damit die Stille niemandem verdächtig vorkommt, tauen wir die Ketten zwischenzeitlich immer wieder auf. Nur wenn auch Ben, „Stefanie" und ich an Gesprächen teilnehmen, friere ich die Anhänger wieder ein und lege sie ins Kühlfach.

„Wie machen wir das mit dem Schlafen? Wir haben hier nur drei Schlafzimmer", meint Tante Emma. Ursprünglich hatte ich gedacht, Ben und Erik und Amalia und ich könnten sich je eines teilen. Das wird aber aus mehreren Gründen nicht möglich sein.

Zum einen ist Erik jetzt weiblich und eine Stefanie würde nicht mit Ben in einem Zimmer schlafen. Wie würde das denn wirken? Brrr ... nein, sicher nicht!

Zum anderen wird schon bald auch Alex anreisen, der möglicherweise dann in Amalias Zimmer schläft. Außerdem weiß ich nicht, ob ich mich mit ihr in einem Raum so wohlfühlen würde. Die Stimmung zwischen uns ist merkwürdig. Also ist mir das nur recht.

Du könntest ja am Sofa schlafen, aber dann denken meine Tante und Ammi, ich würde mit einer „Stefanie" im Zimmer schlafen.

Ben und ich sehen uns an. Es war keine gute Idee von Erik, sein Geschlecht vorübergehend zu ändern.

Aber wenn du am Sofa schläfst, bin ich diejenige, die mit Erik im Zimmer schläft, rufe ich Ben in Erinnerung und mir wird ganz mulmig bei diesem Gedanken.

Stimmt auch wieder ...

Er sieht düster zu Erik, der seine langen Haare um den Finger wickelt und nicht weiß, worüber Ben und ich sprechen.

Und wenn du einfach sagst, sie wäre deine Freundin?, frage ich.

Einen kurzen Augenblick starren wir uns unverwandt an. Dann prusten wir gleichzeitig los. Alle anderen schauen verwirrt, doch Ben und ich können uns nicht mehr halten vor Lachen.

Es ist befreiend, nach so langer Zeit mit seinem besten Freund zu lachen. Der Klang seines Lachens ist mir so vertraut, aber gleichzeitig habe ich ihn schon ewig nicht mehr lachen gehört, so kommt es mir vor.

Mir wird ganz warm, als Ben laut losprustet und nach Luft schnappt. In diesem Moment wirkt er glücklich. Ich fühle mich plötzlich so leicht, als würde ich jeden Augenblick davonfliegen. Es ist wunderschön, Bens Lachen zu hören und zu sehen.

„Was ist denn daran so lustig, ich habe nur nach der Bettordnung gefragt", beschwert sich Tante Emma. Aber auch auf ihren Lippen liegt ein Lächeln, während ihr Blick fest an ihrem Neffen hängt.

Am Ende einigen wir uns darauf, dass Ben und ich in einem Zimmer schlafen. Stefanie wirkt doch um einiges älter als wir und ist angeblich eine eher fremde Schwarzalbe für uns.

Obwohl ich weiß, dass jeder der anderen sich seinen Teil dazu denkt, ist es doch die beste Lösung. Ben und ich stehen uns sehr viel näher, als zu der Zeit, als wir noch in Margeriten waren und das ist allen klar. Niemand erwidert etwas auf den Vorschlag, dass wir uns ein Zimmer teilen.

„Amalia, sei so lieb und borge Lea und Stefanie einen deiner Pyjamas. Ben, deine sind dir möglicherweise schon etwas zu klein, weil du so gewachsen bist, aber ich denke es wird schon gehen", meint Tante Emma.

Mir selbst ist es nicht aufgefallen, aber sie hat recht. Ben ist ebenso wie seine Zwillingsschwester älter geworden, aber auch größer und breiter. Das Training der Schwarzalben ist uns beiden deutlich anzusehen.

Amalias Sachen passen Stefanie und mir relativ gut. Doch als Ben hereinkommt, einen hellblauen Schlafanzug an, kann ich ein Lachen nicht unterdrücken. Er sieht mich übertrieben mürrisch an.

Die Hose ist zu kurz und zeigt seine Knöchel. Das Oberteil spannt über seine muskulöse Brust und auch Bens Arme sind länger geworden. Er war schon lange nicht mehr in diesem Haus in Italien, sicher ein ganzes Jahr nicht.

Ich sehe Ben vor mir, mit etwa zwölf Jahren. Er trägt den Pyjama, er ist damals noch neu und fast etwas zu groß. Die schwarzen Haare sind kürzer, sie fallen ihm nicht ins Gesicht.

Der kleine Junge grinst verschmitzt, es sieht wahnsinnig lieb aus. Seine grünen Augen funkeln begeistert und ich kann ein Mädchen im Hintergrund lachen hören. Es muss Amalia gewesen sein.

Damals habe ich die Zwillinge noch lange nicht gekannt, doch das Bild habe ich dennoch deutlich vor mir. Es ist eine Erinnerung, nicht von mir, sondern von Ben.

Unsere Blicke treffen sich, in seinen Augen sind die dunklen Sprenkel zu erkennen. Seine Mundwinkel zucken.

„Kein Wort, Lea", befiehlt er.

„Ich sage ja gar nichts!", protestiere ich und mustere ihn weiterhin, ein Lachen zurückhaltend.

Als wir alle in unseren Betten, beziehungsweise Erik auf dem Sofa und Ben auf einer Matte liegen, starre ich an die Decke. Ich kann Bens Atem hören, sogar seinen Herzschlag.

Er hat mir gnädigerweise sein Bett überlassen und es sich am Boden gemütlich gemacht. Es ist bereits völlig dunkel, doch das schränkt unsere Sicht ohnehin nicht ein.

Ich liege wach unter der Decke und stelle mir ein Wiedersehen mit meiner Familie und meinen Freunden vor. Es ist so unrealistisch, dass mir mein Herz schwer wird.

Immer wieder sage ich Ben, er solle nicht so pessimistisch sein. „Wir kommen hier wieder weg", meine ich. „Wir gehen zurück zu den Schwarzalben und mit ihrer Hilfe können wir mit allen unseren Liebsten ein neues Leben beginnen."

Wir wissen beide, dass das nicht wahr ist.

„Ich bin realistisch, Elfenmädchen", erwidert er jedes Mal und obwohl ich widerspreche, weiß ich, dass er recht hat.

Es wäre mehr als großes Glück, wenn wir wieder zu den Schwarzalben könnten. Von unseren Familien und Freunden ganz zu schweigen.

Ich hatte Tante Emma nach allen Leuten, die mir eingefallen sind, ausgefragt. Es geht jedem von ihnen gut. Max Baumgartner und Angelina Bonatti seien nun endlich offiziell ein Paar. Der Sohn der Apothekerin hätte die Apotheke geerbt und den Verkaufsraum innen völlig umgestaltet. Sie sehe jetzt moderner aus und „todschick". Die Bäckerin arbeite wieder, nachdem sie im Herbst ihr drittes Kind zur Welt gebracht hat.

„Kannst du auch nicht schlafen?", flüstert Ben vom Boden herauf und stützt sich auf seine Ellbogen, um mich sehen zu können.

Ich nicke. Mir geht so viel durch den Kopf. Aber das weiß er ohnehin.

„Ja, geht mir genauso. Ich hatte mich so gefreut, Ammi endlich wiederzuhaben. Aber ich dachte nicht, dass sie sich so verändert haben wird. Ich habe das Gefühl, sie braucht mich nicht mehr und das ist das Schlimmste."

Bens Gesicht ist schmerzverzerrt.

„Sie weiß nur nicht, wie sie damit umgehen soll, dich plötzlich wiederzusehen", versuche ich, ihn zu beruhigen. „Das kannst du ihr nicht verübeln. Aber bald schon wird wieder alles sein wie früher."

Es ist eine glatte Lüge. Es wird nie wieder sein wie früher. Wie sollte es? Wir ignorieren diese Tatsache. Man blendet immer alles aus, an dem man zerbrechen kann, beachtet es einfach nicht.

Dienstag, 21.01.

Auch am nächsten Tag fällt mir das überdeutlich auf. Niemand spricht an, wie lange wir hierbleiben werden können. Oder wohin wir danach sollten. Um dieses und einige weitere Themen wird ein großer Bogen gemacht.

„Stefanie, hast du eine Familie?", fragt Amalia das Mädchen, als wir gemeinsam den Tisch für das Mittagessen decken.

Ben und ich wechseln einen Blick. Was wird Erik darauf antworten, wird er sich eine Geschichte für Stefanie erfinden?

Nein, das tut er nicht. Er erzählt seine eigene.

„Ja, aber sie sind nicht bei mir. Ich konnte niemanden zu den Schwarzalben mitnehmen."

Amalia und Stefanie unterhalten sich noch eine Weile. Sie scheinen sich äußerst gut zu verstehen.

Fast werde ich etwas eifersüchtig, weil Amalia so ungezwungen mit Stefanie spricht. Dabei konnte sie Erik nicht leiden, weil er so gemein zu ihr war. Das war zwar nur Tarnung, aber woher hätte Amalia das wissen sollen?

Mir aber, ihrer Freundin, begegnet sie immer noch mit Distanz. Es ist schwer, das einfach so hinzunehmen, aber weder mir noch

Ben bleibt etwas anderes übrig. Ich habe es selbst gesagt, wir müssen Amalia Zeit geben. Zeit, die wir nicht haben.

Stefanie und Amalia haben es sich mit einem Spiel im Wohnzimmer gemütlich gemacht. Dass sie auf unterschiedlichen Seiten stehen, ignorieren beide Mädchen. Sie sprechen nicht darüber, dass die eine von ihnen eine Lichtalbe und die andere eine Schwarzalbe ist.

„Bei uns beiden aber kann sie nicht darüber hinwegsehen", murrt Ben beleidigt, als wir uns auf unser Zimmer zurückziehen.

Ich fürchte, das wird Eriks Standpunkt bei ihm nicht gerade verbessern.

Wir setzen uns auf das einzige Bett im Raum und schweigen missmutig. Mein Blick fällt auf den Brief, der unter dem Kissen hervorlugt. Es ist der, den ich aus der Kiste von Aristine entfernt habe, bevor wir von den anderen getrennt wurden.

Ich habe ihn in den letzten Tagen so oft gelesen, dass ich ihn auswendig aufsagen könnte. Vermutlich sogar im Schlaf. Doch das bringt mir nicht das Geringste.

Ben folgt meinem Blick und zieht den Brief hervor. Wir seufzen synchron. Wäre er es zumindest wert, dass wir deshalb in dieser Lage wären …

Liebste Aristine!

Du wirst eine wunderbare Mutter werden! Ich weiß, unsere Maila wird mich niemals wirklich kennenlernen können, aber ich werde sie immer im Herzen behalten und hoffen und träumen. Ich kann weder für sie, noch für dich da sein. Das tut mir mehr weh, als ich mit Worten je ausdrücken werde können. Doch wir beide wissen, es war die richtige Entscheidung.

Es ist wichtig, dass sie glauben, ihr wärt keine Gefahr für sie. Ab dem Zeitpunkt, wenn ich fort bin, und du diesen Brief liest, werdet ihr wieder eine gewöhnliche Familie sein. Eine menschliche Mutter, verheiratet mit einem menschlichen Mann, und einer kleinen Tochter.

Niemand wird wissen, wie es tatsächlich ist.

Nur du und ich. Wie es immer war.

In Liebe,

L.

Mittwoch, 22.01.

Am nächsten Morgen, als wir gerade beim Frühstück sitzen, wird mir plötzlich schwindelig. Der Raum dreht sich vor mir und Bens forschender Blick verschwimmt vor meinen Augen. Ich stehe im Garten vor dem Haus in Italien. Es ist noch fast dunkel. Oder vielleicht ist es auch später Abend. Ich weiß es nicht. Zittrig hole ich Luft. Mein Blick fällt auf das Armband, das Ben mir zum Geburtstag geschenkt hat. Ich streiche schluchzend darüber. Ganz zart streichle ich es, während mein Blick von den Tränen unscharf wird.

Dann sitze ich wieder am Küchentisch. Ben hält mich fest, sodass ich nicht vom Sessel herunterfalle. Ich schaue zu ihm und sehe es in seinen Augen. Er weiß, was meine Vision bedeutet.

„Nein", flüstere ich und schüttle entsetzt den Kopf.

Ben schluckt schwer. Wir wussten, dass es passieren wird, aber schließlich zu wissen, dass es schon so bald sein würde, erschreckt uns gleichermaßen.

„Was ist denn los?", möchte Erik wissen, doch niemand achtet auf ihn oder Tante Emma und Amalia. Sie alle kennen sich nicht aus, was Ben und mich so schockiert.

„Es wird nicht passieren, das lasse ich nicht zu", fahre ich Ben an, als könne er etwas dafür, dass er sterben wird. Ich werde das nicht geschehen lassen! Ich schwöre auf mein Leben, dass ich Bens rette!

„Oh nein, das wirst du bestimmt nicht tun!", ruft er wütend. „Du weißt, dass es passieren wird, und du wirst nicht versuchen, es zu verhindern. Du bist nicht schuld, Lea. Ich werde dich niemals für meinen Tod verantwortlich machen und jetzt schlag dir das sofort aus dem Kopf."

Ben hat meine Schultern gepackt, um so seine Worte zu bekräftigen. Doch ich schweige, starre ihn nur mit Tränen in den Augen an. Ich kann es ihm nicht versprechen, denn ich würde alles dafür tun, Ben zu beschützen. Es ist mir egal, was er dazu sagt.

„Komm her, du sturer Esel", meint er niedergeschlagen und zieht mich zu sich. Ben legt die Arme ganz fest um mich und drückt mich an sich. Ich schmiege mich ganz eng an ihn und weine in sein T-Shirt.

Als wir uns wieder voneinander lösen, verlasse ich den Raum. Ich brauche etwas Ruhe und ziehe mich ins Badezimmer zurück. Dort sitze ich am Badewannenrand und starre vor mich hin, bis Tante Emma kommt und sich schweigend zu mir setzt.

Nach einigen Minuten sagt sie leise: „Ich weiß, wie wichtig er dir ist. Jeder, der ihn so sehr liebt wie du, würde es verhindern wollen. Das ist klar, aber ab und zu muss man auch überlegen, ob es das Richtige ist."

Natürlich ist es das Richtige. Solange es damit endet, dass Ben lebt, ist es das, was ich tun muss.

„Ich weiß, ihr habt viel zusammen erlebt und ihr seid euch noch viel nähergekommen, seit ihr zusammen auf unserem Sofa gesessen habt und versucht habt, uns einzuweihen. Wie viel ihr euch bedeutet, kann ich nur vage vermuten, aber ich sehe, dass es mehr ist, als gut für euch ist. Vor allem, wenn man die Umstände betrachtet."

Tante Emma legt mir tröstend den Arm um die Schultern.

„Ich habe meine Schwester auch sehr geliebt. Doch als sie tot war, da ist für mich eine Welt zusammengestürzt. Ich habe mir selbst Vorwürfe gemacht, weil ich nicht mehr für sie da gewesen war.

Dabei habe ich aber vernachlässigt, was sie von mir gewünscht hätte. Ich hatte zu wenig Zeit für ihre Kinder, habe in ihnen immer nur meine tote Schwester gesehen. Für sie war ich ebenso wenig da wie für ihre Mutter.

Erst jetzt, da ich Ben verloren geglaubt habe, wurde mir das so richtig bewusst. Nun versuche ich, es wieder gutzumachen. Was ich damit aber eigentlich sagen möchte, ist, dass ich mich so an Valeries Tod festgehalten habe und dadurch nichts anderes gesehen habe.

Ich sah immer das Schlimme, wenn ich an sie dachte, nicht die glücklichen Momente. Ich ließ sie nicht los und ich möchte nicht, dass du einen ähnlichen Fehler begehst, Lea. Wenn es an der Zeit ist, dann lass ihn los."

Ich nicke. Worte bringe ich nicht mehr über die Lippen. Dann lässt mich Tante Emma wieder allein.

Am Abend kommt Alex beim Ferienhaus an. Auch er hat sich verändert, ist erwachsener geworden. Seltsam, wie einem das nach wenigen Monaten bereits auffällt.

Amalia fällt ihm sogleich um den Hals. Sie küssen sich überglücklich und obwohl ich mich für Amalia freue, ist es ein merkwürdiges Gefühl. Ich weiß nicht, woran es liegt, denn eigentlich ist Alex nett. Er bemüht sich auch Ben gegenüber. Er verurteilt niemanden, als er hört, dass wir nicht auf der Seite der Lichtalben stehen.

Am meisten aber mag ich ihn dafür, dass er Amalia aufmuntert. Sie scheint ihn wirklich zu lieben und auch umgekehrt. Sie ist glücklicher, wenn er in der Nähe ist und das erinnert mich an die Amalia, die sie mir gegenüber früher war.

Ben ist nicht sonderlich begeistert über den Besuch des Freundes seiner Zwillingsschwester. Er versucht zwar, das zu verbergen, und gibt sich wirklich alle Mühe, aber so richtig will es ihm nicht gelingen.

„Wir haben uns alle um euch gesorgt, es ist der Wahnsinn, euch beide plötzlich wiederzusehen", meint Alexander. „Ich bin froh, zu wissen, dass es euch gut gegangen ist bei den Schwarzalben."

„Sie sind welche von ihnen, was erwartest du?", erwidert Amalia finster, als wären wir nicht anwesend und klingt dabei, als wäre sie angewidert. „Sie haben uns hintergangen."

„Ich denke nicht, dass du das so sehen solltest", beruhigt Alex sie verunsichert und blickt kurz zu Ben, der seine Schwester erschrocken anstarrt. Man sieht die Enttäuschung in seinem Gesicht und mich schmerzt es im Herzen, Ben so zu sehen.

„Unsere Eltern haben auch die Seiten wechseln wollen, weil sie herausfanden, was die Lichtalben tun", meint er gekränkt. „Warum glaubst du uns nicht? Wir sagen die Wahrheit, die Lichtalben sind nicht so gut wie sie jedem vorgaukeln."

Amalia erwidert nichts, doch sie hält jedes einzelne Wort für eine Lüge, das ist ihr anzusehen. Stefanie wechselt geschwind das Thema und Alex und ich steigen erleichtert in das Gespräch ein.

Kapitel 12

Die Tage vergehen, und obwohl alle im Kongress-Haus, wie Emma es immer nennt, weil sie für gewöhnlich nur zu Verhandlungen hier wohnt, lieb sind, wird es zunehmend anstrengend.

Ben, Erik und ich dürfen es nicht verlassen, was uns immer mehr zu schaffen macht. Es kommt mir immer mehr wie ein Gefängnis vor, dabei weiß ich genau, dass es zurzeit der einzige sichere Ort für uns drei ist.

Es liegt nicht nur daran, dass das Haus zu klein ist für sechs Personen, sondern eher daran, dass niemand weiß, wie lang es noch gutgeht, uns hier versteckt zu halten. Trotz der Angst, unvorsichtig zu werden, verspüre ich den Drang, spazieren zu gehen oder mich einfach nur in den Garten zu setzen.

Dazu kommt noch, dass man sich nicht einmal unterhalten kann, ohne von allen gehört zu werden. Nur mit Ben ist das möglich. Es kommt mir vor, als hätte ich in dem kleinen Haus keine Privatsphäre.

„Nein", sage ich zu mir selbst. „Ich muss mich glücklich schätzen, hier sein zu können."

Das bin ich auch immer noch oft. Zum Beispiel, wenn ich mich mit Alex unterhalte, der ebenso nett ist wie ich mir dachte, als ich ihn das erste Mal gesehen habe. Auf einmal bin ich unendlich froh, dass er Amalias Freund ist.

„Sie passen unheimlich gut zusammen", schießt es mir durch den Kopf.

Alex und ich sind uns viel ähnlicher als ich dachte. Auch er hatte früher ein normales Leben, bevor er zum Alben ausgewählt wurde. Er lebte in Wien. Nachher jedoch schickten die Lichtalben ihn in ein Internat, wo er unterrichtet wird. Angeblich.

In Wirklichkeit verbringt er die meiste Zeit in Alfheim mit den anderen Schülern des Internats. Die Unterrichtsräume in dem Gebäude dienen größtenteils der Verbergung des Geheimnisses.

Seine Eltern sieht Alex daher nur selten, sie haben keine Ahnung vom tatsächlichen Leben ihres Sohnes.

„Weihnachten war ich das letzte Mal dort", erzählt er mir und seine Augen glänzen bei der Erinnerung an das Wiedersehen. „Amalia war auch mit und sie hat sich gleich super gut mit meinen Eltern verstanden. Sie sind ganz begeistert von ihr. Kein Wunder."

Ich folge Alex´ Blick zu seiner Freundin, die am anderen Ende des Raumes in einem Armstuhl sitzt. Sie tut, als wäre sie zu sehr in das Buch vertieft, um unserem Gespräch zu folgen, dabei hört sie bestimmt jedes unserer Worte mit an.

„Ihr dürft ihr ihr Verhalten nicht übelnehmen, sie meint es bestimmt nicht böse", meint er und in seinem Gesichtsausdruck liegt Wehmut, während seine Augen immer noch auf die Schönheit gerichtet sind.

„Grundsätzlich hat sie sich nicht so sehr verändert, wie man annehmen würde, wenn man sieht, wie sie euch begegnet. Amalia setzt sich immer noch für Tiere und, naja, eigentlich so ziemlich alles ein.

Wusstest du, dass sie einmal Ärztin werden möchte?", wendet er sich an mich und ich merke, wie stolz er auf seine Freundin ist.

Ich schüttle leicht erstaunt den Kopf und Alex fährt fort.

„Ja, Amalia wird bestimmt die beste Kinderärztin der ganzen Welt! Ich jedenfalls kann mir niemand Geeigneteren vorstellen."

Ich auch nicht, Amalia ist ein Sonnenschein.

Am Abend sitzen Erik, Ben und ich auf meinem Bett, um wieder einmal die Situation zu besprechen. Dabei gibt es ohnehin nichts Neues: Niemand weiß, wie wir die Schwarzalben kontaktieren sollten.

Nach einiger Zeit des Schweigens teilt Erik seine Gedanken mit uns: *Es ist schlimmer geworden, ich mache mir echt Sorgen. Als ihr nicht mehr da wart, wurde Amalia relativ oft von den Lichtalben in*

die Büros beordert. Zuerst kam mir das nicht so auffällig vor, ich
dachte sie horchen sie aus. Aber … mit der Zeit wurde es doch
etwas verdächtig, vor allem als mir auffiel, wie sie plötzlich
distanziert und kühl über euch beide sprach. Das kam mir dann
doch merkwürdig vor.

Ich frage, was er damit sagen möchte und Erik scheint sich etwas
unwohl zu fühlen. Dennoch redet er weiter.

Ben, ich glaube, sie haben versucht, sie auf ihre Seite zu
bekommen. Euch ins schlechte Licht zu stellen und sie gegen euch
zu richten und soweit ich das beurteilen kann, hatten sie damit
Erfolg–

Genau in diesem Moment steht plötzlich Amalia in der Türe.

„Kann jemand von euch bitte abwaschen? Ich muss für die
Schule lernen …"

Sofort springe ich auf, um meiner Freundin diesen Gefallen zu
tun.

Als ich an ihr vorbeigehe, schenke ich ihr das breiteste Lächeln,
das ich zustande bringe. Amalia lächelt schüchtern zurück und
mein Herz schlägt beinahe einen Salto.

„Danke, Lea", murmelt sie verlegen und geht davon.

Schon nach kurzer Zeit taucht Erik auf und schnappt sich
ebenfalls ein Geschirrtuch. Er wirkt ein bisschen verärgert und ich
nehme an, dass er und Ben noch oben gezankt haben.

Einige Minuten arbeiten wir schweigend nebeneinander, dann
bedanke ich mich ehrlich für seine Hilfe.

„Das ist das Mindeste, was ich für dich tun kann", erwidert Erik
und schaut mich traurig an. „Ich wünschte, ich könnte dir
versprechen, dass alles gut wird …"

Erik mustert mein Gesicht, dann wendet er sich seufzend wieder
dem Topf in seinen Händen zu. Ich sehe zu, während er ihn poliert
und poliert, obwohl er längst völlig sauber ist.

„Als wolle er die Zeit ausdehnen", geht es mir durch den Kopf.

„Was ist?", fragt er und erst da merke ich, dass ich ihn angestarrt
habe.

Sofort schießt mir das Blut in den Kopf und ich widme meine Aufmerksamkeit wieder dem Geschirr.

„Nichts, es hat sich nur so viel verändert, seit wir uns das erste Mal gesehen haben. Es ist verrückt, wie schnell das plötzlich gegangen ist."

„Das stimmt", meint er und lacht leise. „Ich weiß noch, wie du eines Tages plötzlich mit den Zwillingen auf der Lichtung gestanden hast. Du sahst so verschreckt aus, aber dann hattest du so viel Mut und Schlagkraft, dass es mich umgehauen hat. Von dem Moment, als ich das gesehen habe, wusste ich, dass du deinen Weg finden würdest."

Auf Stefanies Lippen liegt ein stilles Lächeln und als Erik mir einen Blick zuwirft, leuchten ihre Augen. Ich schaue sie perplex an.

„Mut? Schlagkraft? Ich habe dir nur unüberlegt die Meinung gesagt, weil du dich aufgeführt hast wie ein Arsch."

Erik stimmt in mein Lachen mit ein. Es ist das von Stefanie, höher und ganz anders als sein eigentliches Lachen. Dennoch bilde ich mir ein, Erik herauszuhören.

„Danke für das Kompliment meiner schauspielerischen Leistungen, das weiß ich sehr zu schätzen", erwidert er und sieht mich strahlend an, immer noch ein breites Grinsen im Gesicht.

Während meine und Eriks gute Laune beständig bleibt, scheint Ben gar nicht gut drauf zu sein.

Als ich ins Zimmer komme, liegt er mit einem von Alex Büchern im Bett und sieht nicht einmal auf.

„Hey", meine ich. „Was liest du da?"

Ich bekomme keine Antwort, also setze ich mich ans andere Ende des Bettes. Nach einigen weiteren Versuchen, ein Gespräch zu beginnen, gebe ich auf.

Ich lehne mich an die Wand und brüte vor mich hin, während ich die Decke anstarre. Ich lasse meine Gedanken schweifen. Erinnerungen von dem Tag, an dem mich Ben und Amalia zum ersten Mal mit nach Alfheim genommen haben, steigen in mir hoch.

Das weiche, saftige Moos unter meinen Turnschuhen, die zahmen Tiere und der Duft nach Blumen und Wildnis. Es war beeindruckend und wunderschön.

Ich sehe Erik vor mir, wie er Ben verspottet, und mir fällt auf, wie schwer es für ihn gewesen sein muss. Ich erinnere mich, wie er immer wieder geschluckt hat.

Im Nachhinein bilde ich mir ein, misstrauische Sorge in seinen blauen Ozeanaugen gesehen zu haben, als Ben meinte, wir müssten zu Alva. Mir war damals aufgefallen, dass er sich ab und zu abwandte, wenn Ben ihn wütend anfuhr, als hielte Erik das nicht aus.

Ich dachte, es würde seinen Stolz kränken und er müsse deshalb gleich zurückfeuern. Heute weiß ich, dass es ihn tatsächlich geschmerzt hat, seinen ehemaligen besten Freund ihm gegenüber so hasserfüllt zu erleben.

An diesem ersten Tag jedenfalls war mir Erik unheimlich unsympathisch. Das war vermutlich auch sein Ziel. Dass man sich nicht mit ihm abgeben möchte. Sonst hätte er uns in seinen Verrat mit hineingezogen und uns mit seinen Problemen belastet. So Eriks Auffassung.

Doch warum gab er das dann bei mir auf? Weshalb sollte er mir gegenüber plötzlich freundlicher werden, mehr er selbst? Mit einem Mal frage ich mich, ob er mich vielleicht mochte und wollte, dass wir uns kennenlernen.

Erinnerungen an merkwürdige, unlustige Scherze tauchen in meinem Kopf wieder auf.

„Er tut immer, als wäre er ein Meister seines Werks. Aber heute war er ganz komisch drauf ...", höre ich Ben wieder sagen, wie an dem ersten Tag in Alfheim. *„Normal macht er keine so merkwürdigen Witze ..."*

Lag das an mir? Ist das möglich?

Mir wird heiß, als ich an den Tag mit Erik denke, an dem er mir die Zentren von Alfheim gezeigt hatte. Er war mit mir in seine Wohnung gegangen, damit ich seine Heimat auch mit anderen Augen sah.

170

Da gab es einen Augenblick, in dem ich dachte, Erik wollte mich küssen. In Wirklichkeit aber beugte er sich nur ganz nahe an mich, um unbemerkt zu flüstern, ich solle auf mich aufpassen und müsse vorsichtig sein.

Aber was, wenn er -

„Lea, bitte", stöhnt plötzlich Ben und ich zucke erschrocken zusammen.

Augenblicklich werde ich wieder rot. Mit einem Knall klappt er das Buch zusammen und starrt mich an. In seinem Blick liegen gemischte Gefühle. Wut. Verachtung und Hass. Verzweiflung und Schmerz. Und – ich stocke. Eifersucht?

Ich starre zurück. Seine Augen funkeln, sie wirken dunkler als gewöhnlich. Als läge ein Schatten darauf. Ben wendet den Blick als erster ab.

„´Tschuldigung", nuschle ich.

Sein Gesicht verschwindet in seinen Händen und ich höre gedämpft seine Stimme: „Was findest du nur an ihm?"

Mein Mund öffnet sich, um etwas zu sagen, dabei habe ich nicht die geringste Ahnung was.

Doch Ben kommt mir zuvor: „Nein, bitte sag nichts! Verschone mich!"

Mit einem gequälten Stöhnen taucht sein Gesicht wieder aus seinen Händen auf. Er wirkt müde, als hätte er ewig nicht mehr geschlafen. Bens Kummer schmerzt mich, doch ich weiß nicht, was ich für ihn tun kann.

Weil er so traurig aussieht, krieche ich zu ihm ans andere Ende des Bettes.

„Hey …", flüstere ich sanft.

Ben legt das Buch, das Alex ihm geborgt hat, zur Seite und plötzlich sind wir uns ganz nahe.

Als ich zu ihm aufschaue, kann ich seinen warmen Atem an meiner Wange spüren, als würde er mich streicheln.

Und dann ganz plötzlich steht Ben auf.

Mir wird siedend heiß bewusst, *wie* nahe wir uns aneinander gekuschelt hatten. Erneut werden meine Wangen außergewöhnlich heiß.

Ich wage nicht, Ben anzusehen, als er durch das Zimmer zu dem Kleiderschrank marschiert.

„Ich mag ihn ganz einfach nicht sonderlich, Lea", sagt er und als ich doch aufschaue, zieht er sich gerade sein T-Shirt über den Kopf.

Ich habe Ben schon tausend Mal mit freiem Oberkörper gesehen. Er ist immerhin so gut wie ein Teil von mir geworden. Doch diesmal ist es anders. Ich möchte wegsehen, den Blick von seinen Muskeln abwenden, die sich unter seiner Haut bewegen, als er im Schrank wühlt.

Das Erschreckende aber ist: Ich kann es nicht. Ich starre Ben – meinen besten Freund! – an und er spricht einfach weiter, als wäre alles wie immer. Ist es für ihn vielleicht auch. Möglicherweise war vorhin gar nichts für ihn. Seine beste Freundin hat sich eben an ihn gelehnt oder so.

Da kommen wir dann zu der eigentlichen Frage: Warum dann war es für mich merkwürdig? Wieso zur Hölle hat es mich nervös gemacht, als wir uns so nahe waren? Das hat es vorher noch nie! Was also ist los mit mir?

„Die Sache ist die, Elfenmädchen", quasselt Ben weiter, ohne zu bemerken, was durch meinen Kopf geht, logischerweise vor ihm verborgen. Ich bin ja nicht dumm. „Vielleicht ist er gar nicht so gemein und es war wirklich alles nur Tarnung. Aber – aber! – er ist trotzdem ein Arsch. Vergiss das nicht. Er weiß, wie er sich verstellt und ich traue ihm einfach nicht."

Ich hätte ihm gesagt, dass ich es aber tue. Wie immer, wenn Ben damit anfängt. Diesmal aber halte ich die Klappe. Er dreht sich um, ein frisches T-Shirt in den Händen.

Alles, was ich tun kann, ist, ihm einen bösen Blick zuzuwerfen. Er seufzt.

„Du bist so stur, Lea", beschwert er sich.

Doch dann erscheint ein Lächeln auf Bens Lippen. Muss ich erwähnen, wie schön er dabei aussieht? Nein? Okay.

„Alles klar mit dir?", fragt er stirnrunzelnd und kommt ein paar Schritte auf mich zu.

Seine Augen mustern mich mit zusammengezogenen Augenbrauen.

Okay, ich will ja jetzt nicht angeben, aber ich bin wirklich eine ausgezeichnete Lügnerin geworden. Die Worte kommen mir über die Lippen, ohne dass ich viel nachdenken muss.

„Klar. Was soll sein?", erwidere ich stirnrunzelnd und halte seinem Blick stand.

„Besides, du hast gerade meinen Schwarm niedergemacht. Da fühle ich mich doch gleich wie ein neuer Mensch. So glücklich", füge ich ironisch hinzu.

Ben grinst, ebenso wie ich. Doch ich merke, dass er nicht ganz überzeugt ist. Wie auch? Wir sind so eng miteinander verbunden, dass es etwas ganz anderes ist, uns gegenseitig etwas vorzumachen, als jemand anders.

Dann zieht Ben – endlich! – sein Shirt wieder an und ich krieche aus dem Bett.

Auf dem Weg ins Bad bin ich völlig in Gedanken versunken. Warum zum Henker reagiere ich plötzlich so anders auf Bens Nähe? Suche ich so verzweifelt nach jemandem, der mich liebt und dem ich vertrauen kann, dass ich mir einbilde, etwas anderes als freundschaftliche Gefühle für Ben zu empfinden?

Denn mir ist durchaus bewusst, dass ich Ben liebe. Nein, nein, nicht so. Er ist einfach alles, was ich habe. Er ist wahrscheinlich die einzige Person auf der ganzen Welt, der ich voll und ganz vertrauen kann. Er kennt mich, wie niemand anders, und ist dennoch immer für mich da.

Das ist mir schrecklich wichtig. *Er* ist mir wichtig. Doch selbst Ben kann nicht für immer den Rest der Welt ersetzen. Das weiß ich, wir beide tun es.

Doch dass ich mir jetzt einbilde, wir könnten wirklich … nein, das ist zu weit gegangen. Ich kann Erik nicht so vertrauen wie Ben, doch das heißt nicht, dass ich nicht auch andere mögen kann. Sehr mögen.

Nun gut. Zugegeben, ich suche verzweifelt nach mehr Nähe zu Leuten. Doch in Ben mehr zu sehen als einen Freund, das macht es nicht besser. Das zerstört nur auch noch unsere Verbundenheit. Das ist das Letzte, was ich will. Die Verzweiflung nach menschlicher Nähe ist das nicht wert.

Gerade, als ich mir in Gedanken schwöre, diesem komischen Gefühl gegenüber Ben niemals die Oberhand gewinnen zu lassen, komme ich beim Bad an.

In diesem Augenblick kommt Amalia aus der anderen Richtung. Beinahe stoßen wir zusammen.

„Oh Lea!", ruft sie sie überrascht aus und ich sage gleichzeitig: „'Tschuldigung."

Unschlüssig stehen wir beide vor der Badezimmertüre.

„Gehe ruhig zuerst", meine ich und Amalia bedankt sich verlegen.

Ich drehe mich wieder um und will den Rückweg antreten, als sie mich zurückhält.

„Lea?" Ich sehe sie an und merke, wie meine Freundin nervös an ihrem Pulli zupft. „Ich weiß, ich habe mich nicht besonders nett verhalten. Das muss euch sehr wehgetan haben."

Ich will ihr versichern, dass alles in Ordnung ist, doch Amalia spricht weiter. Sie sieht mich dabei nicht an, wahrscheinlich fällt es ihr schwer, so offen zuzugeben, wie sie fühlt.

„Aber es war einfach … ihr hattet mich so ausgeschlossen und dann wart ihr plötzlich verschwunden. Niemand wusste, was los war. Die Schwarzalben hätten euch geholt, haben alle gesagt. Ich hatte schreckliche Angst um euch.

Ich habe alle angefleht, euch zu retten, aber Kim sagte immer, sie würden das Äußerste geben, um euch zurückzuholen. Es wäre nicht möglich. Dann kamen die Gerüchte …"

Sie schlägt die Augen nieder und schließt ihre schlanken Arme um den Körper, als würde sie frieren.

„Sie hätten euch nicht zufällig geholt. Ihr hättet sie gerufen, weil ihr die Lichtalben verraten habt und nun wegmüsstet, um nicht aufzufliegen. Ich musste an die vielen Geheimnisse denken, die ihr vor mir und allen anderen hattet.

Zuerst wollte ich es nicht glauben, aber dann … ich weiß auch nicht, alles ergab so viel Sinn. Ich fühlte mich schrecklich, Lea! Ihr wart die zwei wichtigsten Elfen in meinem Leben! Und dann lasst ihr mich allein zurück und ich muss erfahren, dass ihr mich hintergangen habt. Mich und alle anderen, die an euch geglaubt hatten.“

Sie sieht mich aus ihren grünen Augen an und die Tränen stehen darin, bereit, jederzeit über ihre Wangen zu kullern. Ich kann sehen, dass sie bereits vorhin geweint hat. Es zerreißt mir fast das Herz.

„Oh Amalia …“, flüstere ich betroffen.

Sie schüttelt den Kopf und als ich die Hand ausstrecke, zuckt sie leicht zurück. Ich senke den Arm wieder, während mir die Tränen ebenfalls in die Augen steigen.

„Bitte verzeih mir, Lea“, flüstert Amalia heiser und sucht verzweifelt nach den richtigen Worten. „Aber ich kann nicht … ich kann die ganze Sache nicht einfach vergessen. Ich kann nicht plötzlich tun, als wäre nichts gewesen. Als wären die letzten Monate nicht gewesen. Ich… ich kann das nicht.“

Sie schluckt schwer und nuschelt, den Blick gesenkt: „Ich habe versucht, dagegen anzukämpfen, Lea, das musst du mir glauben. Aber …“

Sie bricht ab und holt zittrig Luft. Ihre Lippen und ihr Kinn beben und ich sehe zu, wie eine Träne in Zeitlupe über ihr zartes Gesicht kullert und auf den Boden tropft.

„Ich muss-“, setzt Amalia erneut an, ihre Stimme klingt schmerzhaft gepresst und sie bricht erneut ab. Ich schüttle entsetzt den Kopf: „Nein, Amalia. Du musst gar nichts. Ich verstehe.“

Sie blickt mich durchdringend an und mir läuft es kalt über den Rücken.

„Nein“, sagt sie. „Das tust du nicht. Wie könntest du?“

Ich starre sie an.

Doch ich weiß, dass sie recht hat. Das trifft mich wie ein Schlag ins Gesicht.

„Es tut mir leid", sagt sie flüsternd und verschwindet im Bad.

Hinter sich schließt Amalia die Türe und sperrt ab. Es kommt mir vor, als hätte sie mich damit symbolisch endgültig aus ihrem Leben ausgeschlossen.

Kapitel 13

Am nächsten Morgen werde ich von Geschirrgeklapper geweckt. Als ich verschlafen den Kopf vom Tisch hebe, sehe ich Emma, die Tee zubereitet. Als sie sieht, dass ich wach bin, sieht sie mich entschuldigend an.

„Tut mir leid, ich wollte dich nicht wecken."

Ich winke ab und strecke meine verspannten Muskeln.

„Darf ich fragen, warum du in der Küche schläfst? Sitzend und den Kopf am Esstisch?"

Ich grunze. Das scheint ihr Antwort genug zu sein, denn Tante Emma nickt mitleidig.

„Verstehe", sagt sie, als wisse sie nun genau Bescheid.

Nun gut, immerhin hatte sie alle Gespräche am Vorabend mitangehört. Wie jeder andere im Haus zweifellos auch.

„Beziehungen sind manchmal schwer, Kleines", sagt sie, während ich ihr helfe, das Frühstück für alle vorzubereiten. „Aber wenn es so sein soll, werdet ihr beide immer wieder zueinander finden."

Ich lächle ihr dankbar zu. Sie glaubt tatsächlich immer noch, ich und Ben wären ein Paar. Weil wir uns so ein Zimmer teilen können und Fragen am besten vermeiden.

Aber das sind wir nicht. Ich habe keine Ahnung, was wir eigentlich sind.

Dann treffen auch die anderen in der Küche ein. Amalia vermeidet es, mich anzusehen. Nichts Neues. Bens Verhalten, er tut als wäre nichts passiert, schmerzt mich ebenso.

Vielleicht ist es für ihn tatsächlich wie immer? Dieser Gedanke macht es nicht besser. Ebenso wenig wie Tante Emmas verstohlene Blicke, die zwischen ihm und mir hin- und herwandern.

Sie versucht anscheinend immer noch herauszufinden, was nun tatsächlich zwischen uns läuft. Immerhin habe ich gestern Abend

177

von einem anderen Jungen gesprochen. Meinem angeblichen Schwarm.

Einzig und allein Erik schenkt mir ein ehrliches Lächeln, das mir gleich etwas Last von meinen Schultern abnimmt. Ich erwidere es dankbar und er zwinkert mir zu.

Als Letzter trifft Alex ein.

Müde und etwas neben der Spur. Er muss ungefähr genauso gut geschlafen haben wie ich. Wie auf einem kantigen Stein, der einem bei jeder kleinsten Bewegung schmerzhaft in den Rücken bohrt und dich grausam wachhält.

Tante Emma überprüft, ob alle Lichtalben-Anhänger eingefroren und ungefährlich sind, erst dann beginnt sie zu sprechen. „Ich weiß nicht, wie lange es unauffällig bleibt, dass wir alle hier sind. Ich denke, wir drei müssen bald wieder abreisen."

Das hebt die Stimmung auch nicht wirklich. So sehr mir das überfüllte Haus ohne jegliche Privatsphäre mittlerweile auf die Nerven geht, ich möchte nicht, dass sie gehen und mich wieder mit Ben und Erik alleinlassen.

„Vielleicht", wirft Erik/Stefanie ein, „ist es besser, wenn wir zuerst abreisen und ihr einige Tage darauf. Wir können nicht ewig hierbleiben, mit jedem Tag wird es unsicherer für uns."

Selbst wenn ein vernünftiger Teil in mir Erik zustimmt, protestiert der restliche Teil lautstark. Nein, nein! Ihr könnt uns nicht allein da hinaus ins Ungewisse schicken! Das könnt ihr nicht! Nein!

„Wir verschwinden heute am Nachmittag", spricht Stefanie distanziert weiter, als würde sie eine Rede vor den Schwarzalben halten.

Es hört sich verdächtig nach einem Befehl an, was mir die Haare an den Armen aufstellen lässt.

Das gefällt mir gar nicht, ich will nicht weiterziehen. Das Honigbrot auf meinem Teller, auf das ich mich schon so gefreut habe, ist vergessen. Mein Appetit ist mir vergangen.

„Und wo sollen wir hin?", spricht Ben aus, was alle im Raum denken. „Wir haben nichts, wo wir Unterschlupf finden können. Wenn wir jetzt gehen, dann – "

„Dann ist zumindest die Hälfte von uns sicher vor den Lichtalben", fällt Stefanie ihm kühl ins Wort und Ben sieht sie entgeistert an. „Und wir – " Stefanie sieht Ben und mich bedeutend an „wir suchen uns schon etwas, wo wir bleiben können. Vielleicht haben wir Glück und die Schwarzalben finden uns vor den Lichtalben."

„Und wenn nicht?", frage ich schwach.

Niemand antwortet und darüber bin ich froh. Ich will es mir gar nicht vorstellen müssen.

„Ich denke, wir haben unsere Gastgeber lange genug in Gefahr gebracht", verkündet Stefanie.

Erik ist etwas älter als Ben und ich. Stefanie ist um einige Jahre älter. Genauso hört sie sich gerade an. Niemand widerspricht mehr, weder Ben, noch ich.

Vermutlich ist uns beiden schmerzlich bewusst, dass Erik recht hat. Jeder weitere Tag ist ein Risiko für uns alle sechs. Wir bringen sie alle in Gefahr.

Dennoch tobt mein unvernünftiger Teil in mir. Er kocht und brüllt. Nein, nein, nein! Ich will sie nicht wieder zurücklassen müssen! Das überlebe ich nicht! Mach, dass es aufhört, oh bitte tu doch etwas dagegen!

Doch das Flehen, das nun durch die Küche geschrien wird, kommt nicht aus meinem Mund. Es bin nicht ich, die völlig außer sich beginnt, zu brüllen und zu toben.

„Nein! Lass mich nicht allein!", kreischt Amalia und ihr Stuhl kippt nach hinten, als sie aufspringt, wie von der Tarantel gestochen. Mit einem Knall kracht der Sessel auf den Boden, doch Amalia ist nicht zu beruhigen.

„Ben! Du kannst mich nicht wieder zurücklassen! Das kannst du nicht tun, ich habe dich eben erst zurückbekommen!"

Sie schreit weiter, die Augen erschrocken aufgerissen und die Pupillen geweitet.

Alle starren sie völlig entgeistert an.

Doch Amalia scheint einen richtigen Anfall zu haben. Sie zittert am ganzen Körper, tritt schreiend und sich windend von einem Fuß auf den anderen. Tränen tropfen eine nach der anderen von ihrem Gesicht herunter.

Zuerst ist jeder zu geschockt, um zu reagieren, dann eilen Ben und Alex zu ihr. Ihr Freund schlingt die Arme um ihren bebenden Körper und versucht, sie festzuhalten. In der Zwischenzeit redet Ben auf seine tobende Schwester ein.

„Ich bin hier, Ammi. Ganz ruhig, es ist alles gut. Noch bin ich bei dir."

Ich kann mich nicht rühren. Ich habe meine Freundin noch nie so verzweifelt gesehen, sie ist völlig aufgelöst. Außer Kontrolle, anders kann ich es nicht beschreiben.

Erst nach einigen Minuten wird ihre Stimme leiser und sie hört auf, sich gegen Alex zu wehren.

„Ich kann nicht", flüstert sie schwach und lehnt sich erschöpft gegen ihn. „Bitte nicht."

Ihr Flehen zerreißt allen in der Küche fast das Herz, da bin ich sicher. Ich sehe es in den Gesichtern, jedem von ihnen. Niemand sagt mehr ein Wort. Es ist nur noch Amalias Schluchzen an Alex´ Schulter zu hören.

„Es tut mir so leid", flüstert sie, während ihr Körper von ihrem Weinen geschüttelt wird. Amalias Freund drückt sie noch etwas fester an sich.

Er sucht über Amalias Schulter hinweg besorgt Bens Blick und erwidert: „Es gibt nichts, wofür du dich entschuldigen müsstest, Amalia. Du hast nichts falsch gemacht."

Amalia schluchzt bei seinen Worten noch lauter auf.

Ben räuspert sich und sagt sanft: „Ammi, wenn du willst, dass wir bleiben, dann werden wir nirgendwohin gehen."

Er wirft mir einen Blick zu und ich nicke zustimmend. Wir ignorieren Stefanies in Gedanken versunkenes Kopfschütteln.

„Das versprechen wir", füge ich hinzu, ohne den Blickkontakt zu Ben abzubrechen.

Es ist eine Abmachung, die wir ohne Worte treffen. Von nun an sind wir für Amalia da, komme, was wolle.

An diesem Tag wird nicht viel gesprochen, es ist still und eine gedrückte Stimmung. Amalia sagt kein einziges Wort mehr und niemand drängt sie dazu. Ihr Blick haftet düster an der Wand oder einem Teppich.

Alex weicht nicht von ihrer Seite und Tante Emma umsorgt alle mit untypischer Mütterlichkeit. Ben brütet wie gewöhnlich vor sich hin. Ich tue es ihm gleich.

Es ist merkwürdig still im Haus.

Und dann – ganz plötzlich, wenn Erik und Ben zu schreien und schimpfen beginnen, ist es laut. Nicht auszuhalten laut.

Doch die Stille, die dann jedes Mal wieder folgt, ist noch unerträglicher.

Niemand hat Lust, Konversation zu führen.

Nur Stefanie versucht ab und zu einzubringen, dass wir doch lieber verschwinden sollten.

„Wir sitzen untätig herum und mit jedem Tag – jeder Stunde – bringen wir alle um uns in noch größere Gefahr", beginnt sie das Ganze wieder von vorne, als Amalia gerade verschwunden ist, um ihre Blase zu entleeren.

Ein böser Blick von allen anderen im Wohnzimmer – Ben, Alex und mir – bringt ihn wieder zum Schweigen. Von da an hält Erik endlich die Klappe.

Ich weiß nicht, ob er beleidigt ist, weil niemand seiner Meinung ist, oder ob er eigentlich weiß, dass er es selbst nicht über sich bringen könnte, Amalia so schrecklich verzweifelt und verletzt zurückzulassen.

Dass Ben ersteres vermutet, ist mir klar, wenn ich ihn nur ansehe. Er starrt Erik finster an, sodass dieser den Kopf einzieht, wenn er Bens Blick versehentlich begegnet. Ich kann es ihnen nicht verdenken – beiden.

Erst am Abend, als nur noch Ben, Stefanie und ich im Zimmer sind, ergreift Erik erneut seine Chance: „Wir sollten eigentlich trainieren. Wir rosten ein, wenn wir nur warten, dass etwas passiert. Unsere Kräfte – magisch und human – werden schwächer, wenn wir nichts dagegen unternehmen."

„Steff! Halt doch den Mund!", faucht Ben die junge Frau scharf an und diese schreckt zurück.

Im nächsten Moment hat sie sich wieder gefangen und funkelt ihn böse an.

„Was? Willst du damit sagen, dass ich unrecht habe?"

„Ich sage damit, dass du alle nervst. Und zwar gewaltig!"

„Weil ihr wisst, dass es stimmt, was ich denke. Ihr seid nur zu feige, um es zuzugeben. Du bist zu feige, Ben. Und nur weil du Angst hast, schreist du mich lieber an."

„Ich bin nicht feige, ich will nur meine Familie nicht hintergehen. Ich lasse sie nicht im Stich, so wie du, Erik –"

„Ich wollte dich damit nicht angreifen, Ben. Es geht alleine darum, dass wir alle dasselbe denken. Ich bin schlicht der Einzige, der es ausspricht."

„Es ist mir egal, was du denkst oder sagst oder was auch immer! Es geht um meine Schwester! Sie braucht mich und ich werde diesmal da sein! Ende der Durchsage."

„Ben, du bist egoistisch, wenn du bleibst! Am Ende werden sie uns erwischen und das wird Amalia auch nicht helfen!"

„Sei endlich still, du Blödmann!"

Ich stöhne. So geht es schon den ganzen Tag, die beiden streiten, schreien und werfen sich böse Blicke zu, wenn sie endlich wieder schweigen.

„Ihr seid wie kleine Kinder!", brüllte ich, als es mir Mittag zu viel geworden war. Da waren sie kurz still.

Dann fauchte Ben mich an: „Dann geh doch, wenn wir dich nerven."

Das wollte ich nicht. Dennoch war ich aufgestanden. In Wirklichkeit wollte ich nur einen Schluck trinken. Damit es so aussieht, als würde ich gehen. Danach wäre ich zurückgekommen.

Dazu kam es aber nicht, denn als ich vom Sofa aufstand, packte Ben meinen Arm und als ich das Flehen in seinen Augen sah, ließ ich mich von ihm zurück neben ihn auf die Couch ziehen.

Dann kehrte Stille ein, während Ben mich zu sich zog. Ich ließ es geschehen, wie immer. Er hielt mich fest, als brauchte ich die Umarmung. Dabei hatten wir es beide nötig.

Ich ignorierte das Kribbeln, als Ben mich sanft, aber bestimmt an seine Brust drückte. Es war nicht so, als wäre es das erste Mal, dass wir uns aneinander festklammerten. Doch das erste Mal, dass meine Gedanken dadurch so schnell umherwirbelten, dass mir schwindelig wurde.

Nun gut, damit wäre also gesagt, warum ich am Abend immer noch mit einer Tasse Kaffee am Sofa hocke und den Streitereien zuhöre. Wäre ich keine Albe, das schwöre ich bei meinen restlichen Nerven, hätte ich bereits schreckliche Kopfschmerzen davon.

Zwischendurch hängen alle wieder ihren Gedanken nach. Doch zugegeben, das ist nicht gerade besser. Wenn ich ganz ehrlich bin, höre ich lieber Ben und Erik zu.

„Ich bin egoistisch?!", schnaubt Ben.

„Ja, du denkst immer nur-"

„Jetzt hört schon auf!", mische ich mich nun doch ein. „Es bringt niemandem etwas, wenn ihr die ganze Zeit aufeinander herumhackt. Könnt ihr euch denn nicht endlich einmal vertragen? Nicht einmal mir zuliebe?"

Stille.

Ach, wie angenehm. Das denke ich aber nur einen kurzen Moment. Dann holen mich meine Gedanken ein.

Außerhalb dieses Hauses weiß niemand auf der Welt – nicht einmal meine Familie oder meine Freunde – wo ich bin und was passiert ist. Niemand hat eine Ahnung, ob ich lebe.

Und ich? Ich sitze mit zwei Idioten herum und versuche, mich vor meinen Ängsten zu verstecken, indem ich ihrem Streit zuhöre. Oh, wie erwachsen, Lea.

Zwei Idioten, die ich beide nicht verlieren darf. Kann! Ich kann Ben und Erik nicht verlieren!

Doch wenn wir hierbleiben, werden wir früher oder später – laut Stefanie eher früher – gefunden. Was dann passiert, ist vielleicht schlimmer als der Tod.

„Die Lichtalben würden Informationen wollen und sie haben ihre Methoden, Wissen anderer gegen deren Willen zu erhalten", erinnert uns Stefanie. „Das sagen sie selbst und haben es auch mehrmals bewiesen."

Wenn wir aber abhauen, sind wir völlig schutzlos in der weiten Welt. Feinde lauern hinter jeder Ecke, ohne dass wir sie als solche erkennen. Wo sollten wir hin? Niemand hat darauf eine Antwort, nicht einmal „die ach so schlaue Stefanie", wie Ben es ausgedrückt hat.

Diese Ach-So-Schlaue-Steffi presst nun die Lippen zusammen und verlässt den Raum. Ich weiß, sie würde bald zurückkommen. Das tut Erik immer. Denn am Ende ist alles besser, als allein seinen Gedanken nachzuhängen. Selbst Bens Anschuldigungen.

Steffi wird bald wieder ins Wohnzimmer kommen. Vielleicht mit einem neuen Buch, dabei weiß sie den Inhalt der letzten fünf bestimmt nicht mehr annähernd. Das hält Erik aber nicht davon ab, ein weiteres zu lesen, ohne dass es bis zu ihm vordringt.

Ich lasse den Kopf stöhnend in meine Hände sinken. Was sollen wir nur tun? Doch in diesem Augenblick fällt mir Amalia wieder ein. Ihr zuliebe müssen wir bleiben – vorerst. Doch wie lange können wir es noch wagen?

„El", spricht mich Ben mit meinem neuen Spitznamen an, den ich bei den Schwarzalben bekommen habe. Als ich so stark war wie noch nie. Eine Schwarzalbe, eine Kriegerin.

Ich sehe mit geröteten Augen auf.

„Ja?", krächze ich und er streckt mir seine Arme entgegen.

Ich krieche zu ihm und schmiege mich leise weinend an ihn.

Ben selbst sieht nicht besser aus. Auch seine Augen sind gerötet, seine Haare stehen zu Berge, weil er immer wieder verzweifelt hindurchfährt. Wie immer, wenn er nicht weiterweiß.

Er öffnet kopfschüttelnd den Mund, um etwas zu sagen. Doch ich lege ihm den Finger auf die Lippen, damit er es nicht ausspricht und komme ihm zuvor.

„Ich weiß, Ben. Ich weiß."

Ich lächle hinter meinem Schleier aus Tränen und wische ihm das salzige Wasser von der Wange. Er lässt seine Trauer immer sichtbar, wenn die kleinen Tropfen ihre Spuren über sein Gesicht ziehen, wischt er sie nie fort.

„Nicht weinen", flüstere ich, dabei laufen mir selbst die Tränen hinunter wie bei einem kleinen Wasserfall.

Plötzlich packt Ben meine Handgelenke, so plötzlich, dass ich Schluckauf bekomme.

„Hicks", mache ich erschrocken, als er mich ein Stück von sich weghält.

„Versprich mir, dass-", beginnt er drängend, doch dann bricht er ab und holt tief Luft. Als müsse er Kraft sammeln.

„Hicks", mache ich wieder und das scheint ihn wieder zu erinnern, was er sagen wollte, denn er packt meine Handgelenke noch fester.

„Pass auf dich auf, Elfenmädchen! Mach keine Dummheiten, versprich es mir!", verlangt Ben und seine grünen Augen bohren sich in mich hinein.

Mein Blick wandert zu dem Armband, das unter seinem Griff schmerzhaft in mein Fleisch drückt. Es ist einer von zwei Gegenständen aus meinem alten Leben.

Ein Geschenk von Ben. Ben, der nun verlangt, dass ich auf mich aufpasse. Ben, dem ich erklären musste, dass er sterben würde. Ich würde im Garten eben dieses Hauses stehen und das Armband betrachten, während ich um Vergebung für seinen Tod flehe.

Und trotzdem bleiben wir hier in diesem gottverdammten Haus, weil seine Schwester uns darum gebeten hat. Wir bleiben, obwohl wir wissen, dass er dann sterben wird. Und es wird meine Schuld sein, weil ich Erik nicht zustimmen möchte, um für Amalia da zu sein.

Vor Schreck vergesse ich sogar einen kurzen Moment auf meinen Schluckauf, während ich Ben entsetzt anstarre.

„Versprich es mir", flüstert er.

Im Nachhinein würde ich den Kopf schütteln und erwidern, dass er da sein würde, weil wir aufeinander aufpassen würden.

Doch in diesem Augenblick bin ich zu geschockt, um etwas anderes zu tun als hicksend zu nicken.

Da lockert sich sein Griff und Ben legt seine Stirn an meine. So verharren wir einen Moment.

Doch dann – „Hicks". Wir lösen uns voneinander und beginnen leise zu lachen. Und das, – oh Mann – das tut so gut. Ich kann mich nicht mehr erinnern, wann ich das letzte Mal gelacht habe, aber es fühlt sich an, als wäre es ewig her.

Obwohl Ben mich an sein Schicksal erinnert hat, fühle ich mich besser. Natürlich, nun lastet noch eine weitere Sorge auf mir.

Doch ich weiß, dass ich Ben niemals – nie! – im Stich lassen würde. Ich werde nicht zulassen, dass ihm etwas passiert.

Dieses Versprechen macht mir Mut. Das und die Tatsache, dass wir einander haben. Ich weiß schon lange, dass er mein Anker im Sturm ist. Das hört sich blöd an, aber ich kann es nicht anders sagen. Ben ist alles, was ich habe und ich werde nicht ohne ihn sein.

Denn als wir eng beisammen auf dem Sofa gesessen haben, habe ich das gemerkt. Ich kann nicht mehr ohne Ben leben, das ist unvorstellbar. Es hört sich krank an, was ich jetzt sage, aber es macht mich stark. Ich werde nicht ohne Ben weiterleben.

Ihr findet es nicht krank? Dann habt ihr nicht richtig verstanden: Wenn Ben stirbt, das ist mir heute bewusst geworden, dann sterbe ich lieber, als ohne ihn zu sein.

Warum eben das mir Kraft gibt, ist mir nicht klar, aber es ist mir egal. So oder so, warum es so ist, spielt ohnehin keine Rolle. Was zählt, ist, dass es so ist.

Normalerweise breche ich ungern Versprechen, das werdet ihr bereits gemerkt haben. Ich habe Ben versprochen, auf mich aufzupassen und nichts Dummes anzustellen und ich werde einen Weg finden, es zu halten:

Ich passe auf mich auf, indem ich auf Ben aufpasse.

Ich tue nichts Dummes, nur das einzig Richtige, sollte es soweit kommen.

Dienstag, 28.01.

„Lea, gibst du mir bitte die Milch?", fragt Alex mich und ich stehe auf und gehe zum Kühlschrank.

Ich könnte sie auch einfach herfliegen lassen, aber ich hole sie lieber selbst. So ist das, wenn man sonst nichts zu tun hat. Man ist froh, wenn man sich irgendwie möglichst nützlich machen kann, selbst wenn es etwas Banales ist, wie zum Kühlschrank zu gehen und mit einer Packung Milch wieder zurückzukommen.

Als ich ihn öffne, ist er schon wieder beinahe leer.

„Es müsste ihnen schon hundert Mal aufgefallen sein", verkündet Steffi, als ich mich wieder setze.

Niemand widerspricht, nicht einmal Ben.

„Wir sind nur paranoid", erwidere deshalb ich mit belegter Stimme.

Es ist mehr eine Hoffnung, das fällt sogar mir auf.

Steffi mustert mich, sagt jedoch nichts. Sie entscheidet sich, mir zuliebe, einfach nur niedergeschlagen zu nicken. Das macht es nicht besser.

„Ihr könntet Königin Freya einfach um Verzeihung bitten?", wendet Amalia ein und es klingt so schrecklich naiv.

Doch seit ihrem Gefühlsausbruch berührt sie jeder mit Samthandschuhen.

„Mäuschen, ich denke nicht, dass das die Lösung ist", erwidert Tante Emma schließlich sanft und streicht ihrer Nichte über die Schulter.

Amalia nickt nur. Vermutlich weiß sie es selbst, will nur nicht glauben, wie grausam die Welt ist.

Wieder habe ich den Drang, mich nützlich zu machen. Ich staple die leeren Teller und trage sie zur Spüle, um dann für die Gläser zurückzukommen. Sogleich fühle ich mich etwas besser.

In dem Augenblick, als ich gerade Emmas und Steffis Glas nehme, überkommt mich ein Schwindelgefühl. Ich blinzle, doch es will nicht verschwinden. Ich packe die Gläser fester, doch es gelingt mir nicht und sie rutschen mir aus den Händen und zersplittern am Boden.

Im nächsten Moment stehe ich im Wohnzimmer. Doch es ist nicht das im Kongresshaus. Dennoch erkenne ich es augenblicklich, trotz der Veränderungen, seitdem ich das letzte Mal dort gestanden habe. Ich bin im Hexenhaus.

Nur sieht es anders aus, die Bilder, die sich dort häufen, sind nicht dieselben wie gewöhnlich. Statt Ben und Amalia mit Schultüten, sehe ich nun ein Foto mit zwei Mädchen. Eine hat blonde Locken, die andere rötliche, glatte Haare.

Am nächsten Bild sind die Schwestern schon etwas älter und ein drittes Mädchen ist dabei. Sie hat dunkelbraunes Haar. Alle drei posieren im Bikini und mit Sonnenhut vor der Kamera. Sie lachen und sehen glücklich aus, wie sie sich die Arme gegenseitig um die Schultern gelegt haben.

Fotos über Fotos stehen dort, doch bevor ich sie alle betrachten kann, höre ich Geräusche hinter mir. Stimmen. Ich fahre erschrocken herum.

Erst da bemerke ich die drei Frauen, die sich in dem Raum versammelt haben. Valerie, die etwas jünger aussieht, als ich sie immer gesehen habe. Sie trägt ihr rotbraunes Haar in einem lässigen, etwas unordentlich geflochtenem Zopf, der ihr über die Schulter hängt.

Emma, die um viele, viele Jahre jünger aussieht. Ihre wirren Locken sind kürzer und ihre Haut ist glatter und strahlender. Sie wirkt aufgeweckt, nicht so abwesend und verpeilt wie sonst. So sieht Emma richtig hübsch aus, wie eine attraktive, junge Frau.

Und – meine Mom.

Sie steht Valerie gegenüber, ihre dunkelbraunen Haare sind um einiges länger, als sie sie normal trägt. Sie fallen ihr offen über den Rücken, nur eine Strähne ist mit einer Spange zurückgesteckt. Meine Mom sieht wunderschön und jung aus. Und wütend.

„Was bei den Elementen redest du da, Val?", regt sie sich auf.

Den Ausdruck habe ich in Alfheim schon des Öfteren gehört, doch noch nie von meiner Mom. Es hört sich seltsam an.

„Tina, du verstehst nicht! Das ist mir wichtig! Bitte, du musst mir helfen", beharrt Valerie, die sich offenbar ebenso dickköpfig verhält, wie Ben es oft tut.

Sie hat die Arme vor der Brust verschränkt und sieht nicht so aus, als könnte irgendetwas ihre Meinung ändern.

Tina schnaubt verächtlich. Emma hebt abwehrend die beringten und geschmückten Hände. „Val, komm mal runter. Warum brauchst du dieses Buch so unbedingt?"

Valerie verdreht übertrieben die Augen und seufzt. „Das habe ich doch schon erklärt: Ich muss etwas überprüfen. Wenn ihr es also habt, dann rückt damit raus."

Ihre Stimme klingt laut und herrisch. Der Reaktion ihrer Schwester und Freundin nach zu schließen, ist das nichts Ungewöhnliches. Ich habe bereits gehört, dass man Valerie als sehr aufgeweckt und voller Energie beschrieben hat. Ungestüm, wild und frech. Mutig, lustig und nie ein Blatt vor den Mund nehmend.

„Ach, das bin ich euch also wert?", faucht sie, als niemand ihr antwortet.

Mom und Emma wechseln einen Blick. Sie wirken betreten und mir kommt der Gedanke, dass sie tatsächlich wissen, wo das Buch ist, das Valerie so unbedingt haben möchte.

„Val, hör bitte zu. Es gibt gute Gründe, dass Alva es nicht in unserem Besitz wissen möchte. Wir haben den Besitz des Tagebuches falsch und eigennützig verwendet", meldet sich Mom zu Wort.

„Wir waren neugierig, das liegt in unserer Natur. Daran ist nichts falsch, Tina", widerspricht Valerie entrüstet. „Wisst ihr, was falsch ist? Dass ihr mir jetzt in den Rücken fällt, nach allem, was wir zusammen erlebt haben. Was wir durchgemacht haben. War ich nicht immer für euch da?"

„Darum geht es doch jetzt überhaupt nicht!" Die junge Frau, die einmal meine Mom sein wird, funkelt ihre beste Freundin an. „Wir waren Kinder, naiv und dumm. Aber jetzt sind wir das nicht mehr, wir sind erwachsen. Und genau so sollten wir uns auch verhalten, Valerie."

Die angesprochene Frau fährt sich durch das rotbraune Haar und löst so noch mehr Strähnen aus ihrem Zopf. Die Geste erinnert mich so sehr an ihren Sohn und ich muss erneut staunen, wie ähnlich Ben seiner Mutter ist. Dabei haben sie sich nie wirklich kennengelernt.

Aus dieser Bewegung, die ich nur zu gut kenne, schließe ich, dass Valerie ehrlich verzweifelt sein muss. Doch warum?

„Tina hat recht, wir können nicht mehr tun und lassen, was wir wollen", mischt sich auch Emma wieder ein und klingt sehr bedauernd. „Wir müssen beginnen, uns an die Regeln der Lichtalben zu halten, sie wurden nicht umsonst aufgestellt."

„Nein!", braust Valerie auf und rauft sich erneut die Haare. Sie holt tief Luft und fährt ruhiger fort: „Nein, diese Regeln … sie sind nicht so, wie ihr glaubt. Ich – ich kann es nicht erklären, aber ihr müsst mir vertrauen, es ist nicht so wie es aussieht. Da steckt viel mehr dahinter!"

Die jüngeren Visionen von Mom und Tante Emma wechseln einen Blick, der mir sagt, dass sie das mit Val schon viele Male durchgekaut haben und wenig überzeugt sind. Sie werden ungeduldig.

Mir hingegen kommt der Gedanke, dass Valerie schon damals geahnt hat, dass etwas mit den Lichtalben nicht stimmt. Diese Neugierde war es am Ende, die ihr und ihrem Mann das Leben gekostet hat …

„Was steckt wo dahinter?", fragt Mom bemüht geduldig. Diesen Tonfall kenne ich nur zu gut von ihr. Sie ist genervt, will es aber nicht zeigen, weil sie mich – beziehungsweise in diesem Fall ihre beste Freundin Valerie – nicht noch mehr aufregen möchte.

„Überall! Aber genau das ist die Frage, versteht ihr? Ich brauche das Buch, um herauszufinden, was vor sich geht", erklärt Valerie und ihre grauen Augen blitzen aufgeregt. Voller Tatendrang und Abenteuerlust.

„Ich verstehe immer noch nicht, was du meinst. Ich würde dir gerne helfen bei … dem da. Aber das geht nicht, Val", erwidert Mom und klingt ehrlich mitleidig. „Alva war schrecklich wütend, als wir das letzte Mal die Regeln gebrochen haben. Wir haben versprochen, es nicht wieder zu tun."

Valerie lacht, doch es klingt nicht mehr böse oder beleidigt.

„Versprochen?", hakt sie grinsend nach. Oh Gott, wie sehr sie mich an Ben erinnert, es ist zum Verrücktwerden! „Wann hat uns das denn je aufgehalten?"

Emma beginnt zu kichern und meine Mom gluckst. Die braunen Haare fliegen ihr ins Gesicht, als sie den Kopf dennoch schüttelt. „Ich helfe dir trotzdem nicht, so sehr ich dich liebhabe", sollte das heißen. Oder so ähnlich.

Ob sie es ernst meint oder nicht, werde ich nie erfahren, denn in diesem Moment setzt der Schwindel wieder ein und das Zimmer verschwimmt vor meinen Augen.

„Leb wohl, schönes Hexenhaus", denke ich und kneife die Augen zusammen, als sich alles zu drehen beginnt.

Kapitel 14

Im nächsten Augenblick packen mich zwei Arme und reißen etwas unsanft an mir. Ich wanke ein bisschen, dann ist der Schwindel wieder weg.

Neben mir, in den Scherben der Gläser, die ich versehentlich fallen gelassen habe, steht Ben und hält mich fest. Als er merkt, dass ich wieder alleine stehen kann, lockert er seinen Griff, lässt mich jedoch nicht los.

„Vision?", fragt er und ich nicke.

Wir sehen uns grimmig an.

„Danke", flüstere ich zurück.

Vorsichtig steigen wir aus den Scherben und auch die anderen erholen sich wieder von ihrem Schreck.

„Lea? Ist alles in Ordnung?"

Ich nicke. In meinem Kopf habe ich immer noch Valerie vor mir, wie sie sich verzweifelt durch das Haar fährt. Wie alt sie wohl alle waren, als das wirklich so passierte? 23 Jahre? 20?

Bens grüne Augen mustern mich prüfend.

„Später", teile ich ihm mit einem Blick mit und obwohl er nicht überzeugt wirkt, ist er einverstanden und nickt.

Als ich ihm später die Vision beschreibe, überlegt auch Ben, ob seine Mutter möglicherweise schon damals die Lügen der Lichtalben gespürt haben könnte. Es hört sich tatsächlich so an, sicher können wir uns allerdings nicht sein.

Und wenn? Warum haben sie sie dann nicht früher aufgehalten? Damals hätten sie bestimmt leichtes Spiel gehabt, überlege ich, doch keiner von uns hat Antworten auf die vielen Fragen. Wie immer. Ich sollte mich mittlerweile daran gewöhnt haben …

Früher, als ich noch zur Schule gehen konnte, hatte ich einen Lehrer, der, wenn niemand seine Fragen beantworten konnte, sagte: *„Das Besondere am Menschen ist, dass er ein so fortschrittliches*

Gehirn hat. Also nützt bitte euer Denkvermögen, es ist ein Geschenk, das man nicht verkommen lassen sollte. "

Doch wenn ich nun jede Nacht an die Decke starre, verfluche ich all meine Gedanken. Die Albträume plagen mich zunehmend und an der unregelmäßigen Atmung der anderen höre ich, dass es ihnen nicht viel besser geht.

Ich wünsche mir einfach, eine einzige Nacht durchschlafen zu können. Ohne hochzuschrecken und keuchend warten zu müssen, bis sich meine Panik legt und ich erkenne, dass es allen im Haus gutgeht.

Ab und an hört man einen Schreckensschrei, wenn jemand aus dem Schlaf hochfährt. Meistens aber bin ich es, die aufschreit. Dann flüstere ich phobisch Bens Namen und er wispert zurück: „Ich bin da, Elfenmädchen. Alles ist gut, ich bin da."

Einmal bat ich ihn dann, zu mir zu kommen und Ben tat es, ohne zu widersprechen. Er legte sich neben mich auf die Decke und legte den Arm um mich.

Von da an kommt er nach jedem besonders schlimmen Albtraum. Ich glaube, er hat ebenso große Angst wie ich und möchte nicht ganz alleine auf der Matratze liegen.

Wenn Ben neben mir liegt, kann ich etwas besser schlafen. Die Albträume kommen natürlich trotzdem, doch sie bringen mich nicht so sehr um den Verstand, als wenn er bei mir ist.

Freitag, 31. 01.

Ich weiß nicht mehr, was ich träumte, bevor ich wach wurde. Es war kein besonders schöner Traum, aber keiner dieser Albträume, bei denen ich danach wie gelähmt vor Angst dasitze und versuche, ruhig zu atmen.

Ich brauche einen Augenblick, bis ich begreife, was denn sonst der Grund dafür ist, dass ich wach wurde. Dann erst spüre ich, wie Bens Finger sich verkrampft in meinen Arm krallen. Er keucht entsetzt und auf seiner Stirn glänzen Schweißperlen.

Ich löse meinen Arm aus seinem Griff und betrachte die flatternden Lider. Ein erstickter Schrei wie der, der mich geweckt hat, entweicht ihm. Darauf folgt etwas, das sich anhört wie ein gequältes Winseln.

„Ben?", flüstere ich sanft und rüttle an seiner Schulter. „Ben, hey. Wach auf, es ist nur ein Traum!"

Ich schüttle weiter und endlich erwacht er aus seinem Albtraum. Seine Augen starren mich vor Schreck geweitet an. In seinem Gesicht steht die Panik geschrieben.

„El?", krächzt er und Bens Stimme zittert. Ich schlinge die Arme fest um ihn.

„Ja, ich bin da. Es war nur ein Albtraum, ich habe dich jetzt", flüstere ich und Ben drückt sein Gesicht an meine Schulter.

Ein Schluchzen entweicht ihm, als er sich krampfhaft an mich klammert.

Als die Panik abflacht, sinkt Ben erschöpft zurück in seine Kissen. Über seine Wange zieht sich eine Tränenspur.

„Entschuldige, ich wollte dich nicht wecken."

Ich streiche Ben über die Wange, wische seine salzigen Tränen beiseite.

„Schon okay", erwidere ich leise, obwohl mir bereits die Angst vor den eigenen Albträumen die Kehle zuschnürt.

Ihr werdet euch fragen, was wir den ganzen Tag machen, eingesperrt in dem Haus, das viel zu klein für sechs Leute ist. Tja, da kommen wir zurück zu dem Denken des Menschen. Er hört nicht auf damit. Und das ist ein Fluch.

Ich denke die ganze Zeit. Mir fallen unzählige Erinnerungen ein. Unbedeutende Alltäglichkeiten.

Mein Dad, wie er den Geschirrspüler in unserer Wohnung in New York ausräumt und dabei zur Musik tanzt. Soweit man das tanzen nennen kann.

Meine Mom, fein angezogen für ein Konzert, wie sie mir erklärt, ich dürfe die Wohnung jetzt nicht mehr verlassen. „In drei Stunden sind wir wieder da. Du gehst um zehn Uhr schlafen, ja?"

Mein Dad, wie er mich an meinem ersten Schultag in Amerika zur Schule bringt. Ich war schrecklich nervös. Es war meine erste englischsprachige Schule, davor lebte ich in Österreich. Für einige Monate waren wir zwar bei den Eltern meines Dads in Großbritannien, doch dort ging ich nicht zur Schule.

Meine Mom, wie sie mir ihre Schminksachen borgte. Sie hatte gemerkt, dass ich und meine Freundinnen uns bereits gerne etwas schminkten. Da beschloss sie, uns Unterricht zu geben. Ich lud Jessi, Chantal und Michelle ein und es war ein Heidenspaß.

Meine Freundinnen … ich wollte sie im nächsten Sommer zusammen mit Feli besuchen. Wir wollten nach New York fliegen, nur wir zwei. Es ist dumm, ich weiß, aber selbst jetzt habe ich Hoffnung, dass es bis zum Sommer wieder ganz normal sein würde. Dass wir diesen Urlaub trotz allem, was passiert ist, machen könnten.

Ich würde alles für ein normales Leben geben, um wieder mit Feli in ihrem Zimmer stehen zu können. Karaoke-Partys zu zweit oder Filmabende mit Feli, Max, Angelina und Felis Vater. Nur ein einziges Mal noch Gänsehaut schauen und mich kaputtlachen, weil Max nicht ernst bleiben und sein Lachen zurückhalten kann.

In der Cafeteria der Schule essen und den Gesprächen der anderen lauschen. Den Streitereien von Lisa, Ben und Fabian zuzuhören. Witze zu machen, ohne sich über irgendetwas sorgen zu müssen. Wie schön das wäre. Schön, aber leider unmöglich.

Das sage ich wirklich ungern, denn eigentlich bin ich überzeugt davon, dass nichts unmöglich ist. Spätestens seit ich mich selbst eine Albe nennen kann.

Aber diesmal … diesmal ist es so: unmöglich.

Samstag, 01.02.

Ich denke, ich muss nicht erwähnen, dass wir mit der Zeit unvorsichtig wurden. So ist es nun einmal, die verzweifelte Hoffnung, dass wir in Sicherheit sind, ist stark. Zu stark.

Natürlich behalten wir im Hinterkopf, wo wir sind und warum. Das ist nicht schwer, wenn man nicht nach draußen kann. Doch wo wir anfangs einen großen Bogen um die Fenster gemacht haben, vor denen die Vorhänge die Blicke ohnehin abschirmen, nimmt das mittlerweile niemand mehr so streng.

Einzig und allein Erik liegt uns in den Ohren, endlich von hier zu verschwinden.

„Da stimmt etwas nicht, Lea. Sie müssten uns schon lange geholt haben."

Niemand will das hören, doch es ist wahr. Immer öfters muss auch ich mir diese Frage stellen: Warum sind sie noch nicht hier aufgetaucht?

Ich reibe meine Haare mit dem Handtuch trocken. Auf meinem Shirt, das ursprünglich Amalia gehört hat, haben sich dunkle Wasserflecken gebildet.

Sie erscheint im Türrahmen. Eine Weile sieht sie mir nur schweigend zu. Nach einigen Minuten aber beginnt Amalia zu sprechen.

„Lea? Du bist ... du bist eine Schwarzalbe", stellt sie fest und starrt mich durchdringend an.

Immer noch schafft sie es nicht, uns zu vertrauen. Umso überraschender ist es, dass sie jetzt dieses heikle Thema anspricht.

„Was bereust du am meisten?"

Langsam lasse ich das Handtuch sinken.

Amalia hat ihre Arme vor der Brust verschränkt, ihr Gesicht ist unbewegt. Ich seufze.

„Ich weiß nicht ... ich denke, dass ich viele Leute, die mir sehr viel bedeuten, im Stich gelassen habe. Und sie in Gefahr gebracht habe."

Ich stelle die Frage zurück und Amalia senkt ihren Blick. Ihre dunklen, langen Haare verdecken ihr hübsches Gesicht und ihre Arme schlingen sich wieder um ihren Oberkörper, als würde sie frieren.

„Das hier", flüstert sie heiser und es verschlägt mir den Atem.

Ich hole Luft, um etwas zu erwidern, doch Amalia dreht sich um und verschwindet im Flur.

„Was?", will ich hinterherrufen. „Dass du uns Schutz bietest? Was genau, Amalia? Was bereust du an dem hier?"

Stattdessen krallen sich meine Finger in das feuchte Handtuch und ich laufe meiner Freundin hinterher.

Immer wieder habe ich mich in letzter Zeit gefragt, ob ich Amalia noch so nennen darf. Meine Freundin.

Dann habe ich den Gedanken schnell wieder beiseitegeschoben. Natürlich! Es läuft gerade einiges nicht so, wie es sollte, aber wir sind trotzdem Freundinnen!

„Amalia?", rufe ich, als ich die Türe zu ihrem Zimmer aufstoße.

Sie steht mit dem Rücken zu mir am Fenster. Langsam nähere ich mich ihr. „Amalia ich weiß, es ist schwer, uns noch zu vertrauen. Aber wir sind immer noch dieselben. Ben und ich -"

„Nein seid ihr nicht", unterbricht Amalia mich bestimmt. Endlich dreht sie sich um und sieht mich an. „Und ich auch nicht."

Ihr Gesicht ist hart und ich tue mich schwer, es zu lesen.

„Ich ...", beginne ich zaghaft.

Doch Amalia schüttelt den Kopf. „Du verstehst nicht. Ich habe gelernt, dass es nicht in jedem eine gute Seite zu erreichen gibt. Ich war naiv, das weiß ich jetzt. Man kann nicht immer für alle da sein, die anderen sind es auch nicht für mich. Wenn es hart auf hart kommt, muss man auf sich selbst schauen, Lea. Genau das tue ich. Ihr habt eure Seite gewählt, ich meine."

Wir sehen uns schweigend an. Ein schwaches Lächeln erscheint auf Amalias Lippen. „Es tut mir leid", flüstert sie.

Ich nicke traurig, denn ich weiß, ich muss ihre Entscheidung respektieren. Möglicherweise kann ich Amalia doch noch irgendwie zurückgewinnen. Ich finde schon einen Weg, sie eines Tages wieder zu haben.

In diesem Augenblick klopft es an der Haustüre. Irritiert lausche ich - und erstarre. Alle sechs sind im Haus, niemand von uns ist draußen. Doch wer hat dann geklopft?!

Erneut hämmert jemand an die Türe, diesmal lauter und energischer. Ich höre, wie Tante Emma geht, um zu öffnen. In der Zwischenzeit schlüpfen Ben, Erik/Stefanie und Alex durch die Türe zu Amalia und mir ins Zimmer.

Wir wechseln nervöse Blicke.

„Aufmachen, sofort!", schallt Kims Stimme zu uns hoch und wir zucken zusammen, obwohl es eigentlich nicht laut ist.

Tante Emma öffnet die Türe. „Was kann ich für Sie tun?", erkundigt sie sich überrascht.

„Wir wissen, dass Sie drei Schwarzalben bei sich verstecken. Darunter Ihr Neffe Ben und seine Freundin Elea."

Mir läuft ein Schauer über den Rücken und ich blicke erschrocken zu Ben. Er starrt ebenso entsetzt zurück.

Seine Hand sucht meine und hält sie angsterfüllt fest. Unten wird weiterdiskutiert. Emma stellt sich dumm und spielt die Unwissende. In einer anderen Situation hätte ich sie für ihren Mut und für die schauspielerische Leistung bewundert.

„Ms Carter, diese Information steht außer Frage. Liefert sie aus, es ist für alle das Beste. Über die Strafe für diejenigen, die sie geschützt haben, werden wir in Alfheim diskutieren."

Plötzlich winkt Erik uns aufgeregt zum Fenster. Lautlos schleichen wir zu ihm hinüber, während Tante Emma im Erdgeschoss versucht, die Lichtalben aufzuhalten.

Es passiert ganz plötzlich. „KIM!", brüllt Amalia aus voller Kehle. „Kim sie sind hier oben, sie wollen aus dem Fenst- mphf!"

Während ich noch versuche, mich von meinem Schock zu erholen, kämpft Amalia vor meinen Armen gegen Alex´ Griff an. Sie tritt und schlägt nach ihm wie wild, doch seine Hand liegt fest über ihrem Mund.

Alex hat sofort reagiert, doch zu spät, denn die lauten Schritte poltern bereits die Treppe hoch. In Windeseile sperrt Erik die Türe ab und öffnet das Fenster.

„Raus!", zischt Steffi und packt Ben am Ärmel.

An der Türe rüttelt es. Ben fliegt ins Freie, Erik folgt.

„Lea!", kreischt er und endlich löse ich mich aus meiner Starre und klettere zum Fenster.

In dem Augenblick, als ich aus dem Fenster klettern und fortfliegen möchte, flucht Alex hinter mir. Keine Sekunde später schließen sich Hände um meinen Fußknöchel und halten ihn fest umschlossen. Erschrocken schreie ich auf, als Amalia beginnt, mich gewaltsam zurück in das Zimmer zu schleifen.

„El!" Sofort packen Erik und Ben meine Hände, aber Amalia ist erstaunlich stark. Wie eine Verrückte krallt sie sich in mein Fleisch und ich beginne, schreiend zu weinen.

„Amalia!", keucht Alex mit zusammengebissenen Zähnen und zerrt an ihr, doch seine Freundin gibt keine Ruhe.

Da höre ich, wie hinter mir die Lichtalben ins Zimmer stürmen. Mein Fuß brennt vor Schmerz und mir ist schwindelig. Ich merke nur, wie ich plötzlich in die Luft hinausgeschleudert werde. Ich spüre, wie ich schwanke. Auf und ab, ganz benommen.

Etwas zischt knapp an mir vorbei. Vor meinen Augen tanzen Punkte. Ich versuche, sie wegzublinzeln, doch es gelingt mir nicht.

Plötzlich spüre ich ein Piken in meinem Rücken und im nächsten Moment kann ich mich nicht mehr in der Luft halten. Ich falle in eine Schwärze.

Als ich wieder zu mir komme, ist mir schwindelig. Ich merke das Schwanken und mir wird übel. In meinen Ohren rauscht es.

Endlich schaffe ich es, meine Augen zu öffnen. Ich liege am Boden eines kleinen Raumes mit glatten, weißen Wänden.

Es dauert einige Sekunden, bis ich es merke. Doch dann begreife ich. Ich bin im Laderaum eines Kleintransporters!

Erschrocken versuche ich, mich aufzusetzen, doch meine Hände sind gefesselt. Panisch sehe ich mich um. Neben mir liegen Ben und Erik – Erik, nicht Stefanie.

Auf der anderen Seite des Laderaumes sitzt Elvira und mustert uns übellaunig.

„Kim", ruft sie nach vorne. „Jetzt sind alle wach."

Hinter dem Steuer sehe ich Kim Hunter, neben ihr ein Mädchen mit glatten, dunklen Haaren.

„Amalia!", keuche ich.

Bens Blick trifft meinen.

Deshalb sind die Lichtalben nicht früher gekommen, sie wussten es die ganze Zeit. Amalia muss sie auf dem Laufenden gehalten haben. Wie dumm wir waren!

Ächzend verlagere ich mein Gewicht. Jeder Knochen in meinem Körper schreit vor Schmerzen. Dann zucke ich zusammen und keuche auf. Mein Bein brennt, als stünde es in Flammen.

Ich versuche, einen Blick auf die Stelle zu erhaschen, an der Amalia mich festgehalten hat. Ich sehe nicht direkt hin, doch das Blut am Boden des Laderaumes verrät, dass das nicht nötig ist.

Amalias lange Fingernägel müssen sich tief in mein Fleisch gebohrt haben. Ich stöhne auf und winde mich in meinen Fesseln. Neben mir robbt Ben näher zu mir.

„Hey! Bleib, wo du bist!", ruft Elvira und springt auf.

Sie stellt sich drohend über uns. Ihr hassverzerrtes Gesicht verschwimmt vor mir. Ich blinzle erschöpft.

„Sie ist verletzt!", widerspricht Ben neben mir und bemüht sich, mich zu berühren. „Lass mich sie heilen."

Elvira gibt einen verächtlichen Laut von sich und stößt Ben mit ihrem Fuß zurück. Fort von mir.

„Wo sind die anderen?", höre ich Eriks Stimme, während Ben aufstöhnt und wieder zu mir robbt.

„Der kleine White", meint Elvira herablassend. „Du hast deiner Familie eine ganz schöne Schande gebracht. Emma und Alexander sind im Transporter vor uns. Sie haben sich ganz schönen Ärger eingebracht."

Dann bückt sie sich und packt Ben, der mich fast erreicht hat. Sie zerrt ihn wieder fort von mir. Doch er wehrt sich. Elvira gibt ihm wieder einen Tritt und Ben krümmt sich stöhnend.

„Nicht …", flüstere ich schwach.

Wäre mir nur nicht so schwindelig! Aus dem Augenwinkel sehe ich, wie Elvira wieder ausholt und Ben in die Seite tritt. Ich höre sein abgehacktes Keuchen.

„Tu ihm nicht weh!" Meine Stimme ist zu leise, zu erschöpft, als dass Elvira mir auch nur einen Funken Aufmerksamkeit schenken würde. Ich rapple mich hoch.

Ben holt zischend Luft.

Plötzlich, gerade als Elvira vor Wut und Hass wieder ihren Fuß schwingen möchte, wird sie zurückgeworfen. Ihre Augen weiten sich überrascht, doch es war nicht Kim, die das Steuer herumgerissen hat. Amalia dreht sich verwundert zu uns um, doch mein Blick ruht voller Abscheu auf Elvira.

„Tu-ihm-nicht-weh-habe-ich-gesagt!", stoße ich hervor. Sie macht einen Schritt auf mich zu, doch ich bin zu wütend. Ich hebe meine Hand und Elvira erstarrt. Ihre Füße berühren nicht mehr den Boden des Transporters. „Verstehen wir uns?"

Ein Gurgeln entweicht ihr, als sie mich mit großen Augen anstarrt. Die junge Frau röchelt, doch keine frische Luft strömt in ihre Lungen, die nach Sauerstoff lechzen.

Ich spüre, wie der Wagen schlenkert, als Kim Gas gibt und versucht, eine Ausweichstelle zu finden, um stehenzubleiben. Ich achte nicht auf die entsetzten Blicke, die sich in mich bohren. Eine gelassene Ruhe breitet sich in mir aus.

„Ob du mich verstanden hast, will ich wissen", fauche ich.

Elvira, die erst noch versucht hat, sich gegen meine drei Meter entfernte Hand zu wehren, die sie an der Kehle gepackt in der Luft hält, schwebt nun bewegungslos zwanzig Zentimeter über dem Boden.

Ihr Mund ist leicht geöffnet, ihr Gesicht ist violett angelaufen. Die Lider ihrer Augen flackern leicht.

„Lea?", höre ich Erik mit zitternder Stimme flüstern. Sie ist angsterfüllt, doch ich ignoriere ihn.

Der Kleintransporter kommt zum Stehen, Kim springt panisch aus dem Wagen. Elviras Arme hängen seitlich an ihrem eingesunkenen Körper herunter. Bewegungslos. Plötzlich sieht sie schmächtig und ungefährlich aus. Wie ein hilfloses junges Mädchen.

Ich mustere sie voller Hass über meine ausgestreckte Hand hinweg, deren Finger sich gekrümmt haben, als hielten sie etwas umklammert. Als hielten sie Elviras Kehle und drückten diese zu.

„El", wispert Ben neben mir und klingt angsterfüllt. „Hör auf damit, El."

Er fleht mich an. Wie in Trance lasse ich meine Hand sinken. Gerade als die Ladeklappe aufgerissen wird, sinkt Elvira leblos zu Boden.

„Nein!", kreischt Kim und stürzt auf sie zu. „Elvira! Nein!"

Ihre Stimme klingt hoch und vor Panik und Verzweiflung außer Kontrolle. Sie lässt sich vor der jungen Frau auf die Knie fallen und zieht ihren Kopf auf ihren Schoß.

Ich sehe, wie ihr Tränen über die Wangen laufen, als sie über das blasse Gesicht ihrer Freundin streichelt. Ihre Finger zittern ebenso wie ihre Stimme, als sie wispert: „Elvira, bleib bei mir."

Als die Lider der Lichtalbe flackern und sie gierig die Luft in ihre wunden Lungen zieht, werde ich plötzlich ungeheuer müde. Mein Blick schweift zu Ben. Die Furcht in seinem Blick gibt mir einen Stich.

„Ben", flüstere ich benommen und die Punkte erscheinen wieder vor meinen Augen. Ich sinke zurück auf den Boden.

Ich spüre angenehme Wärme. Sie breitet sich in meinem Körper aus und ich stöhne erleichtert auf. Die Hitze an meinem Fußknöchel ist beinahe unerträglich, doch ich merke, wie der Schmerz nachlässt.

Über mir schwebt Bens Gesicht. Ich lächle ihn an. Er runzelt die Stirn und weicht meinem Blick aus. Seine Lippen sind zu einer Linie gepresst und ich schlucke schwer. Seine Finger auf meiner Haut zittern, als er mich heilt. Niemand hält ihn davon ab.

Ich richte mich etwas auf und es gibt mir einen Stich, als Ben zurückzuckt. Er hat Angst vor mir. Ich sehe es in seinen Augen, wie er mich mustert, ohne meinem Blick zu begegnen. Es schmerzt mich mehr als die heilende Wunde an meinem Bein.

Ich sehe mich im Transporter um. Erik mustert mich ebenso unsicher. Sein Gesicht zeigt keine Regung, als ich ihm ein halbherziges Lächeln schenke.

Im anderen Eck, so weit von mir entfernt wie möglich, lehnt Elvira klapprig an der Wand. Ihr Atem geht immer noch stockend und sie sieht schrecklich blass aus. Als wäre all ihre Kraft aus ihr gesickert.

Neben ihr kniet nun Amalia, die mit einer Flasche an ihren Lippen versucht, Elvira zum Trinken zu bewegen. Hinter dem Steuer sitzt wieder Kim, ihre Finger umklammern es, sodass die Knöchel weiß hervortreten.

Jeder weicht meinem Blick aus. Die Furcht, die jeder plötzlich mir gegenüber hegt, ist eindeutig zu spüren. Ich lasse mich zurück auf den Boden sinken. Ich kann die ängstlichen Blicke nicht mehr ertragen.

Ben rückt wieder fort von mir. Meine Wunde ist geheilt. Ich möchte nicht, dass er weggeht. Ich packe seinen Arm – und bereue es sofort, als er panisch zusammenzuckt. Erschrocken über seine Reaktion lasse ich ihn los. Ben bleibt trotzdem bei mir. Vermutlich aus Angst.

Mein Herz zieht sich schmerzvoll zusammen. *Ben?*, frage ich ihn in Gedanken.

Er wendet das Gesicht ab. Ich sage erneut seinen Namen. Leise.

Endlich sieht er mich an. Auf seinen Wangen sind die Spuren von Tränen zu erkennen. Zu gerne würde ich sie fortwischen, doch ich habe Angst, ihn zu erschrecken. Ich könnte es nicht ertragen, wenn er wieder fortzuckt.

Ja, El?

Es tut mir so leid! So unendlich leid!

Er antwortet nicht, sieht mich nur schweigend aus den wunderschönen Augen an. Mitleidig, traurig, verzweifelt. Und vorsichtig. Zurückhaltend.

Ich wollte niemanden verletzen. Das war nicht ich, ich wusste nicht, was ich tue.

Tränen treten in meine Augen und ich schluchze auf. Mein ganzer Körper bebt. Ich fühle mich wie ein Häufchen Elend. Ein ganzer Haufen Elend.

Ich weiß, sagt er plötzlich und ich sehe verwundert zu ihm auf. Er klingt bitter, doch ich weiß, dass er es so meint. Wir lügen nicht in Gedanken, das ist mein und Bens Versprechen.

Und dann tut er etwas, das mich ebenso verwundert wie erschreckt. Er legt einen Arm um meine Schulter und drückt mich an sich. Schluchzend lehne ich mich an ihn.

El, ich liebe dich. Und ich bin immer für dich da, egal, was für ... Sachen du machst. Ich weiß, du bist keine schlechte Albe, meint er zittrig und ich vergrabe mein Gesicht erleichtert an seiner Schulter.

Ich bin mir nicht sicher, ob ich ihm zustimmen kann. Vielleicht wird er eines Tages seine Meinung ändern. Vermutlich. Doch für den Augenblick meint er genau, was er sagt, und dafür bin ich ihm unendlich dankbar.

Nachdrücklich wiederholt er: *Ich liebe dich El.*

Kapitel 15

Sie bringen uns nach Alfheim. Auf dem Weg begegnen wir nur Soldaten der Lichtalben. Es muss sich um Geheimgänge handeln. Sie alle halten Abstand zu uns und tun uns nicht weh. Sie müssen von dem Vorfall wissen. Auch sie haben Angst vor mir.

Ich hatte es mir immer gewünscht, dass die Lichtalben sich vor mir in acht nehmen. Doch nun frisst es mich innerlich auf.

Ich bin ein Monster. Sogar böse, kaltherzige Wesen fürchten sich in meiner Gegenwart. Was sagt das über mich aus? Ich bin ein Monster.

Doch nicht einmal das bringt mich und meine Freunde in Sicherheit. Wir werden dennoch in eine Zelle gebracht. Als sie uns jedoch trennen wollen, beginne ich aus Leibeskräften zu brüllen.

Die Wachen machen einen Satz zurück. Sie betrachten mich misstrauisch.

Schließlich erklären sie sich bereit, uns in eine gemeinsame Zelle zu stecken. Niemand nähert sich uns mehr.

Erst in der düsteren Zelle wird mir bewusst, was ich getan habe. Ich habe beinahe jemanden umgebracht. Zitternd schlinge ich die Arme um meine Knie. Gänsehaut macht sich auf meinen Armen breit.

Ich bekomme schlecht Luft, meine Gedanken schnüren mir die Kehle zu. Ich hätte sie einfach töten können. Niemand hätte mich aufhalten können. Ich schluchze laut auf. Niemand stört sich daran. Nein, das ist nicht wahr. Ben hat mich aufgehalten. Er konnte mich stoppen. Niemals hätte ich Elvira tatsächlich getötet.

Geräuschvoll ziehe ich die Nase hoch.

Selbst diese Lüge hilft mir nur wenig. Was ist nur aus mir geworden? Vor einem halben Jahr konnte ich noch nicht einmal Oma anflunkern, dass ich sofort schlafen gehen und nicht mehr fernsehen würde. Heute sitze ich in einer Zelle und alle haben Angst, ich könnte sie töten, wenn ich ausraste.

Ich zucke zusammen, als sich vorsichtig eine Hand auf meine Schulter legt. Ein Rucken ist zu spüren, doch Ben zieht seine Hand nicht zurück. Ich schniefe.

„Es ist okay, ich bin für dich da", flüstert er und zieht mich sanft in eine Umarmung.

Über meine Schulter hinweg nimmt er Augenkontakt mit Erik auf. „Wir", verbessert er ernst.

Ich löse mich wieder von Ben.

„Danke", flüstere ich und wische mir mit dem Handrücken über die Nase.

Erik lächelt mir aufmunternd zu und ich fühle mich sogleich etwas besser.

Ab und zu (mein Zeitgefühl ist nun endgültig zerstört) kommen Alva und ihre Lichtalben vorbei. Sie verlangen Informationen. Anfangs behandelt sie uns freundlich, sie redet beruhigend und lächelnd auf uns ein.

Jedes Mal aber, wenn sie ohne Wissen erlangt zu haben, wieder geht, wird sie drängender.

„Kinder, versteht doch", sagt Alvara verzweifelt. „Es ist das Beste für uns alle. Meine Aufgabe ist es, die Lichtalben zu schützen, und das kann ich nicht ohne eure Hilfe. Wir stehen für die Natur und die Menschen, wie könnt ihr euch so gegen uns und unsere Ziele wenden?"

Wir schweigen betreten. Ich hatte Alva sehr gerne, sie ist eher der mütterliche Typ. Es tut mir etwas weh, sie so enttäuschen zu müssen. Doch dann erinnere ich mich an all die grausamen Taten, die die Lichtalben getan haben.

„Für die Menschen?", frage ich rau lachend.

Wie kann Alva so falschspielen? Oder hat sie tatsächlich keine Ahnung? Oh nein, das kann nicht sein, sie ist ein so hohes Tier in Alfheim. Sie weiß alles, jedes einzelne Verbrechen.

Sie senkt den Blick. „Ja, Lea", antwortet sie leise. „Du armes Ding hast doch überhaupt keine Ahnung, was sich in dieser Welt abspielt. Du denkst, es gibt die Bösen und die Guten und dass alles, was wir tun, falsch ist." Sie schüttelt tadelnd den Kopf. „So ist es nicht, Schatz. Ich sage nicht, dass wir immer richtig handeln. Oh nein, bestimmt nicht. Auch die Lichtalben haben ihre Fehler, wie ihr wisst. Fehler, die nicht zu entschuldigen und bedauerlicherweise auch nicht rückgängig zu machen sind.

Doch, Kinder, *jeder* versucht, sich möglichst gut darzustellen. So lasst mich euch über die Schwarzalben aufklären, wie sie es nicht getan haben."

Alva hält inne und wartet anscheinend auf unser Okay. Ihre Augen schauen mich aufrichtig an. Ich kann nicht glauben, dass sie lügen können. Obwohl ich es weiß. Ich nicke ergeben.

Ein liebliches Lächeln umspielt Alvaras Lippen. Automatisch ziehen sich meine Mundwinkel leicht nach oben.

„Es stimmt, was wir über sie sagen. Schwarzalben haben eine Abneigung gegen Menschen. Um ehrlich zu sein, kann ich ihnen das nicht verdenken, die Menschen sind nicht gerade die selbstlosesten Wesen, die diesen Planeten besiedeln. Aber sie sind nun einmal da, also gehören sie dazu.

Schwarzalben wollen ihren Tod. Sie lassen sie jedoch nicht einfach durch Naturkatastrophen oder durch die eigene Grausamkeit der Menschen sterben. Nein, sie töten sie mit ihren eigenen Händen und Kräften. Das, meine Lieben, ist kaltblütig und barbarisch."

Mein Gesicht zeigt keine Regung. Ich weiß nicht, ob ich das glauben sollte, oder nicht. Lichtalben lügen, ja. Aber Schwarzalben handeln erbarmungslos, so viel ist mittlerweile klar. Was also ist das geringere Übel?

Es spielt keine Rolle, ob es wahr ist, sage ich mir selbst.

„Und ihr rettet sie?", erwidert Ben. „Ihr rettet die Menschen vor ihrem Leid?"

Alva schneidet eine Grimasse. „Nicht so richtig", gibt sie zu. „Wir holen sie zu uns, ja. Aber weil wir sie brauchen. Wir bewahren Menschen vor dem Tod, um sie anschließend besonders zu machen."

„Und dabei erleben 99 von 100 etwas Schlimmeres als den Tod", mischt sich Erik erschüttert ein. „Ihr missbraucht die Menschheit für Versuche! Was soll daran besser sein, als sie gleich sterben zu lassen? Oder sie zu töten?"

„99 von 100? So ein Unsinn!" Alvara schnaubt. „Ihr seid unwissend. Ihr sprecht über Themen, von denen ihr keine Ahnung habt. Denn etwa 90 Prozent dieser Leute willigen ein, für uns zu arbeiten. Sie stellen sich freiwillig zur Verfügung, trotz aller Risiken."

Ungläubig schüttle ich den Kopf.

„Nein, das ist nicht wahr", widerspreche ich trotzig. Niemand würde so einen Pakt mit dem Teufel schließen.

„Leider doch. Das ist unser Vorteil", meint Alva und klingt mitgenommen. „Ihr glaubt mir nicht, das ist völlig in Ordnung. Ich würde das auch nicht ohne weiteres hinnehmen. Doch ich beweise es euch. Ich zeige euch die Wahrheit."

Wenig später führt Alvara uns, bewacht von einem Dutzend Alben, unterirdisch durch Gänge. Zumindest nehme ich an, dass wir uns unter der Erde bewegen. Sicher bin ich allerdings nicht.

Wir kommen in einen Raum, in dem sich unzählige Leute tummeln. Bürger*innen aller Welt stehen Schlange, um zu den fünfzig Aufnahmestationen zu kommen. Alben sorgen für Ordnung, sie sind nicht gerade vorsichtig.

Erschrocken mustere ich die Menschen. Sie starren die Alben fasziniert an, fast bewundernd sehen sie zu ihnen auf. Die meisten scheinen großen Respekt vor den Wesen zu haben, doch Angst kann ich nirgends erkennen.

„Entschuldigen Sie", spricht Alva einen Mann im mittleren Alter an. Er wendet sich um und gafft die Frau in den feinen Kleidern an, ohne zu blinzeln.

„Würden Sie diesen Kindern bitte erklären, weshalb Sie hier sind? Und es wäre wichtig für die drei, ihre persönlichen Beweggründe zu kennen."

Die Augen des Mannes leuchten, als er eifrig erzählt: „Ich werde zu einer höheren Lebensform! Mit Zauberkräften, ist das vorstellbar? Ich werde Teil von etwas Größerem sein und damit reich und angesehen werden!"

Entgeistert sehe ich die gierige Erwartung des Mannes, die sich in seinen Augen und seinem Gesicht widerspiegelt. Ein Schauer breitet sich in meinem Nacken aus.

„Sind Sie sich denn der Risiken bewusst? Dass Sie das mit ziemlicher Sicherheit nicht überleben werden?"

„Oh ja", winkt er lachend ab. „Aber wenn doch, dann werde ich der reichste Mann der Welt sein! Dann kann mir niemand mehr etwas anhaben. Wenn ich der eine von Tausenden bin, dann ist die Macht mein! Du bist vielleicht noch zu jung, um das zu verstehen, Mädchen, aber nie zu jung, um das zu lernen: Man ist ein Einzelkämpfer auf dem Weg zum Erfolg und muss das eine oder andere opfern, um sein Ziel zu erreichen."

„Und was bringt es dir, dein Leben zu opfern?", fragt Ben befremdet.

Der Mann zupft seinen Anzug zurecht und wendet sich überheblich ab. Während der Geizhals sich weiter bei Alvara einschleimt, wendet Erik sich an eine Frau in der Nähe.

„Verzeihen Sie, aber was machen Sie hier?", meint Erik höflich und setzt ein charmantes Lächeln auf.

Er sieht so erwachsen aus, so verdammt süß. Ben hüstelt und ich richte meine Augen schnell auf die Frau in den schmutzigen Kleidern.

„Ich bin hier, weil ich mich freiwillig für dieses Experiment gemeldet habe", erwidert sie verwundert. „Ihr etwa nicht?"

Erik geht nicht darauf ein. „Warum haben Sie das getan, wenn ich fragen darf?"

Sie lacht leise und trotz ihrer gelben Zähne sieht sie ganz hübsch aus, wie ich feststellen muss. „Ich habe zuhause fünf reizende Kinder. Sie haben Hunger und Durst. Hätte ich diese besonderen Kräfte, könnte ich ihnen alles geben, was sie brauchen, und noch viel, viel mehr.

Und bis dahin stehe ich im Dienst der Königin und dadurch sind meine Chancen auf Reichtum plötzlich unglaublich realistisch. Es ist, als würden meine schönsten Träume wahr, ich wollte immer schon einmal etwas bewirken, etwas zählen. Nun kann ich alles erreichen, wie wunderbar, nicht?"

Sie strahlt Erik mit Tränen in den Augen überglücklich an.

Albträume sind auch Träume zum Wahrwerden, gute Frau. Dann bist du hier genau richtig.

„Danke, ich wünsche Ihnen viel Glück."

Ratlos kommt Erik zurück zu uns. „Oh Mann, wie dumm manche Leute sind, so geizig. Und andere naiv und verzweifelt."

Er zieht unwohl die Schultern hoch.

Ich habe plötzlich einen bitteren Geschmack im Mund, wenn ich all die Leute um mich herum ansehe. Allesamt im Glauben, ihr Leben zu etwas ganz Besonderem machen zu können, ohne den schrecklichen Preis zahlen zu müssen, von dem sie wissen.

„Ich habe genug gesehen, um der Welt mein Beileid zu wünschen", meint Ben trocken und resigniert. „Ich wünsche der geizigen, selbstsüchtigen Menschheit viel Spaß im selbsterwählten Untergang. Lasst uns gehen."

Bald darauf sitzen wir wieder in unserer Zelle, niedergeschlagen vom Zustand der Welt. Wie kann man nur immer an sich selbst denken, während man etwas gegen die Umweltverschmutzung tun müsste und all die anderen Ungerechtigkeiten auf Erden? War die Menschheit immer schon so? Ich habe es nie so deutlich gespürt wie jetzt.

„Der Mensch an sich ist gut", hatte mein Opa einmal von Johann Nestroy zitiert. „Nur die Leute sind schlecht."

Wie wahr das nur ist. Doch was bringt mir das, wenn ich es nicht ändern kann? Etwas Schreckliches wird passieren und ich sitze blöd herum oder gehe auf und ab.

„Wir können nichts tun, Elfenmädchen." Bens Stimme ist laut in der völligen Stille. Die Wände verstärken sie. „Du hast es gehört, jeder ist ein Einzelkämpfer, wir können den anderen nicht helfen. Nicht einmal uns selbst können wir helfen …"

„Jeder kann etwas tun", widerspreche ich wispernd. „Würde man ein einziges Mal zusammenarbeiten, könnte alles anders sein. Aber so … so sitzen wir eingesperrt herum und warten auf unseren Untergang. Das kann nicht so weitergehen, Ben."

„Ich weiß", flüstert er erschöpft. „Ich weiß ja, Lea. Denkst du, es geht mir anders?"

Seine Faust schlägt auf die Wand ein. Keuchend lehnt er seine Stirn gegen die kühle, massive Mauer. Erik und ich sehen ihm schweigend zu, Schulter an Schulter am Boden hockend.

„Warum?", flüstert er erstickt. Als Ben sich umdreht hat er Tränen in den Augen. „Warum sie?"

Niemand von uns braucht nachzudenken, wir alle wissen, von wem er spricht.

„Ben, es muss ein Trank gewesen sein. Sie haben sie manipuliert", antwortet Erik. Er muss schon zig Male alles im Kopf durchgegangen sein. „Aber, und das ist das Entscheidende, für jedes Gift gibt es ein Gegenmittel."

„Du meinst, wir können Amalia wieder neutralisieren?", hake ich ungläubig nach.

„Theoretisch schon, ja. Allerdings müssten wir dazu an das Mittel und an sie herankommen. Danach auch noch zu entkommen, das dürfte schwierig werden", gibt Erik zu. Er wirft Ben einen vorsichtigen Blick zu und verzieht gequält das Gesicht.

Es könnten Wochen vergangen sein. Oder sogar schon Monate? Ganz zu schweigen davon, dass ich nicht besonders gut schätzen kann, ist es nicht mehr möglich, zu sagen, wie viel Zeit vergangen ist.

„Ich möchte raus", erkläre ich der Frau, die uns das Essen bringt, als wäre das nicht offensichtlich. Sie schaut mich nur schweigend an. „Raus!", schreie ich. „Ich will hier weg!"

Aufgebracht stürze ich zum Gitter, rüttle kräftig daran. Als wäre es den Konstrukteuren nicht bewusst gewesen, dass Alben sehr stark sein können. Wir haben schnell gemerkt, dass es aus den Zellen kein Entkommen gibt. Wir sind schließlich nicht blöd.

Die Lichtalbe holt eine Spritze heraus und bei dem Anblick verstumme ich wimmernd.

Es ist nicht so, als würde man uns wehtun. Eigentlich eher im Gegenteil, sie behandeln uns sehr bedacht und vorsichtig. Aber die Gespräche über Gifte und Zaubertränke haben meine phobische Angst vor Spritzen nicht verringert.

Ich werde sanft, aber bestimmt vom Gitter weggezogen und Ben stellt sich vor mich, die Hände zu Fäusten geballt.

„Komm ihr näher und ich bring dich um", warnt er knurrend. Es klingt so gefährlich, dass die Albe eingeschüchtert innehält.

„Lea, beruhige dich", flüstert Erik leise in mein Ohr.

Da erst merke ich, wie ich am ganzen Körper zittere. Er drückt mich sanft an sich, hält mich auf den Füßen.

Plötzlich erklingt ein leises Lachen. Erschrocken sehe ich mich um. Woher kommt es? Es klingt kindlich. Da bemerke ich das Mädchen, das auf der anderen Seite des Gitters weiter hinten am Boden hockt.

Sie hat weißes Haar und trägt ein merkwürdiges Kleid. Es ist ein dünner Stoff. Friert sie nicht? Die Kleine hat zarte Hände, die sie auf dem Schoß gefaltet hat. Ihre Schultern sind schmal, sodass sie sehr jung wirkt.

Ich habe sie vorher nicht gesehen, was vielleicht daran liegt, dass sie still dagesessen hat, unscheinbar wie sie ist. Sie musterte die Lichtalbe amüsiert.

Dann, als hätte das Mädchen meinen Blick gespürt, dreht sie den Kopf und sieht mich an. Ich keuche erschrocken auf. Ihre grauen Augen durchbohren mich förmlich. Sie haben solche Kraft in sich, dass ich den Blick nicht losreißen kann.

Ich kenne sie. Das Mädchen habe ich schon einmal gesehen, als ich vor Monaten auf dem Weg zu Alvara war. Es war mein erster Besuch bei ihr und da war mir dieses Mädchen aufgefallen. Etwas später habe ich sie erneut flüchtig gesehen. Sie hatte beide Male dasselbe Kleid getragen.

Sie starrt mich an, als würde sie in meine Seele schauen.

„El?", fragt Ben, doch ich achte nicht auf ihn.

„Wer bist du?", frage ich das Mädchen flüsternd.

Erschrocken zucke ich zusammen, als Ben mich am Arm packt. Blinzelnd wache ich aus meiner Trance auf.

„Was denn?", fauche ich. Oder zumindest versuche ich es. In Wirklichkeit klinge ich schwach, mitgenommen.

„Was ist los mit dir?", will auch Erik wissen.

Ich sehe verständnislos von einem zum anderen. „Wovon redet ihr? Nichts." Ich sehe wieder zu dem seltsamen Mädchen, doch sie ist verschwunden.

Ich atme tief durch und lasse mich wieder zu Boden sinken. Oh wie sehr ich es hasse, warten zu müssen.

Nach einer Ewigkeit ertönen Schritte und Stimmen dringen zu uns durch. Alvara nickt uns zu. Ihre Augen sind klein und dunkle Ringe zeichnen sich darunter ab.

„Wo sind Mom und Dad?", möchte ich wissen. „Warum kommen sie nicht?"

„Du bist eine Gefangene, meine Süße. Sie werden dich bestimmt besuchen kommen, aber vorerst musst du mit mir vorliebnehmen. Es würde wahnsinnig helfen, wenn du uns zeigen könntest, dass ihr nach wie vor auf unserer Seite steht."

Alva spricht weiter, doch ich höre ihr nicht mehr zu. Meine Augen ruhen auf dem Mädchen, das halb versteckt hinter ihr steht. Es lugt hinter der Frau hervor und sieht mich durchdringend an.

Das fremde Mädchen zieht ihre Augenbrauen zusammen. „Doch das bist du nicht", verkündet es neutral, als würde es gar nicht zu mir sprechen, sondern zu sich selbst.

Dann plötzlich scheint es aus seiner Trance zu erwachen und lächelt mich verschmitzt an. „Entschuldige bitte meine Unhöflichkeit. Ich bin Lucinda Anwyn, schön dich kennenlernen zu dürfen", stellt sie sich mit einem Knicks vor.

Ich lächle ihr zu, doch Lucinda mustert Alva traurig von der Seite. Diese achtet nicht auf sie, sondern redet weiterhin auf meine Freunde ein.

„Sie versteht es nicht", sagt das Mädchen bekümmert. „Mutter ist feige geworden im Alter. Vielleicht war sie es auch immer schon."

Mutter? Erschrocken mustere ich Alvara. Ich wusste nicht, dass sie eine Tochter hat. Sie muss die Äußerung überhört haben, denn sie verbietet dem Mädchen nicht ihr Mundwerk.

„Wie alt bist du?", wispere ich neugierig. Der zarte Stoff des Kleides weht um die schlanken Beine, die schemenhaft darunter zu erkennen sind.

„Vierzehn", antwortet Lucinda und betrachtet uns in der Zelle unverhohlen mit leuchtenden Augen. „Unglaublich, dass ich wieder mit dir spreche, El."

„Darfst du das nicht?", frage ich bitter. Erstaunt weiten sich die funkelnden Augen des Mädchens.

„Oh für mich gelten all diese Regeln nicht mehr" Sie zieht ihre blasse Stirn in Falten. „Ich dachte, du wärst schon längst darauf gekommen, Elea."

Perplex erwidere ich ihren Blick. Ihre weisen Augen dringen durch mich hindurch, sowie meine durch sie hindurchschauen.

„Du bist nicht hier", wispere ich kaum hörbar.

„Natürlich bin ich noch hier", erwidert sie tadelnd. „Sonst könnten wir nicht kommunizieren. Aber du hast ganz recht, für die anderen bin ich es schon lange nicht mehr."

Lucinda blickt zu ihrer Mutter. Diese bemerkt es nicht.

„Warum kann ich dich sehen?", hauche ich.

Das Mädchen lächelt mich an und schwebt etwas näher. „Weil ich in der Zeit bin und du sie kontrollieren kannst, du wanderst in ihr."

Nun bin ich an der Reihe, die Stirn zu runzeln. „Aber wer bist du, Lucinda? Wie bist du … gegangen? Du bist so jung …" Vierzehn, in diesem Alter sollte man nicht als Geist in Kerkern spuken.

„Ich bin geflogen", erwidert sie schulterzuckend. Dann füllen sich ihre Augen plötzlich mit Tränen. „Oh Elea, ich habe mein Versprechen nicht gehalten. Vater wäre schrecklich enttäuscht von mir."

Bevor ich ihr sagen kann, dass ich anders denke, setzt sie hinzu: „Ich muss gehen. Pass auf dich auf, Elea. Träume süß."

Mit diesen Worten löst Lucinda sich in Luft auf und ist verschwunden.

Niemand hat etwas von unserem Austausch mitbekommen, als Alvara mit ihren Lichtalben wieder umkehrt.

„Hat Alva eine Familie?", frage ich Erik, immer noch mitgenommen. „Sie war verheiratet, doch ihr Mann starb. Es ist schon ewig her, vielleicht acht Jahre? Ich weiß nicht genau", erklärt er.

„Was allerdings die wenigsten wissen, ist, dass sie zwei Kinder hatte. Lucinda und Theodore, wenn ich mich recht erinnere. Nach dem Tod des Vaters war die Familie zerstört. Sie zerbrach förmlich.

Soviel ich weiß, hat das ältere Mädchen den Verlust nicht verkraftet. Es ging ihr sehr schlecht. Sie starb einige Monate nach ihrem Vater. Es war tragisch. Auch der Sohn, Theodore war danach nie wieder wie früher.

Er ging fort, Jahre nach der Tragödie, und kam nie wieder zurück. Alva spricht nicht über ihre Kinder und niemand sonst wagt es. In Alfheim existieren sie quasi nicht mehr. Wie ausgelöscht."

Ein trauriges Lächeln legt sich auf Eriks Lippen: „Teddi sprach nie viel über seine Schwester, aber wenn er es tat, schwang immer Bewunderung mit. Sie muss außergewöhnlich gewesen sein."

In dieser Nacht, – ist überhaupt Nacht? – schlafe ich schlecht. Ich träume von dem Mädchen, etwas jünger als ich. Was sie nur mitmachen musste …

Lucinda steht auf einem Balkon. Es ist dunkel und die Wolken verdecken die Sterne, nur der Mond, rund und hell, strahlt am Himmel. Eine kühle Brise weht durch ihr weißes Haar und lässt den Stoff ihres Nachthemds flattern.

Tränen laufen ihr still über die Wangen und tropfen auf die steinerne Brüstung. Um Lucindas Hals liegt eine zarte Silberkette mit einem Anhänger in Form eines Kleeblatts.

Auf der blassen Haut in ihrem Gesicht sind kleine rote Flecken zu erkennen. Sie wischt mit der Hand darüber und schluckt schwer. Ihre Augen sind gerötet und starren ins Leere.

Als ich aufwache, setze ich mich leise auf. Ben schläft, seinen Arm um mich gelegt. Vorsichtig befreie ich mich aus seinem Griff und geselle mich zu Erik.

Meine Augenlider sind schwer, doch ich möchte nicht wieder schlafen. Ich habe genug von den Visionen und Albträumen. Erschöpft lege ich meinen Kopf an Eriks Schulter.

„Wir kommen hier wieder raus, das verspreche ich dir", wispert er, den Blick auf Ben gerichtet.

Sein Gesicht sieht im Schlaf entspannt aus, so lieblich.

Ich erwidere nichts.

„Lea, ich weiß, wie viel er dir bedeutet", flüstert Erik und ich sehe ihn wieder an. „Und ich weiß, wie sehr es dich mitnimmt, dass du nicht genau weißt, was mit ihm passieren wird. Du willst die Vision um jeden Preis verhindern, das verstehe ich nur zu gut. Aber bitte, sei vorsichtig."

„Ben ist der, den ich sterben habe sehen, nicht mich", widerspreche ich. Ich sehe Erik fest in die Augen. „Ich tue alles, was nötig ist, um ihn zu retten."

Schließlich wendet er den Blick ab und gibt nach.

Er kann mich nicht umstimmen. Es ist Zeitverschwendung, es zu versuchen. Das wissen wir beide.

Kapitel 16

„Ich bringe euer Essen."

Er weicht unseren Blicken aus, hält das Tablett in seinen Händen fest umklammert. Er sieht unverändert aus, höchstens ein bisschen mitgenommen. Um seinen Hals baumelt nach wie vor der Lichtalben-Anhänger, der ihn abhört.

Er hat mit ihnen kooperiert. Sein Blick haftet fest verankert am Boden, als er uns das Tablett in die Zelle schiebt.

„Danke Alex", presse ich hervor.

Endlich sieht er mich an und nickt mir kurz angebunden zu. Gleichzeitig bohren sich seine Augen in meine und verharren dort einen Moment zu lange.

Was will er mir sagen? Verwirrt blinzle ich ihn an.

„Esst", fordert er uns auf und seine Stimme klingt unheimlich ernst. „Ihr braucht eure Kraft."

Dann marschiert er wieder davon, die Lichtalbe, die ihn begleitet, auf den Fersen.

War es eine stumme Entschuldigung?

„Diese Verräter", murrt Ben und greift nach dem Essen. „So ein Weichei."

„Was soll er denn machen?", erwidert Erik und klingt beinahe streitlustig. Was ist denn los mit ihm?

„Denkst du nicht, die Lichtalben haben auch mit ihm und Emma gesprochen? Der Teufel weiß, wie. Freundlich bestimmt nicht."

„Erik hat recht, Emma und Alex würden uns sicherlich lieber auf freiem Fuß sehen", stimme ich zu. Keiner verliert ein Wort über Amalia. Sie ist ein Tabuthema.

Schweigend machen wir uns über das Essen her. Ich zerreiße das Brot gründlich, bevor ich es in kleinen Stücken verzehre. Was habe ich erwartet? Eine geheime Botschaft? Vielleicht sogar einen Schlüssel, der uns aus der Zelle herausbringt?

Ja, gestehe ich, und lache beinahe freudlos auf. Das habe ich tatsächlich. Enttäuscht zerkaue ich das Brot. Wir sind nicht in einem blöden Film. Das ist das wirkliche Leben. Da gibt es so einen Schwachsinn wie geheime Botschaften im Essen nicht.

Und selbst wenn, was sollte es uns bringen. Was, nachdem uns ein Schlüssel aus der Zelle befreit hat? Innerhalb weniger Minuten wären wir wieder drinnen, diesmal ohne Schlüssel.

Kraftlos lasse ich mich auf meine Matratze sinken. Es hat ja doch keinen Sinn. Ich höre, wie Erik leise schnieft und schließe resigniert die Augen.

„Kommt schon! Beeilung, los, los, los!", reißen mich Stimmen aus meinem unruhigen Schlaf. Jemand zieht an meinen Armen und langsam komme ich wieder zur Besinnung.

Erik und Ben sind auf den Beinen und noch jemand steht in unserer Zelle. Plötzlich bin ich hellwach. Die Gittertüre ist geöffnet. Ich kann es kaum glauben.

„Schnell, folgt mir!", ruft die Stimme, die mich geweckt hat, und eilt auf den Gang hinaus. Erst als er sich hektisch umdreht, erkenne ich ihn. Überrumpelt laufen wir Alex nach.

Zielstrebig steuert er um die Ecken und jedes Mal rast mein Herz schmerzhaft. Aus Angst, es könnte jemand dahinter sein, der uns zurück in die Zelle bringt. Uns trennt, wehtut.

Ich stolpere über meine eigenen Füße und Erik packt geschwind meinen Arm und zerrt mich weiter. „Alex", wispert er. „Wie …" Doch er bricht ab, als Alex ihn eindringlich ansieht und den Finger auf die Lippen legt.

Sofort fliegt mein Blick zu dem Ausschnitt seines T-Shirts. Aber Alex trägt keine Kette. Plötzlich werde ich schrecklich nervös. Wenn man uns erwischt, sind wir alle dran.

Wir hechten um die nächste Ecke und drücken uns hinter unserem Retter gegen die kalte Wand. Einige Augenblicke lang hört man nur unseren keuchenden Atem.

„Weiter", flüstert Alex und rennt leise los.

Wir begegnen keinem einzigen Lichtalb, was meine Panik nur noch verstärkt. Wo sind sie alle? Was ist hier los?

Ich bin nicht abergläubisch, aber ich denke, ich hätte trotzdem auf Holz klopfen sollen, denn als Alex um die nächste Biegung schlittert, erspähen wir am Ende des Korridors einige Lichtalben. Sofort drehen wir wieder ab, doch zu spät.

Sie haben uns gesehen und beginnen zu schreien und rennen.

„Zurück!", schreit Erik und packt Alex´ Arm, der sich noch immer nicht ganz gefangen hat. Er zieht ihn zurück hinter die Wand und schubst mich weiter in den Gang.

Im nächsten Augenblick sprinten wir zu viert so schnell wir können wieder zurück in Richtung Zelle. Doch plötzlich steht ein Lichtalb vor uns. Erschrocken stolpern wir wieder nach hinten.

„Wohin?", keuche ich. Ich bekomme keine Antwort. Nur panisches Keuchen ist zu hören. Jemand zerrt mich nach links. Eine Albe in Sicht. Wieder zurück. Nach rechts. Sofortiger Rückzug.

„Scheiße, wir sind umzingelt", flucht Ben und fährt sich aufgewühlt durch sein schwarzes Haar, das länger ist als je zuvor.

Die Lichtalben kommen langsam näher, die Frau hat eine Pistole erhoben. „Keine Bewegung", befiehlt sie und ihre Stimme hallt durch die düsteren Gänge.

Zitternd möchte ich nach Bens Hand greifen, doch die Bewegung war zu ruckartig. Plötzlich ertönt ein Schuss. Ein gellender Schrei. Ich kralle mich in Bens Hand und meine Beine geben unter mir nach.

„El!", brüllt Ben und mehrere Hände verhindern meinen Sturz auf den harten Steinboden.

Kreischend vor Schmerz winde ich mich unter der heißen Hand auf meinem Arm.

„Halt still! Du musst geheilt werden!", ruft Ben, doch der Schmerz macht es mir unmöglich, etwas anderes zu tun, als zu brüllen.

Mir wird schwarz vor Augen, dann sehe ich wieder die erschrockenen Gesichter meiner Freunde.

Sie ziehen mich hoch und Erik und Ben schleifen mich halb von den am Boden liegenden Lichtalben fort. Was ist mit ihnen passiert? Warum haben sie nicht noch einmal geschossen?

Die meisten scheinen bewusstlos zu sein, mit Platzwunden, wo sie gegen eine Wand geschleudert wurden. Ich presse die Zähne zusammen und lasse mich weiterziehen.

Ich sehe nicht, wohin wir laufen. Das Einzige, was ich noch wahrnehme, ist der höllische Schmerz. Selbst Bens Heilkräfte können ihn nicht völlig verdrängen und so wanke ich halb bei Bewusstsein neben ihnen her.

„Ben, du brauchst deine Kraft. Sie wird es schaffen", höre ich Stimmen.

Ben erwidert zwar nichts, doch seine Kraft fließt weiterhin in mich über. Erst nach einer gefühlten Ewigkeit verschwinden die Punkte vor meinen Augen.

Plötzlich ragt direkt vor uns eine Wendeltreppe in die Höhe. Ohne zu überlegen läuft Alex voran. Erik wirft Ben und mir einen Blick zu und folgt ihm eilig.

Unsere Schritte hallen unangenehm laut auf dem Metall, was uns alle schneller werden lässt. Stöhnend gebe ich mein Bestes, um die anderen nicht aufzuhalten. Gehetzt rennen wir weiter, bis ganz nach oben.

Der Aufstieg endet abrupt, als Alex bei einer Wand ansteht. Er macht sich daran, sie geschäftig abzutasten, doch nichts passiert. „Was zum-", beginnt Ben, doch Erik fällt ihm ins Wort: „Psst! Hört ihr das? Sie kommen."

Tatsächlich, von unten dringen Geräusche zu uns hoch. Man muss uns auf den Fersen sein! Voller Angst wechseln Ben, Erik und ich einen Blick.

Gerade, als die ersten Schritte auf der metallenen Treppe zu hören sind, stoßt Alex die Wand beiseite. „Los!", ruft er und wir stürzen zusammen hinaus in die Dunkelheit.

Uns bleibt keine Zeit, um uns zu orientieren, wir stolpern ihm nach und sprinten nach rechts. Vor Angst schnürt es mir die Luft ab und ich atme abgehackt.

Erst als wir aus dem Gang in den Wald treten, weiß ich, wo wir sind. Hinter uns schließt sich die Felswand wieder. Immer noch hält Ben mich fest, um meine Wunden zu behandeln. Sein Gesicht ist blutverschmiert.

Wir eilen um die Bäume herum. Auf einmal gibt mein zittriges Bein unter meinem Gewicht nach und ich stoße vor Schmerzen einen unterdrückten Schrei aus. Sofort sind Ben und Erik da und ziehen mich wieder hoch.

Wir kommen an die Stelle im Wald, an der Feli und ich uns immer treffen. Schaukeln hängen an den Bäumen und in der Krone ist ein Baumhaus versteckt. Es ist nur für uns beide bestimmt.

Plötzlich tritt jemand hinter einem Baum hervor. Wir zucken alle zusammen, dann erkennen wir das Mädchen.

„Feli", flüstere ich benommen und ein schwaches Lächeln legt sich auf meine Lippen.

Ich möchte einen Schritt machen, doch wieder knicke ich ein. An Bens Brust gelehnt, damit ich nicht umfalle, stöhne ich und presse die Zähne zusammen, sodass sie grausam knirschen.

„Was ist mit ihr?", keucht Feli und ist sofort bei mir. Vorsichtig schließt sie mich in die Arme. Ich atme ihren vertrauten Geruch tief ein.

„Sie haben ihr ins Bein geschossen, das wird schon wieder", erwidert Alex, doch er klingt etwas zittrig. „Was zum Henker tust du hier? Solltest du nicht auf Amalia achtgeben? Wo ist sie?"

Felis Augen sehen sich panisch um. „Sie muss etwas geahnt haben. Ich konnte ihr schlecht aufs Klo folgen, sie kam nicht mehr zurück."

Alex stöhnt erschöpft. „Das darf doch nicht wahr sein! Wir müssen weg hier, sofort!"

Gerade in diesem Augenblick hören wir unsere Verfolger. Sogleich starten wir erneut und sprinten in die entgegengesetzte Richtung. Natürlich haben wir keine Chance gegen die Lichtalben. Wir kommen genau bis zum Waldrand, als sie uns einholen.

Die ersten sind nur noch einige Meter hinter uns, als sie plötzlich wie gegen eine Wand laufen. Geschockt blicken wir sie an und sie uns.

„Lea! Meine arme, starke Elfe!", dringt der Ruf meiner Mom zu mir durch. Dad steht neben ihr, die Hände erhoben und das Gesicht angestrengt verzerrt.

Emma brüllt, wir sollten in ihre Mitte, als die drei Erwachsenen Stellung beziehen. Alex gesellt sich mit tödlichem Ernst zu ihnen und Erik folgt seinem Beispiel. Nur Ben bleibt bei mir und Feli, im Schutz unserer Freunde und Familien.

Dann greifen die Lichtalben an.

Mom errichtet einen Feuerkreis um uns alle herum, damit sie nicht bis zu uns vordringen. Sie schießt kleine Feuerbälle auf die Alben, was sie immer wieder aus dem Konzept bringt. Emma, mit demselben Element, kann ich nicht sehen, weil sie hinter mir steht, doch ich bin sicher, sie tut das Gleiche wie Mom.

Dad hält die Angreifer mit einem enormen Gegenwind von uns fern und wehrt Wurfgeschosse ab. Erik kann ich auch nicht sehen, doch ich höre sein Keuchen. Ebenso wie Alex legt er sich mächtig ins Zeug. Dieser ist ein Erdalb, wie Ben.

Er hält mich immer noch ganz fest. „Alles wird gut", flüstert er in mein Ohr, als ich leise schluchze. „Ich bin bei dir, immer. Das verspreche ich dir."

Ich nicke und wische mir die Tränen fort. Ich kann nicht sprechen, meine Kehle ist wie zugeschnürt.

„Mein tapferes Elfenmädchen", wispert Ben. „Ich liebe dich."

Er drückt sein Gesicht kurz in mein Haar, dann schweigen wir angespannt, während wir helfen, wo wir können.

Zuerst sieht es sehr gut für uns aus. Doch nach und nach merken wir alle, dass die Lichtalben viel mehr Leute sind als wir. Das Feuer, das uns beschützt, wird weniger hoch und verliert an Intensität.

Die Angreifer kämpfen sich immer näher an uns heran. Schon bald schafft es der erste, durch die Flammen zu springen. Ben ist sofort auf den Beinen. Als seine Hand nicht mehr auf meiner Haut liegt, keuche ich vor Schmerz auf. Doch es ist schon viel besser geworden.

Ben und der Alb kämpfen und bald hat er ihn wieder nach draußen geschubst. Ich sehe weg. Ich möchte den Lichtalben nicht sehen, nachdem er durch das Feuer gekullert ist.

Eine weitere Albe folgt. Auch Feli hilft, so gut sie kann. Trotz meiner Wunde halte ich mich aufrecht und tue mein Bestes, um die anderen zu unterstützen.

„Es reicht nicht!", brülle ich durch das Brausen des Windes.

„Das muss es aber!", ist die Antwort meines Dads.

Feli ruft meinen Namen und als ich mich nach ihr umdrehe, sehe ich, wie plötzlich ein Wagen von der Straße in unsere Richtung braust. Etwa zwanzig Meter entfernt bleibt er abrupt stehen und die Türe des Fahrers wird aufgerissen.

„Los! Kommt!", brüllt die Frau und winkt hektisch mit den Armen.

„Lauft, wir halten die Stellung!", stimmt Mom zu, ihre Stimme vor Anstrengung gepresst.

Ich will Dad und sie nicht zurücklassen, doch auch Emma drängt uns zum Aufbruch, also humple ich hinter ihr, Alex, Erik und Feli her.

Da höre ich hinter mir auf einmal einen Kriegsschrei und fahre herum. Ich sehe gerade noch, wie eine junge Kriegerin sich durch das Feuer hindurch von hinten auf Ben stürzt. Er versucht, sie abzuschütteln, doch sie klammert sich fest und schlägt und tritt fest zu, sodass er aufjault.

Ich stolpere einen Schritt näher, als Ben die Lichtalbe zu Boden werfen kann. Er will ihr einen kräftigen Tritt verpassen, als er unerwartet innehält. Sie nutzt ihre Chance und bringt ihn zu Fall.

Als sie auf ihn einschlägt, erkenne ich die junge Kriegerin endlich.

„Ammi, nicht! Lass das!", schreit Ben, doch seine Schwester ist erbarmungslos.

Er versucht, sich zu verteidigen, ohne Amalia zu verletzen, doch sie ist eine Kampfmaschine. Immer wieder schreit er vor Schmerzen auf, während er mit blutüberströmtem Gesicht versucht, sie abzuschütteln.

Ich humple näher, so schnell ich kann, doch ich bin zu langsam. Aus der Ferne sehe ich, wie Amalia auf seiner Brust kniet, um ihn am Boden zu halten. Keuchend holt Ben Luft und hustet. Plötzlich zieht sie einen Dolch hervor und hebt ihn in die Luft, um zuzustechen.

„Ammi …", fleht Ben schwach, doch seine Stimme versagt ihm beim Namen seiner Schwester.

„*Wir schaffen das, Lea. Wir schaffen alles zusammen*", höre ich wieder Ben flüstern. Das sagte er, kurz bevor ich ihm von der Vision erzählt habe, bei der ich erfuhr, dass er sterben würde.

Ich hatte ihn unter Tränen angebrüllt, er würde es nicht überleben, dass wir es nicht schaffen würden. Wie oft hatte ich mir seit daher geschworen, ihn nicht sterben zu lassen? Unzählige Male hatte ich mir gesagt, ich würde das nicht zulassen.

Aber ich werde schuld sein an seinem Tod.

„Ben!", kreische ich und stürze vor. Ich brülle vor Schmerz, als ich auf die Knie falle. Ich werde die Schuld tragen. „Nein!"

In diesem Augenblick rast Ammis Dolch unaufhaltsam auf Bens Brust zu, genau dort, wo sein Herz liegt. Ein kalter Schleier legt sich über mich und die Wut verdrängt die Angst.

Ich strecke meine Hand nach Ben aus, als Amalia plötzlich von ihm weggeschleudert wird. Sie landet unsanft auf der Wiese am Waldrand.

Benommen rappelt sie sich auf. Ihre grünen Augen funkeln verärgert, voller Hass. Den Dolch hält sie fest umklammert, während sie wieder auf ihren Bruder zustürmt.

Sie bewegt sich geschmeidig und die Messer glänzen gefährlich an ihrem Gürtel. Ihr Gesicht ist schmutzig vom Sturz und der Ausdruck darauf ist teuflisch.

Sie ist Ben ganz nahe. Viel zu nahe. Der Dolch ist nur noch wenige Zentimeter von Bens Haut unter seinem zerrissenen Shirt entfernt. Er keucht.

Meine Hände wischen durch die Luft und Amalia wird herumgewirbelt wie eine Puppe. Mit einem Schrei stoße ich sie fort von dem verletzten Ben. Wieder wird sie meterweit fortgeschleudert. Der Dolch entgleitet ihren kleinen Händen. Er segelt in der Luft und durchschneidet sie bedrohlich.

Plötzlich prallt Amalia mit dem Rücken gegen einen Baumstamm und ich kann nur hilflos zusehen, wie mein Wind ihr den Dolch entgegenschleudert. Er hinterlässt ein surrendes Geräusch.

Ihre smaragdgrünen Augen weiten sich erschrocken. Die Waffe gleitet in ihre Brust, als hätte sie keinen Widerstand und augenblicklich breitet sich ein dunkelroter Fleck auf Amalias Shirt aus.

Ihr Mund klappt entsetzt auf und sie schnappt keuchend nach Luft. Ein erstickter, schmerzverzerrter Ton kommt heraus, während das Blut unaufhaltsam herausströmt.

Dann sehe ich, unfähig, mich zu bewegen, zu, wie Amalia mit dem Rücken am Baum hinunterrutscht. Auf der Rinde bleibt eine gespenstisch glitzernde Spur zurück.

Ihre Augen starren mich an, während sie zu Boden gleitet. Ihre Lippen formen ein letztes Wort, dann kippt sie zur Seite und bleibt leblos liegen.

Ein Keuchen kommt mir über die Lippen. Mehr nicht. Ich kann den Blick nicht abwenden von meiner Freundin. Ich sehe, wie Ben brüllt, sich gegen Eriks Griff wehrt, um zu seiner Schwester zu laufen. Doch ich höre keinen Ton.

Ich werde an den Armen gepackt und nach hinten weggezogen. Alex sagt etwas, doch ich kann ihn nicht hören. Ohne den Blick von dem Grün der geöffneten Augen des Mädchens am Boden abzuwenden, werde ich weggeschleift. Ich leiste keinerlei Widerstand.

Ich bekomme nicht mit, wie ich in den Wagen gelange. Er braust fort, fort von meinen Eltern und dem toten Mädchen. Fort von den Lichtalben und Alfheim. Doch nicht fort von den Erinnerungen. Meine Gedanken bleiben dort. Bei ihr.

Mein Blick begegnet dem von Ben. Sein Gesicht ist voller Blut und Tränen. Er zittert am ganzen Körper, Eriks Arm um die Schultern.

Entsetzt starrt Ben mich an und mein Herz krampft sich zusammen, als würde es sich nie wieder erholen können. Hass. Wut. Und Abscheu. Das alles sehe ich so deutlich in seinen wunderschönen Augen voller Tränen, dass es mir die Luft zum Atmen nimmt.

Erst in diesem Augenblick dringen die Worte zu mir hindurch. Amalias letzte Worte, als sie mich erschrocken angesehen hatte, während sie zu Boden sackte.

„Danke."

Kapitel 17

Wie in Trance folge ich den anderen in die große Villa. Sie ist wunderschön, ich würde sie lieben. Doch mein Herz ist nicht mehr dazu fähig. Es ist ein harter Klumpen in meiner Brust. Verkrampft und ausgekühlt, kalt.

Alle weichen meinem Blick aus. Niemand kann mich ansehen. Sie alle weinen. Ich nicht. Meine Augen sind völlig trocken. Sie schluchzen. Ich gebe keinen einzigen Ton von mir.

Ich kann mich nicht daran erinnern, wie ich in das Zimmer gekommen bin. Auf einmal sitze ich auf dem Bett. Ich bin allein. Völlig einsam. Unbewegt hocke ich da und starre in die Leere.

Erst nach und nach werden mir drei Dinge bewusst:
1. Amalia ist tot. Sie kommt nie wieder zurück.
2. Ich bin ihre Mörderin. Ich habe meine Freundin umgebracht.
3. Damit habe ich nicht nur sie verloren.

Sie werden mir niemals verzeihen. Ich auch nicht.

Punkt drei wird mir bald darauf grausam demonstriert. Ich erscheine nicht zum Abendessen. Stattdessen kommt eine Frau zu mir, die ich nur aus einer früheren Vision kenne. Es überrascht mich nicht einmal, sie wiederzusehen.

„Elea, ich bringe dein Essen. Du solltest lieber nicht nach unten gehen."

Ich stimme ihr schweigend zu.

Ihr Blick mustert mich einen Augenblick lang kühl, fast abschätzig. Dann verlässt sie mein Zimmer wieder.

Ich rühre mein Essen nicht an, sondern bleibe weiterhin reglos auf dem Bett sitzen. Es ist so gekommen, wie ich es gesehen habe. Ich habe Ben verloren. Doch anders, als ich immer angenommen habe.

Die Sonne geht unter. Sterne beginnen am Himmel zu funkeln und verblassen wieder. Die Morgenröte setzt ein und taucht die

Wolken in eine sagenhafte Schönheit. Dann geht die Sonne auf. Sie steigt höher und höher.

Die Frau holt mein Essen wortlos wieder ab und bringt das nächste. Ab und an gehe ich ins Bad, ansonsten führen meine Wege nicht weit. Immer noch will mich niemand bei sich haben, was ich nur zu gut verstehe.

„Elea", spricht mich die Frau an. „Du solltest zumindest probieren, etwas zu essen."

Damit habe ich nicht gerechnet. Es hat so lange niemand mit mir geredet, dass ich nicht weiß, wie ich reagieren soll. Ich schaue schweigend aus dem Fenster, ohne mich nach der Frau umzudrehen.

„Die Welt dreht sich nicht nur um dich, auch andere haben Schmerzen. Lerne, damit zu leben."

Ich höre, wie sie sich entfernt und ein bitteres, hysterisches Lachen dringt aus meiner Kehle. Es ist rau, meine Stimmbänder müssen bereits eingerostet sein.

Einige Tage – ich zähle sie schon lange nicht mehr, die Zeit verrinnt und wir ignorieren uns gegenseitig – habe ich es geschafft, nicht zu schlafen. Doch ich werde völlig benommen und obwohl es schön ist, nicht mehr denken zu können, halte ich irgendwann nicht mehr durch.

Ich schlafe ein. Gegen meinen Willen.

„Es muss doch etwas geben!", versucht er, seine Stimme zu unterdrücken. Aufgebracht fährt er sich durch das honigblonde Haar. Seine blauen Augen sind gerötet, als hätte er zu wenig Schlaf gehabt oder geweint. Oder beides.

„Liam", meint Markus Kellan besänftigend und möchte ihm ermutigend die Hand auf die Schulter legen, doch im letzten Moment zieht er sie wieder zurück. „Wir haben alles probiert, du hast es selbst gesehen."

Mutlos sacken Hills Schultern hinunter und er lässt sich schwerfällig gegen die Wand fallen.

„Ich hätte da sein sollen", flüstert er erstickt. Zittrig holt er Luft, doch Liam kann nicht atmen.

„Sie hat denselben Blick wie sie", stellt Ted plötzlich fest. Er wirkt abwesend, doch die beiden anderen Männer heben verwundert die Köpfe.

„Was?", wollen sie verdattert wissen und erst da scheint dem jungen Schwarzalben aufzufallen, dass er laut gesprochen hatte. Erst möchte er abwinken, doch dann seufzt er.

„Meine Schwester, sie hatte auch diesen leeren Blick. Als wäre sie nicht wirklich hier. Aber es war doch anders … sie … ich weiß auch nicht, ich kann es nicht beschreiben", meint er schließlich niedergeschlagen.

Kellan besteht darauf, dass sie sich die verwirrte Frau nochmals gemeinsam genauer ansehen. Widerwillig folgt auch Ted ihnen. Er möchte sie nicht vor sich haben. Es ist zu schmerzhaft, wie sehr Aristine ihn an Lu erinnert.

Ängstlich mustert er sie. Die schwarzen Strähnen fallen ihr wie ein Schleier vor das Gesicht. Ihre Augen sehen an ihm vorbei, das macht ihn nervös. Seine Schwester hatte ihn immer angesehen, wenn sie auch durch ihn hindurchgeschaut hatte. Sie war seinem Blick nie ausgewichen.

Neben der Frau sitzt Liam, seine Hand auf die ihre gelegt, und blickt sie aus feuchten Augen flehend an. Wenn er nicht gerade an ihrer Seite ist, findet man ihn bei ihrer Tochter. Er lässt sie beide niemals aus den Augen.

Kellan legt Ted eine Hand auf die Schulter. „Theodore", sagt er und der junge Mann zuckt zusammen, als Markus ihn so nennt. „Erzähl uns von ihr."

Erschrocken fahre ich aus meinem Traum hoch. Ich weiß nicht, wie spät es ist. Es ist mir egal. Meine Lider sind immer noch schwer, doch ich möchte nicht wieder einschlafen.

Schon unzählige Male bin ich in dieser Nacht wieder aufgewacht. Schweißüberströmt. Panisch. Voller Angst. Entweder quälen mich Albträume. Oder aber Visionen.

Ich weiß nicht, was ich schlimmer finde. Amalia zu begegnen, mit ihren leeren Augen. Oder meinen alten Freunden. Was sie wohl von dem neuen Ich denken würden?

Stöhnend lehne ich meinen Kopf gegen die kühle Wand. Ich muss aufs Klo, will aber nicht aufstehen. Ich starre weiterhin Löcher in die Luft. Schließlich halte ich es nicht mehr aus. Ich muss meine Blase entleeren. Sofort.

Ich schleppe mich zum Badezimmer. Die Villa ist riesig, doch ich habe in meiner ganzen Zeit hier noch nicht vieles gesehen. Ich verlasse das Zimmer kaum.

Umso mehr erschrecke ich, als ich um die Ecke biege und beinahe in ihn hineinlaufe. Wir starren uns einen Augenblick entgeistert an. Seine Augen sind verquollen vom Weinen, seine Wangen eingefallen und blass. Seine Haut scheint fast grau zu sein. Mein Herz zieht sich schmerzhaft zusammen.

Was habe ich getan?

Doch dann hat Ben sich wieder unter Kontrolle und funkelt mich voller Abscheu an. Es dauert nur einen winzigen Augenblick lang, doch es dringt durch meinen ganzen Körper und als er sich abwendet und davonrauscht, bleibe ich versteinert vor der Badezimmertüre stehen. Wie gelähmt, völlig bewegungsunfähig.

Ein Keuchen entfährt mir. Es tut so unglaublich weh, wie hasserfüllt er mich ansieht. Ich krümme mich am Boden zusammen, doch der Schmerz lässt nicht nach. Immer wieder sehe ich seine Augen vor mir. Sein wunderschönes Gesicht zu einer Maske aus Hass und Zorn verzerrt.

Ich habe ihn verloren. Den Einzigen auf der ganzen weiten Welt, von dem ich mir sicher war, dass nichts und niemand uns je trennen können würde. Ich habe mir selbst das Gegenteil bewiesen. Ich konnte uns trennen. Für immer.

Und das Schlimmste ist: Ich habe es verdient, so verachtet zu werden. Von ihm, von Feli, von Erik. Von ihnen allen.

„Lu", wispert Ted erstickt. *„Ihr Name war Lucinda Anwyn."*

Erschrocken reiße ich die Augen auf. „Nein", stöhne ich und halte mir die Ohren zu. „Geh weg", bringe ich heraus. „Lass mich in Ruhe! Lasst mich alle allein!"

Ich kreische die Worte schrill heraus und stürme zurück auf mein Zimmer. Bumm. Mein Kopf schlägt gegen die Türe. Bumm. Bumm. Immer wieder schlage ich ihn schreiend dagegen. Der Schmerz an meiner Stirn lenkt mich endlich von dem in meinem Herzen ab.

Schwer atmend lasse ich mich zu Boden sinken. Ich will heulen. Den Tränen endlich freien Lauf lassen. Doch sie kommen nicht. Sie ertränken mich innerlich, doch meine Augen bleiben trocken.

Anfangs hat mich auch die Schusswunde etwas abgelenkt, doch das ist lange vorbei. Sie ist verheilt und eine hässliche Narbe ziert nun mein Bein. Ich bin ihr unendlich dankbar für ihre Existenz.

Die Wunde, die diese Flucht in mir zurückgelassen hat, wäre ansonsten von außen nicht sichtbar. Dabei haben diese Stunden mich für immer gezeichnet. Ja, man kann sogar sagen, sie haben mich gebrochen.

Doch das ist nicht der eigentliche Grund, weshalb ich Ben nicht darum gebeten habe, dass er mich heilt, sobald wir in Sicherheit waren.

Wir haben nicht gesprochen. Kein einziges Mal. „*Ich liebe dich*", waren seine letzten Worte gewesen. Danach hasste er mich und diese Abscheu hält bis heute an. Und ich kann es ihm nicht einmal verübeln. Ich hasse mich ja selbst.

Das alles, diesen Schmerz erzählt die Narbe auf meiner Haut. Ich sehe sie jeden Tag. Hasse sie und danke ihr zugleich.

Ich liege auf meinem Bett und starre an die Decke. Meine Muskeln sind steif und meine Organe ein einziger, zusammengekrampfter Klumpen. Mein Magen kann noch nicht einmal mehr knurren, so leer ist er. Von meinem Herzen ganz zu schweigen.

„Elea? Darf ich hereinkommen?", fragt eine Stimme.

Ich zucke erschrocken zusammen. Es ist nicht die Frau, die mich so verachtet. Nicht die einzige Frau, die kommt, um mir Essen zu bringen.

Die Stimme klingt fremd, aber gleichzeitig, als hätte ich sie schon einmal gehört.

Eine ältere Frau setzt sich neben mich und mustert mich. „Ich wollte dich darüber unterrichten, dass wir anderen auf einen Termin für die Verabschiedung eurer gemeinsamen Freundin übereingekommen sind."

Ihr Akzent kommt mir bekannt vor. Ähnlich der meiner Großeltern, den Eltern meines Vaters, die aus Großbritannien kommen. Doch die hochtrabenden Wörter erinnern mich stark an Mrs Devant und ihre Enkelin.

„Ich werde nicht kommen", erwidere ich mit leiser, rauer Stimme. Das kommt gar nicht infrage, so viel ist klar.

„Oh doch, das wirst du", widerspricht die alte Dame streng. „Du lässt das junge Fräulein, das von uns gegangen ist, nicht noch einmal im Stich."

Ich schlucke schwer, nicke aber. Mir fällt schon etwas ein. Wenn nicht, erscheine ich einfach nicht zur rechten Zeit, sondern erst, wenn die anderen schon fort sind.

„Reiß dich um Himmels Willen zusammen", bittet mich die Frau. „In meinem Haus möchte ich keine Schwäche sehen. Denn Schwäche ist, wenn man nicht einmal probiert, stark zu sein. Alle anderen geben sich äußerste Mühe. Ich bin nur so geduldig mit dir, weil ich dir viel zu verdanken habe."

Ich blinzle die Gastgeberin an.

Sie seufzt. „Zum Beispiel das Leben meiner Schwester. Oder meiner Nichte. Sowie das meiner Großnichte", meint sie sanft und greift sich in Gedanken vertieft an die geschwungene Spange, die in ihrem weißen Haar steckt. „Doch nun ist meine Enkelin von uns gegangen. Ohne, dass ich sie je kennenlernen durfte. Dennoch bin ich imstande zu sehen, wie weh dir das selbst tut. Tu dir einen Gefallen und verliere dich selbst nicht auch noch."

Sie erhebt sich wieder von meinem Bett und die alte Frau möchte das Zimmer verlassen.

„Mrs ... ähm ...", halte ich sie zurück und mir wird peinlich bewusst, dass ich den Namen unserer Gastgeberin nicht kenne.

„Devant", erwidert sie. „Anastasia Serina Devant. Ich bin Eleonores Schwester."

„Und die Großmutter der Zwillinge ...", wispere ich erschrocken und verwirrt zugleich.

„Ja, mein Sohn Lucian Lou Devant war Valeries Mann und der Vater von Amalia und Benjamin", bestätigt Mrs Devant.

„Das bedeutet ... dass Ben eigentlich mit Maila verwandt ist", führe ich die Blutlinie weiter und bin plötzlich ganz aufgeregt. „Sie sind also doch alle Alben. Woher wussten Sie, dass wir ihre Hilfe benötigten? Ihre Familie scheint immer zu wissen, was zu tun ist."

Bens Großmutter setzt sich wieder neben mich.

„Nein, wir sind keine Alben, nur Lucians Vater. Doch unsere Familie ist schon lange in Kontakt mit ihnen. Eng mit ihnen verbunden. Eleonores und meine Großmama war eines ihrer Experimente, musst du wissen. Sie gehen nicht immer schief."

Sie schüttelt lächelnd den Kopf und faltet die Hände im Schoß, während sie weiterredet.

„Sybil Devant. Sie wurde zum Orakel. Der Vater meiner Mutter verließ sie. Man brauche gute Nerven, seit die Alben in ihrem Gehirn gepfuscht haben, meinte er. Großmama war zu etwas seltsam Besonderem geworden. Doch ein Lichtalb verliebte sich in sie, ihr zweiter Gatte. Unser Großpapa, wenn auch nicht unser leiblicher. Sybil wurde alt und die Lichtalben mussten sie ersetzen. Die Seher-Gabe setzte sich bei uns sehr lange durch, doch nicht, wie die Lichtalben es angenommen hatten. Meine Mutter hatte die Orakel-Fähigkeit nicht, also konnte sie den Posten nicht beanspruchen.

Sie suchten sich ein neues Orakel. Und anschließend wieder ein Neues, ohne mich oder meine Schwester in Erwägung zu ziehen. Sie haben wohl keine Ahnung, dass diese Gabe manche

Generationen schlichtweg überspringt. Meine Mutter, Lucian, Aristine und Ben und Amalia hat die Gabe übersprungen.

Und so leben wir anderen im Wissen, ohne in Gefahr zu sein. Außer natürlich, wir mischen uns in Dinge ein, die uns nichts angehen. Das passiert schneller, als man glaubt, wenn man zu viel weiß. Eleonore, ihrer Tochter und Enkelin ist es passiert. Meinem Sohn und seiner Frau und später seinen Kindern. Du erkennst zweifelsohne, dass wir uns alles andere als außerhalb der Schusslinie befinden."

„Aber Ihnen ist nie etwas passiert, wie konnten sie sich so gut verstecken?", erkundige ich mich fasziniert.

Die alte Dame lacht leise. „Oh, aber ich habe mich doch nicht versteckt. Nie wirklich."

Anastasia tätschelt mein Knie. „Mein Mann und ich leben hier mit unserer Haushälterin und besten Freundin. Die Lichtalben wissen das sehr wohl. Wir halten sogar Kontakt. Solange aber keiner von beiden einen Schritt gegen den anderen wagt, ist es sehr friedlich. Wir betreten ihr Gebiet nicht und mischen uns nicht in ihre Angelegenheiten ein, nicht mehr. Und sie tun es uns gleich."

Ich erwidere, sie hätte sich sehr wohl eingemischt, als sie uns zu sich geholt hat.

„Und du denkst, man könnte nicht mit ihnen verhandeln, wenn man sein Leben lang ein Teil von ihnen war? Wir haben ihr Gebiet, ihren Wald nicht betreten. Und Ben ist meine Familie. Ebenso wie Amalia und Emma. Sie haben genug von uns für sich beansprucht. Solange ihr bei uns seid, geschieht euch nichts. Außerhalb meiner vier Wände kann ich jedoch nichts für euch tun."

Mrs Devant lacht, als hätte sie einen Witz gemacht. Wahrscheinlich der, mit den vier Wänden, immerhin ist das eine Villa, ein kleines Schloss.

„Aber …", beginne ich verwirrt. Ich blicke immer noch nicht ganz durch. „Auf welcher Seite sind Sie und ihr Mann denn dann?"

Sie betrachtet mich mit einem mitleidigen Blick.

„Wer sagt, dass eine Welt nur zwei Seiten hat? Doch um es so auszudrücken: Mein Mann ist gebürtiger Schwarzalb. In jungen

Jahren ging er von dort fort. Sie sind dort doch recht kaltblütig, ein Einzelner zählt wenig. Mein Gatte hält nicht viel von Gewalt.

Er ging also nach Alfheim, wo sie ihn mit offenen Armen empfangen haben. Dort lernten wir uns kennen, wo ich doch immer noch mit Mutter ab und zu meine Großmama besuchte. Damals war sie noch berufstätig bei den Lichtalben.

Mein Mann war bis zu seiner Pension in Freyas Dienst und auch ich tat ihr ab und zu einen Gefallen. Nun haben wir hier unser Paradies, das wir kaum noch verlassen. Das ist die einzige Welt, die uns noch interessiert. Wenn du also Lichtalben so definieren möchtest, sind wir beide welche."

Ich erwidere nichts, muss erst noch verarbeiten, was ich gerade gehört habe. Daher steht Mrs Devant erneut ächzend auf. In der Türe dreht sie sich noch einmal nach mir um.

„Nächsten Mittwoch, am 18. März ist die Verabschiedung", sagt sie bitter und schließt die Türe hinter sich.

Ob es wirklich eine gute Idee ist, hinzugehen?

Nach unserem Gespräch geht es mir so gut wie schon lange nicht mehr. Anastasia Devant ist bisher die Einzige, die mich nicht voller Abscheu behandelt. Hätte ich nicht ihre Enkelin getötet – vor ihren Augen – würden wir uns vielleicht sogar ganz gut verstehen. Doch das habe ich und ich kann es nicht ändern. Werde es nie gutmachen können.

Meine Gedanken schweifen wieder zu Ben und ich schnappe nach Luft. Seit dem Augenblick auf der Wiese beim Wald hat er mich aus seinem Kopf gesperrt. Es ist, als wäre mir eine Hälfte meiner Seele herausgerissen worden. Er war doch ein Teil von mir, wie könnte ich ohne ihn leben.

Ich will es gar nicht, aber ich tue es. Ich atme weiter, ohne ihn. Zwar bekomme ich fast keine Luft, mein Herz schmerzt so sehr, dass ich glaube, es könne nicht mehr schlagen. Aber das tut es. Leider. Und der Schmerz geht weiter. Tag für Tag. Ohne ihn. Jede Nacht, in der ich allein in dem Bett liege und an die Decke starre. Ohne ihn.

Ich gehe zum ersten Mal, seit ich hier bin, zum Fenster. Ich kenne die Aussicht bereits. Ich sehe einen kleinen Friedhof, mit ein paar Grabsteinen. Heute weiß ich, dass es nur für die Familie ist. Die Devants.

Ich habe das Gefühl, es werden noch weitere Menschen und Alben, die mir viel bedeuten … von mir getrennt werden. Ich habe Angst davor, doch andererseits habe ich bereits alles verloren, was mir wichtig war.

Ich brauche ihn, schießt es mir durch den Kopf. *Sieh dich nur an, du bist nichts ohne Ben.*

Noch ist er nicht völlig verloren.

An diesem Abend verbringe ich eine halbe Stunde im Badezimmer, um mich etwas kultivierter herzurichten. Meine Augen wirken nicht mehr so geschwollen, meine Wangen weniger blass, aber dennoch sieht man mir meine Erschöpfung augenblicklich an.

Mehr ist nicht zu machen. Nervös mache ich mich auf den Weg zum Abendessen. Ich bin bereits spät dran, das höre ich an den Gesprächen.

Bevor ich das Zimmer betrete, atme ich tief ein und aus, dann schiebe ich die Türe auf. Alle Stimmen verstummen. Sie starren mich entsetzt an. Es ist völlig still.

Dann lächelt Erik mir kurz zu und ich schöpfe neue Hoffnung. Bis ich *seinem* Blick begegne.

Ben sieht mich mit so einer Verachtung an, dass sich mein Magen umdreht. Er sieht schrecklich aus. Beinahe muss ich würgen vor Schmerz.

Dunkle Ringe liegen unter seinen grünen Augen, deren Schatten düsterer funkeln denn je. Er ist fast so dünn und knochig wie ich. Wie ein Gespenst erscheint er mir. Wie tot …

Ich zwinge mich, den Blick wieder auf Erik zu richten, den Einzigen, den meine Anwesenheit nicht so sehr zu stören scheint. Das gibt mir die Kraft, einige zittrige Schritte auf den Tisch zuzumachen.

Er rutscht auf der Bank etwas näher an Ben heran und bietet mir den Platz auf der anderen Seite an. Trotz der hasserfüllten Blicke widerspricht niemand, als ich mich setze und die Frau, die mir normalerweise das Essen ins Zimmer bringt, mir einen Teller und Besteck hinstellt.

Ich werfe einen kurzen Blick in die Runde. Tante Emma sieht mich nicht an. Alex sitzt neben ihr und scheint sich überaus unwohl zu fühlen. Er nickt mir kurz angebunden zu und ermutigt Tante Emma dann sanft, etwas zu essen.

Feli versucht, mir ein vorsichtiges Lächeln zuzuwerfen, doch die Erinnerungen an den Tod ihrer Freundin scheinen sie zu überwältigen. Tränen steigen ihr in die Augen. Ich stelle mir vor, wie sie mich sehen muss. Eine frühere beste Freundin, die zu lange fort war, um sich nicht verändert zu haben. Ich bin eine Fremde geworden, eine Kriegerin, die sogar ihre Freunde tötet. Ich verdenke ihr nicht, dass sie nicht bei mir sitzt und meine Hand nimmt. Und dennoch tut es weh.

Ich werfe ihr einen herausfordernden Blick zu. Sie schaut geschwind weg.

Erik mustert mich mahnend.

Unwohl richte ich die Augen auf mein Essen und löffle leise vor mich hin.

„Sonnenblumen", versucht Erik das Gespräch von vorhin wieder aufzunehmen. „Das ist eine super Idee, Ben. Das würde ihr gefallen."

Der schnauft nur verächtlich. „Reden wir jetzt wirklich über … sie?", erwidert er und seine Stimme klingt gepresst. Schrecklich kalt und bitter. „Wo doch ihre Mörderin bei uns sitzt?"

Es verschlägt mir den Atem. Ich habe mich in Gedanken unzählige Male so genannt, aber es so voller Verachtung aus Bens Mund zu hören schmerzt mehr als ein Schuss. Viel mehr. Und ich weiß, wovon ich spreche.

Ich muss gekeucht haben, denn Erik mustert mich kurz, bevor er sich wieder an Ben wendet. Erstaunt sehe ich, wie er ihm beruhigend die Hand auf die Schulter legt. Er redet beruhigend auf ihn ein, doch die Worte dringen nicht zu mir durch.

Bin ich so schnell ersetzt worden? Ausgerechnet von Erik? Mir wird übel. Meine Hände beginnen zu zittern.

„Nein, Erik", widerspricht Ben und der Schmerz trieft aus seinen Worten. „Sie hat Schuld, verstehst du? Mehr als schuldig ist sie, sie hat sie getötet. Sie wusste genau, was sie tut. Glaub mir, sie wusste es!"

Nun wendet er sich wütend an Mrs Devant, seine Großmama: „Warum ist sie hier? Ich will das nicht! Ich will sie nicht mehr sehen müssen! Sie soll sich verdammt noch mal von mir fernhalten!"

Er brüllt weiter und sein ganzer Körper zittert. Er schluchzt, schreit und fleht. Voller Wut, Schmerz oder Verzweiflung.

„Anastasia, ich halte es auch für besser, wenn sie nicht mit uns am Tisch sitzt. Ich stimme Ben zu, wenn er sagt, sie gehöre hier nicht her", mischt sich die Frau ein.

Mrs Devant nickt ihr mitgenommen zu.

Alle blicken zu mir, sogar Erik, wenn auch entschuldigend. In den Gesichtern der anderen, sogar jener, die ich nicht kenne, sehe ich Zorn und Hass.

Ich habe genug mitbekommen. Benommen erhebe ich mich und verlasse eiligst den Raum. Niemand will mich in der Nähe haben. Nirgends bin ich noch willkommen.

Schön für sie. Sollen sie mir alles in die Schuhe schieben. Und ich dachte, Freunde halten zusammen. Ich sage nicht, dass ich keine Schuld trage, dass ich … sie nicht getötet hätte. Ich meine nur, dass das nicht bedeutet, dass es mir deshalb weniger wehtut.

Jedes Mal, wenn ich mir Bens Gesicht, das Neue, vorstelle, macht sich Wut in mir breit. Ich weiß, ich habe nicht das Recht, zornig zu sein, doch er hatte mir so oft gesagt, er wäre immer für mich da.

Dann, wo ist er, wenn ich ihn am meisten brauche? Ich dachte, wir wären unzertrennbar. Mit dem anderen unveränderlich verbunden und uns nahe. Dabei lässt er mich jetzt hängen, wo es schwer für uns wird.

Ich verstehe es, doch ich kann die bittere Enttäuschung nicht abschalten. Der Schmerz verwandelt sich allmählich in bittersüße Wut. Es tut gut. Es macht mich stärker, auch wenn es nicht richtig ist. Der Zorn ist da, wenn niemand sonst es ist.

Die Tage vergehen, ich verlasse mein Zimmer kaum. Ab und zu begegne ich jemandem auf dem Weg ins Bad. Keiner wechselt ein Wort mit mir, die Blicke reichen. Sie sagen mehr als tausend Worte.

„Lea, wie geht es dir?", erkundigt sich Erik, als ich ins Bad gehen möchte. Er ist der Einzige, der das je tut. Wie süß von ihm, doch es bringt meine Schutzwand aus Wut zum Wanken. Das kann ich nicht gebrauchen.

Ich zucke mit den Schultern, doch der Schmerz ist bereits wieder da. Er brüllt in mir, ruft mir in Erinnerung, weshalb mich die anderen so behandeln. Zittrig hole ich nach Luft. Es tut auch weh, Erik den Rücken zuzuwenden, doch ich halte den Schmerz nicht aus.

Ich drehe mich am Absatz um und gehe zurück in mein Zimmer. Ich stoße den Einzigen vor den Kopf, der sich noch um mein Befinden kümmert. Wie tief muss ich gesunken sein? Vermutlich tiefer als die Hölle selbst.

Ich stelle mich vor das Fenster. Morgen soll die Beerdigung stattfinden, es ist schon der 17. März.

Ich habe schreckliche Angst. Davor, wie die anderen mir begegnen werden. Wie ich auf die Situation reagieren würde. Davor, wie es Ben dabei gehen wird. Wie scheußlich muss er sich fühlen?

Erik ist ihm ein guter Freund. Aber niemand ersetzt seine Ammi. Von Erik weiß ich auch, dass Alex und Feli sich um die arme Tante Emma kümmern, die der Verlust hart getroffen hat. Er erzählt mir all dies, ohne dass ich frage. Er redet jedes Mal mit mir, wenn wir uns zufällig begegnen.

Eriks Freundlichkeit hat mich wieder weich gemacht, empfänglich für Schmerz.

Plötzlich beginne ich zu weinen. Es ist das erste Mal seit Ewigkeiten. Die Tränen laufen mir das Gesicht hinunter und nehmen mir die Sicht auf die Gräber. Schluchzer reißen an meinem dürren Körper und lassen mich beben.

Mit einem Mal geht mit einem leisen Quietschen die Türe hinter mir auf und ich zucke leicht zusammen. Ich möchte nicht, dass jemand sieht, wie ich weine. Doch es hat keinen Sinn, die Tränen sind zu viele, ich kann sie nicht fortwischen.

Ich drehe mich um, und vor mir steht die Haushälterin. Erst als ich enttäuscht die Schultern hängen lasse, merke ich, dass ich Erik erwartet habe. „Ach, du bist es nur … Ich dachte, es ist -"

Ich breche ab und wende den Blick von der Frau.

Ohnehin bescheuert, warum sollte Erik bei mir auftauchen? Nach dem, wie ich ihn behandelt habe. Sie stellt sich schweigend neben mich und wir blicken nach draußen.

„Es steht ein bisschen Essen unten, falls du doch Hunger bekommst. Wir anderen haben schon gegessen", sagt sie und ich bekomme fast das Gefühl, sie verabscheut mich doch nicht so sehr, wie ich bis jetzt angenommen habe.

„Nein", erwidere ich trotzdem und schüttle den Kopf. Mir ist auch so schon schlecht genug. Um unseren neuentdeckten Umgang nicht gleich wieder zu ruinieren, füge ich hinzu: „Aber trotzdem danke."

Sie nickt. Mehr gibt es nicht zu sagen. Doch ich habe das seltsame Gefühl, mich ihr mitteilen zu wollen. Ich möchte sprechen, sonst platze ich.

„Wie -", beginne ich und meine Stimme bricht. „Wie muss es sich anfühlen, seinen Zwilling zu verlieren. Denkst du, es ist viel schlimmer?"

Mehr Tränen strömen aus meinen Augen. Stille. „Ich wollte nicht, dass das passiert!", erkläre ich und möchte unbedingt, dass sie versteht. „Ich … ich wollte nur -"

Ein Schluchzer reißt an meinem Körper und lässt mich stärker beben. „Warum musste das passieren? Es tut mir so leid ...", flüstere ich erstickt. Ein Schaudern geht durch meinen ausgemergelten Körper, meine Augen brennen als stünden sie in Flammen.

„Lea, ich weiß, dass du das nicht wolltest, aber es ist nun mal passiert", spricht nun auch die Haushälterin. „Du kannst es nicht rückgängig machen, niemand kann das. Dafür ist es nun zu spät."

Es klingt so endgültig. Ich sehe sie an und versuche, die Lippen zusammenzupressen, damit ich nicht laut schreien muss. Sie erwidert meinen Blick fast herausfordernd. Wie kann sie so kühl sein?

„Du solltest schauen, wie du damit fertig wirst", meint sie und es ist ein Schlag in den Magen. Doch sie hat recht. Sie ist ehrlich, weiter nichts. Möglicherweise ist das ihre Art, wie sie ihre Zuneigung zum Ausdruck bringt.

Niedergeschlagen nicke ich. „Ich verstehe, warum ihr mich alle nicht mehr sehen wollt, ich kann selbst nicht mehr in den Spiegel schauen. Aber ... aber falls ... sag ihnen bitte, dass, wenn sie bereit sind, mit mir zu sprechen, ich jederzeit wieder für sie da sein werde."

In diesem Augenblick meine ich es völlig ernst. Dabei war ich eben noch so wütend auf sie alle. Nun bin ich wieder weich und es gefällt mir gar nicht. Ich weine und weine. Bin zu nichts zu gebrauchen.

„Ich denke nicht, dass du dir allzu viele Hoffnungen machen solltest, Lea. Nach dem Tod des Zwillings ist es schwer, dir zu verzeihen. Du weißt sicherlich selbst, wie weh es tut, wenn einem die andere Hälfte entrissen wird, dir geht es immerhin ähnlich. Erwarte kein Verständnis, Elea. Du musst jetzt alleine zurechtkommen", erwidert die Frau und obgleich ihre Worte hart sind, spüre ich, wie leid es ihr für mich tut.

Sie zeigt ihre Gefühle nicht so offen, doch ich kann spüren, dass sie mir damit einen Gefallen tun möchte, mir ehrlich zu sagen, was sie denkt. Sie möchte mich stark machen. Ich will es auch. Dennoch zucke ich zusammen und meine Knie zittern.

„Ja, ich weiß. Hätte ich gewusst, was ... damit habe ich alle verloren. Ben, Amalia, Feli ... einfach alle. Vielleicht ist es besser, zu gehen, für immer. Das wäre für alle das Beste ...", sage ich bitter.

Dann sind wir uns nicht mehr gegenseitig im Weg und reißen unsere Wunden auf.

„Ja, wahrscheinlich hast du recht", stimmt die Haushälterin vage zu.

Das letzte Mal, als sie mich gesehen hat, meinte sie, dieses Haus sei kein guter Ort für jemanden wie mich. Sie sagte, ich täte besser anderswo. Dass ich hier noch verrückt werde.

Ich mustere die Haushälterin.

Sie möchte nicht mehr reden. Vielleicht gibt es auch einfach nichts mehr zu sagen.

Sie lässt mich wieder alleine in meinem Zimmer zurück. Ich habe es noch nie getan, fällt mir ein. Ich habe mich nie wirklich bei irgendjemandem, außer in Gedanken bei Amalia, entschuldigt.

Ich möchte Ben unbedingt sagen, wie schlecht ich mich fühle. Wie leid es mir tut, wie es gekommen ist. Persönlich ist das undenkbar.

„Es tut mir so leid, vergib mir Ben! Ich wollte das nicht! Verzeih mir, ich wollte dich nicht verletzen! Ich wollte dich nie verlieren, es tut mir leid, Ben!", wispere ich wie besessen in die Stille, und einmal angefangen kann ich nicht mehr aufhören. Es ist eine Erlösung, alles herauszulassen.

Weinend flehe ich um Verzeihung, dabei weiß ich, dass ich da lange warten werde müssen.

Er wird mir niemals verzeihen können. Seine Ammi war für ihn alles und ich habe sie ihm genommen. „Es tut mir leid", schluchze ich.

Mittwoch, 18.03.

Als ich am Morgen erwache, liegt auf dem kleinen Tischchen in meinem Zimmer ein Stapel Gewand. In Schwarz.

Seufzend wälze ich mich aus dem Bett. Es ist ein langärmeliges Kleid, das bis zu meinen Knöcheln reicht. Der Stoff ist dünn, da alle wissen, dass mir als Luftalbe nicht kalt wird.

Es fühlt sich weich an, gut zwischen meinen Fingern.

„Oh Amalia", wispere ich. „Ich tue es nur für dich, für niemanden sonst."

Als ich das Kleid angezogen habe, betrachte ich mich im Spiegel. Das Kleid ist hübsch, es sieht fast ein bisschen vintage aus. Wunderschön. Und traurig. Ich entdecke schwarze Stiefel in meiner Größe und schlüpfe hinein.

Auf den Stufen kommen mir Emma und Alex entgegen. Ich habe Tante Emma noch nie in Schwarz gesehen, für gewöhnlich ist sie eine sehr farbenfrohe Person. Sie weicht meinem Blick aus, ein Taschentuch an die Lippen gepresst.

Ich merke, wie sie versucht, sich nichts anmerken zu lassen und mich mit einem Nicken zu grüßen. Doch es gelingt ihr nicht, sie kann mich nicht ansehen.

Alex hingegen, die Augen gerötet, bringt ein grimmiges Lächeln zustande. Er hakt sich bei Tante Emma ein und verschwindet mit ihr um die nächste Ecke.

Draußen ist es nebelig und kalt. Auf der weiten Wiese stehen Gestalten und reden in leisem Ton oder schweigen in Gedanken. Ich gehe auf sie zu, bis ich nur noch wenige Meter von Ben, Erik und Feli entfernt bin.

Sie haben mir den Rücken zugekehrt und Ben hält den Kopf gesenkt. Meine Freundin hat ihm eine Hand auf die Schulter gelegt. Ich betrachte die drei. Und ein Kloß bildet sich in meinem Hals.

„Ich wünschte, ich wäre ihr nie begegnet, hätte nie ihre Kräfte als erstes entdeckt. Dann wären Ammi und ich noch bei den Lichtalben, unwissend in Sicherheit", meint Ben in diesem Augenblick bitter.

Ich zucke erschrocken zusammen und keuche auf. Die drei drehen sich um und starren mich kurz entsetzt an. Und ich starre zurück. Dann verzieht sich Bens hübsches Gesicht plötzlich in eine Maske aus Wut und blitzt mich böse an.

Da kommt er zurück. Nistet sich endgültig in meinem Herzen ein. Der Zorn. Und ich begrüße ihn wie einen lang vermissten Freund. Er ersetzt den Schmerz und plötzlich fühle ich mich wie eine neue Elea. Eine verletzte Elea, die darüber hinausgewachsen ist und nun stärker ist.

Ich drehe mich am Absatz um und gehe wieder zurück.

„El!", ruft Erik hinter mir her.

„Lass sie", erwidert Feli und sie hört sich in meinen Ohren nicht so an, als wolle sie, dass ich zurückkomme. „Soll sie doch."

Ich eile fort von den Leuten. Weg von dem Grab. Doch nicht zurück zum Haus. Ich schlage eine andere Richtung ein. Die Anlage ist ohnehin groß genug.

Ich weine nicht. Ich bin nicht traurig. Oh nein. Ich bin enttäuscht. Wütend. Kalt.

Fast muss ich lachen. Oh wie bescheuert ihr alle seid. Denkt, der Schmerz wird leichter für euch, wenn ihr mich behandelt wie Dreck. Doch das macht es nicht besser. Denn der Bumerang kehrt stets zurück und dann trifft er euch im Gesicht. Mit doppelter Geschwindigkeit.

Ich achte nicht auf den Weg. Marschiere einfach weiter.

Plötzlich stehe ich am Ende des Grundstückes an einer Klippe. Eine steile Felswand ragt vor mir in die Tiefe. Unten wächst ein Wald, dicht und finster.

Vor nicht allzu langer Zeit hatte ich gedacht, ich könne nicht ohne Ben leben. Dass ich mich eher umbringen würde, als es zu versuchen.

Ich lache leise vor mich hin. Freudlos.

Wie dumm ich nur war. Ein dummes, naives Mädchen. Wie wenig Ahnung ich von der Welt hatte.

Mir kommen meine Worte in den Sinn, die ich gestern aus Trauer zu der Haushälterin gesagt habe. „Vielleicht ist es besser, zu gehen, für immer. Das wäre für alle das Beste ..."

Sie haben es nicht verdient, mich loszuwerden. Ben soll ruhig in einem Haus mit der Mörderin seiner Schwester leben müssen. Aber ich, ich habe einen Neuanfang verdient.

Und Amalia würde auch wollen, dass ihre Familie und Freunde wieder atmen können.

Mein Blick wandert über die kleinen Baumwipfel weit unten, direkt vor meinen Schuhspitzen.

Und Erik. Er soll sich nicht zerrissen fühlen. Zwischen mir und seinen Freunden. Tante Emma genauso. Ihnen würde ich sicherlich helfen, wenn ich nicht mehr da bin. Für sie, für sie würde ich verschwinden. Für immer.

Meine Augen suchen den Horizont ab. Vielleicht können wir alle eines Tages Frieden finden, denke ich. Und dann tue ich einen Schritt ins Leere.

Kapitel 18

„Elea! Nein!", brüllt er aus voller Kehle, als er sie an den Klippen stehen sieht.

Er läuft so schnell wie der Wind. Nein, schneller. Wäre er ein Erdalb wie Ben, würde er eine Pflanze um ihr Handgelenk schleudern und sie so zurückhalten. Hätte er Luftkräfte, würde er sie einfach in der Luft feststecken lassen, sodass sie nicht fallen kann. Doch er ist weder das eine, noch das andere.

Stattdessen sieht er, wie sie in die Tiefe rauscht – und springt hinterher. Er fliegt dem Mädchen nach und greift verzweifelt nach ihrem wehenden Haar.

Was für Sachen sie nur macht!

Und er ist nicht unschuldig an dem Sprung. Er hätte etwas sagen müssen, hätte sie in Schutz nehmen sollen. Er weiß schließlich selbst, wie weh es tut, von einem früheren besten Freund voller Hass gemustert zu werden.

Doch er hatte zumindest Zara gehabt, als er seine Freundschaft mit Ben mutwillig zerstören musste. Er hatte andere Freunde. Elea nicht mehr, sie war plötzlich ganz allein. Dabei wollte sie nur sein Leben retten.

Endlich schafft er es, ihre Hand zu packen. Doch sie ist im Fall viel zu schwer, als dass er sie hätte bremsen können. Verzweifelt versucht er, sie beide zu halten, doch er kommt nicht gegen die Schwerkraft an.

„Elea!", brüllt er gegen den Wind. „Hilf mit, bitte! Du musst das stoppen!"

Unter ihnen kommen die Baumwipfel schon viel zu nahe. Er hatte den Fall etwas verlangsamt, doch immer noch sinken sie gemeinsam.

Immer wieder ruft er voller Verzweiflung ihren Namen. Endlich scheint es zu ihr durchzudringen. Sie bremst ihren gemeinsamen Fall und er atmet erleichtert auf, als sie in der Luft stehen.

Da sieht er, dass sie am ganzen Körper zittert.

„Hey, Elea", flüstert er sanft und streicht ihr zärtlich das Haar aus dem Gesicht.

Sie sieht so schrecklich erledigt aus. Wie hatte er es so weit kommen lassen können?

„Komm, wir fliegen wieder nach oben. Alles wird gut", sagt er und zieht sie ein wenig weiter hinauf.

Erst reagiert sie nicht, doch dann folgt sie ihm wie benommen. Endlich stehen sie wieder auf festem Boden und er zieht sie zu sich heran in eine Umarmung. Sie schluchzt an seiner Schulter und er hält sie fest. Hatte er sich nicht geschworen, ihr niemals wehzutun? Hatte er nicht gewusst, sie würden einen gemeinsamen Weg haben, als er sie das erste Mal in Alfheim gesehen hatte?

Er wusste, sie würden sich brauchen. Dieses Gefühl hatte er schon einige Male gehabt. Manchmal, da weiß er einfach, wen er brauchen wird. Bei ihr wusste er es auch.

Warum war er dann nicht dagewesen für sie? Sie hatte ihm vertraut … und er war lieber nur für Ben dagewesen, anstatt für beide.

„Ich wollte das nicht, Erik", wispert sie erstickt. „Ich wollte mich nie …"

„Ich weiß", erwidert er beruhigend, weil ihm nichts Besseres einfällt. „Ich weiß doch, Elea."

Dabei hat er keine Ahnung. Wie kann man von einer Klippe springen, ohne es zu wollen? Sie hatte es völlig bewusst getan, oder nicht?

Er beschließt, sie zurück in ihr Zimmer zu bringen. Danach kann er immer noch mit Ben reden. Und Feli. Erst muss er sie aber vor sich selbst schützen. Er hat gewusst, dass es ihr schlecht geht. Aber so schlimm? Er hatte keine Ahnung gehabt.

„Ben!", ruft er und läuft seinen Freunden hinterher. Die beiden bleiben stehen und warten, bis er sie eingeholt hat. „Wir müssen reden!"

„Wo warst du, ist alles in Ordnung?", erkundigen sie sich. Er nickt, doch mitten in der Bewegung hält er inne. Was tut er denn da? Was sollte bitte in Ordnung sein? Nichts.

„Nein, ehrlich gesagt nicht wirklich", gibt er zu und lässt die Schultern hängen. Ben legt ihm eine Hand auf die Schulter. „Hey, was ist denn los?" Wie schön es ist, ihn wieder zu haben!

Er holt tief Luft und versucht, sich zu beruhigen. Schnell schüttelt er Bens Hand ab, er muss sich jetzt konzentrieren. Für Elea.

„Hört zu, ich weiß, es ist nicht leicht. Aber … Elea geht es gar nicht gut." Kaum erwähnt er ihren Namen, verdüstert sich Bens Gesicht und er verschließt sich. Er schluckt, das dürfte ein ganzer Brocken Arbeit sein.

„Sie wollte das nicht", versucht er dennoch, sie zu verteidigen. Für Elea, sagt er sich immer wieder, doch es fällt ihm schwer, weiterzumachen, während Ben ihn so düster anstarrt. Für Elea.

„Ben, kannst du dich an die Vision erinnern? Sie dachte immer, du würdest sterben. Und tatsächlich hat sie dich verloren, aber anders als sie dachte. Sie glaubte, du würdest sterben, weil sie nicht eingreift. Es sollte schließlich ihre Schuld sein, nicht wahr? Sie hat nur reagiert, um dich zu schützen, sie wollte nie–"

„Hör auf!", kreischt Ben und wieder steigen ihm Tränen in die Augen.

Wieso begreift Ben nicht, dass er und sie zusammengehören? So weh es ihm selbst tut, er möchte, dass sie zusammen glücklich sind. Das wollte er immer, obwohl er es hasst, dass er selbst dabei einfach übersehen wird. Ben und Elea, sie sind nicht dafür da, getrennt zu sein.

„Erik, hör auf mit diesem Schwachsinn! Es spielt keine Rolle, was ihre Motive waren, sie hat … sie hat sie …"

Er bricht ab und holt tief Luft.

„Ich weiß, du möchtest nicht glauben, dass deine kleine Lieblingselfe eine Mörderin ist. Wollte ich auch nicht. Aber es ist so. Und ich weiß – ich weiß es! – dass sie es mit voller Absicht getan hat", redet Ben weiter. „Und jetzt hör auf damit, verstanden?"

Am liebsten hätte Erik zugestimmt, damit er nicht mehr wütend auf ihn ist. Doch das durfte er nicht. Er möchte zumindest *die* beiden glücklich sehen. Sein Kloß im Hals darf das nicht zerstören. Sein dämliches Herz muss jetzt endlich still sein!

„Nein, Ben", widerspricht er mit fester Stimme. Für Ben und Elea. Nicht für sein schmerzendes Herz. „Du tust dir und ihr weh. Gerade wollte sie sich umbringen, weil du sie so hasserfüllt angefahren hast. Hörst du, was ich sage? Sie ist nicht mehr sie selbst! Sie weiß, was sie tut, aber dann auch wieder überhaupt nicht! Etwas passiert mit ihr und du bemerkst es nicht! Was ist denn nur los mit dir?"

Und dann fügt er hinzu, obwohl sich dabei in ihm alles zusammenzieht: „Du liebst sie, Ben, wie konntest du das vergessen? Und sie dich. Hast du sie in den letzten Wochen einmal angesehen? Wirklich angesehen?"

Er dreht sich um und geht. Möglichst aufrecht. „Ich sehe nach ihr. Denkt über meine Worte nach. Tu das Richtige, Ben."

Er schluckt und marschiert zu ihrem Zimmer zurück.

Als er sich an ihren Bettrand setzt und das unruhig schlafende Mädchen beobachtet, hallen seine eigenen Worte in seinem Kopf nach. *„Du liebst sie, Ben. Und sie dich."*

Wie oft hat er sich gefragt, warum sie es nicht sehen können. Und er, der es nicht sehen wollte, merkte es immer so klar und deutlich.

„Mein tapferes Elfenmädchen", hatte Ben während des Kampfes bei der Flucht von den Lichtalben zu ihr gesagt. *„Ich liebe dich."* Dachten sie, er hörte es nicht? Zumindest dachten sie nicht, es würde ihm wehtun, da ist er sich sicher.

Dann wacht sie auf. Er lächelt so unbekümmert, wie möglich. Im Schlaf sah sie entspannt aus. Jünger. Nun sieht er wieder den Schmerz in ihrem Gesicht. Er tat das Richtige, als er Ben seine Meinung sagte. So kann es nicht weitergehen.

„Er hasst mich", wispert sie bekümmert, und es gibt ihm einen Stich. Sie hat keine Ahnung, wie gut er sie versteht. „Dabei hat er es versprochen …"

„Er hasst dich nicht, Elea", erwidert er mit belegter Stimme, und versucht, nicht bitter zu klingen. „Das könnte er nie tun, glaub mir."

„Er sagte … er würde mich lieben und immer für mich da sein. Egal was passieren würde", flüstert sie niedergeschlagen, mehr zu sich selbst als zu ihm.

Erschöpft lässt sie sich wieder auf die Kissen fallen, als es plötzlich zaghaft an der Türe klopft. *Ben*, schießt es ihm sofort durch den Kopf. Er weiß nicht, ob er erleichtert oder enttäuscht sein soll.

Nein, schimpft er sich selbst, *sie sollen sich versöhnen*. Das ist gut. Mehr als gut.

Doch nicht Ben, sondern Ophelia steht in der Türe. „Darf ich hereinkommen?", fragt sie und sieht schrecklich müde aus, als sie zu Elea geht und sie fragt, wie es ihr gehe.

„Lea, es tut mir so leid", redet sie weiter, ohne auf eine Antwort zu warten. „Ich hätte dich nicht so fallenlassen dürfen. Ich weiß. Aber es war so ein Schock … ich und Amalia … als ihr alle fort wart, da hatten wir nur noch uns beide. Wir waren noch übrig, verstehst du.

Und dann hatte ich dich zurück und war so glücklich. Doch da war das Glück auch schon wieder zu Ende und ich dachte, dass ich dich gar nicht mehr kenne. Du hast dich verändert, sehr sogar."

Sie mustert Elea bekümmert und knetet ihre Finger in ihrem Schoß. "Ich war überfordert, aber das ist keine Entschuldigung. Ich war für Ben da, aber nicht für dich. Das war nicht richtig, ich hätte für euch beide da sein sollen. Das ist mir jetzt klar."

Sie lächelt ihrer Freundin schüchtern zu und Elea, die gute Seele, erwidert es leicht. Sie ist eine so gute Freundin, wird ihm wieder bewusst.

Dennoch, sie wirkt zurückhaltend. Sie nickt, macht aber keine Anstalten, Feli zu umarmen, wie er vermutet hatte. *Es braucht Zeit*, sagt er sich selbst.

„Wo ist Ben?", fragt er das Menschenmädchen. Sie schneidet eine Grimasse. Er hat es ohnehin gewusst. Ben kann so stur sein. Schon als kleiner Junge war er das gewesen und das hatte Erik immer so an ihm bewundert.

„Das wird schon", flüstert er, um allen Mut zu machen und klingt dabei zuversichtlicher, als er sich fühlt. Zara hatte einmal gesagt, er wolle immer die Welt verbessern. Dabei hatte sie gelächelt. Er hat die Erinnerung genau vor sich.

Sie hatte recht, er denkt, immer alles wieder geradebiegen zu können. *Eines Tages wird dich das selbst zerbrechen*, hatte sie gemeint. Er hatte sie böse angesehen. Doch sie hatte recht. Und auch unrecht. Er möchte nicht alle zufriedenstellen. Was kümmern ihn die anderen?

Nur eine Person kümmert ihn. Doch wenn sie glücklich ist, wird er es nicht sein. Die Person, die ihn glücklich machen würde, kann nur durch jemand anders glücklich gemacht werden.

Er sieht zu Elea hinüber. Mit ihrem traurigen Gesichtsausdruck. *Nein*, denkt er entschlossen, *die beiden happy zu machen, ist es wert*. Sie haben es verdient, das ist klar.

Feli und er haben schon öfters versucht, Ben klarzumachen, dass Elea nicht die volle Schuld für das Geschehene trifft. Doch er hat immer abgeblockt und sie haben zu leicht aufgegeben. Alle beide.

Das, sagen sie sich, *wird jetzt nicht mehr passieren*. Sie reden auf Ben ein, diesen Dickkopf. Er möchte nicht zuhören. Erik selbst versteht das gut, ist aber trotzdem etwas genervt. Warum kann Ben um Himmels Willen nicht einmal tun, was man ihm sagt?

„Ich habe meine Schwester verloren", faucht er. „Und ihr macht euch Sorgen um sie? Habt ihr eine Ahnung, wie ich mich dabei fühle?"

Er sieht ihn aus geröteten Augen an und fast kommt wieder das schlechte Gewissen. Doch er kann jetzt nicht lockerlassen. Für Elea. Für Ben.

Zeit für den letzten Joker, denkt er bitter. „Hast du je von der Prophezeiung der Jahrhundertalbe gehört?", fragt er wie aus heiterem Himmel. Seine beiden Freunde sehen ihn überrascht an. Natürlich nicht.

„Ein kleiner Funke aus Magie und Kraft
Geboren in jener schrecklichen Nacht
Zwei unschuldige Geschwister
Zurückgelassen in Feindesland
Erhört ihr Geflüster
Und reicht ihnen die Hand

Doch eines der Beiden bleibt zurück im Zwiespalt
Wo nach und nach wird erlischen sein Licht
Durch Hand der grausamen Gewalt
Denn der Funke der Hoffnung zögert nicht
Wird erfinden seinen Weg zu wahrer Gestalt

Doch seiet gewarnt, denn selbst ein Stern
Mit Kraft hunderter Jahr´
Kann vergehen, der Reichweite anderer fern
Denn Macht kontrolliert von Trauer und Wut
Letztendlich immer schon Zerstörung aus Liebe schuf

Mit ihr wird kommen die Zeit der Entscheidung
Ein Kampf gefochten seit Ewigkeiten
Soll ein Ende finden durch den Rat der Begleitung
Die der Albe steht zur Seite und sie wird leiten
Den Krieg, der bedeuten kann Untergang von Welten"

Er wartet einen Moment, dann fährt er mit seiner Erklärung fort. „Es macht alles Sinn. Doch eines der beiden – der Geschwister – bleibt zurück. In Alfheim. Hinter dem Spalt in der Felswand quasi. Sie ist hin und hergerissen, zwischen ihrer Familie und ihrem Bruder und ihrer besten Freundin. Die Lichtalben machen dem keinen Schluss, als sie ihr das Mittel geben. Immer noch weiß sie nicht, was sie tun soll.

Sie kommt ums Leben, weil Elea, die Jahrhundertalbe, um die es hier geht, nicht zögert, ihre Liebe zu retten. Was genau sie mit ihrer wahren Gestalt meint, weiß ich nicht.

Aber dann der Schluss: *selbst ein Stern, mit Kraft hunderter Jahr', kann vergehen, der Reichweite anderer fern. Denn Macht, kontrolliert von Trauer und Wut, letztendlich immer schon Zerstörung aus Liebe schuf.* Versteht ihr? Was gerade mit ihr passiert … das ist nicht gut, Leute. Das wird einen Krieg auslösen, wenn es so weitergeht. Das ist nicht mehr Elea."

Einen Augenblick schweigen alle betroffen. Dann wispert Ben: „Sondern ihre wahre Gestalt …"

Doch diesmal klingt er nicht abwertend, sondern verzweifelt. „Wir müssen sie da wieder rausholen. Oh Mann, du hast recht. Etwas passiert mit ihr und ich habe es nicht bemerkt … was bin ich nur für ein beschissener Freund!"

Mit einem Kloß im Hals nickt Erik und beobachtet, wie Ben sich aufgewühlt durch das lange, schwarze Haar fährt. Er hat sein Ziel erreicht, doch warum fühlt es sich nicht so an?

Wenig später folgen Ben und Feli ihm zögernd in Eleas Zimmer. Sie steht am Fenster wie versteinert.

„Lea?", fragt ihre Freundin unsicher.

Da dreht sich Elea langsam um und starrt die anderen entgeistert an. Ihre großen, braunen Rehaugen sind geweitet und voller Angst. Er sieht, wie sie sich an die Wand drückt. Was hat sie denn?

Ben bringt anscheinend kein Wort heraus, also übernimmt er: „Hey, alles gut. Wie fühlst du dich?"

Sie richtet ihre Augen auf ihn und er sieht, wie sie bebt.

„Leer", wispert sie kaum hörbar und holt zittrig nach Luft. Dann schüttelt sie plötzlich den Kopf wie wild geworden. „Es tut mir – so, so leid", bringt sie stockend heraus, den Kopf gesenkt.

Er schaut zu Ben und sieht, wie sein Blick auf einmal sanfter wird. Schnell sieht er wieder zu Elea und geht auf sie zu. „Es ist okay. Jetzt wird alles wieder gut", flüstert er und schließt sie in seine Arme.

Ihr knochiger Körper fühlt sich zerbrechlich an und er hat Angst, sie zu zerdrücken. Dabei weiß er, wie stark sie ist. Merkwürdig, dass er sie dennoch beschützen möchte. Er kennt niemanden, der tapferer ist als sie.

„Wir sind für dich da", stimmt Feli ihm zu. „Versprochen."

Elea sieht auf und zu seiner Überraschung weint sie nicht. Ihre Augen sind völlig trocken. Er hatte automatisch angenommen, dass sie wegen der Schluchzer so bebte. Er hat sich getäuscht. Sie sieht nicht einmal sonderlich traurig aus. Nur mitgenommen.

Sie nickt, erwidert jedoch nichts. Er möchte sie nicht loslassen. Es ist kindisch, aber er hat Angst, Ben würde sie dann küssen. Er weiß nicht, ob er das verkraften könnte. *Egoistisch*, geht es ihm durch den Kopf.

Seine Sorge stellt sich als unbegründet heraus, als Feli sich sofort Eleas Hand schnappt und verkündet, sie brauche ein Bad. Sie würde sich um ihre Freundin kümmern, die Jungen sollten nun verschwinden.

Ben und er sitzen im Wohnraum, wobei dieser eher einem Saal ähnelt. Wenn man die Größe beachtet. Der Reichtum der Familie seines Vaters ist Ben immer noch nicht ganz geheuer.

Seine Großmama mag er gerne, das sieht man sofort. Doch die Mentalität ist sehr verschieden. Sie sind alle etwas distanziert und zurückhaltend, kommt es ihm vor.

„Erik?", reißt Ben ihn aus den Gedanken.

„Hm?"

Er sieht auf und fühlt sich unter seinem eindringlichen Blick etwas nervös. „Was ist?"

„Danke", meint er leise und lächelt leicht.

„Wofür?", fragt er lässig und hofft, Ben hört nicht, dass seine Stimme ein bisschen rauer ist als sonst.

Gerade, als er antworten möchte, hören sie Schritte. Mist, denkt er, so ein blödes Timing. Dennoch erhebt er sich lächelnd aus dem Armlehnstuhl, als die Mädchen hereinkommen.

Feli hat sich um Eleas Äußeres gekümmert und er muss feststellen, dass sie ganze Arbeit geleistet hat. Sie hat ihr früheres Strahlen wiedererlangt und sieht zauberhaft aus, wenn auch immer noch etwas mitgenommen.

Elea lächelt zaghaft und sieht dabei hübsch aus wie eh und je. Das hilft ihm nicht gerade weiter, denkt er bitter. Dennoch grinst er tapfer. Für sie.

„Du siehst super aus", teilt er ihr mit und ihr Lächeln vertieft sich.

„Ja", stimmt Ben ihm unbeholfen zu. „Die Hose steht dir gut." Als Eleas blasse Wangen sich etwas rosig färben, kann er nicht anders, als zu denken: *Du Blödmann, Ben.*

Doch sofort hat er sich wieder im Griff und gratuliert den beiden insgeheim. Er meint es ernst. Und doch … warum fühlt er sich dadurch nicht besser? Er kann nicht loslassen, nicht vollends.

„Aber klar doch", strahlt Feli ihre Freundin an und diesmal ist er wirklich erleichtert, dass es zwischen den beiden zumindest wieder super läuft.

Doch als Ben zögerlich auf Elea zugeht, vergisst er beinahe, sein Grinsen aufrecht zu erhalten.

„Hey, Feli", sagt er schnell, als er sich wieder im Griff hat. Niemals würde er dem Glück seiner Freunde im Weg stehen wollen. „Kommst du mal schnell … mit?"

Sie hat die Situation sofort durchschaut und hakt sich bei ihm ein. „Sicher doch, wir müssen das noch vor dem Essen erledigen. Gut, dass du mich erinnerst, Erik."

Zufrieden grinsend verlässt sie mit ihm das Zimmer und schlägt den Weg in die Bibliothek ein. „Besser kann es gar nicht laufen", raunt sie ihm noch zu, bevor sie fröhlich wie schon lange nicht mehr davonschlendert.

„Ja", murmelt er. „Jetzt ist jeder glücklich."

Seufzend folgt er seiner Freundin. Sie ist ein Sonnenschein, warum kann er sich nicht in jemanden wie Feli verlieben?

Er denkt an Ted, der so offensichtlich auf Zara steht. Er hätte es ihm und seiner Schwester mehr als vergönnt, zueinander zu finden. Doch letztendlich liegen Welten zwischen ihnen.

Eines Tages aber, da ist er sich sicher, wird es doch etwas. Es wird seine Zeit dauern, immerhin kennen sie sich schon ewig, aber am Ende werden sie sich gefunden haben.

Bei ihm sieht es anders aus. Er hat schon Pech in der Liebe, seit er denken kann. Er dachte auch immer, es würde irgendwann der richtige Moment kommen. Dann wäre es soweit und alles wäre gut.

Doch er hatte sich getäuscht und das ist ihm immer mehr klar geworden. Nun will er nur noch, dass zumindest Ben und Elea glücklich werden. Oder?

Kapitel 19

„Ähm …", beginnt er das Gespräch und hätte sich sofort selbst schimpfen können. Wow, Ben! Super interessant! „Die letzten Wochen waren etwas holprig ...", bringt er schlussendlich heraus. El lacht leise. „Kann man wohl so sagen."

Dann wird sie wieder ernst. „Hör zu, ich weiß … also, es war – ist, es ist bestimmt echt hart für dich. Das Ganze. Aber … ich muss dir nochmal gesagt haben, dass – "

„Schon okay", unterbricht er sie möglichst sanft. „Für dich war es auch schwierig, das ist mir jetzt klarer geworden denn je. Wir sollten versuchen, damit einfach abzuschließen, ja?"

Sie nickt erleichtert und weicht seinem Blick aus. Wie sehr er sich dafür hasst, ihr das angetan zu haben! Als hätten sie so nicht auch schon genug Kummer gehabt! Nein, er muss es noch schlimmer machen, das ist doch typisch.

Erst Erik hat ihm die Augen geöffnet.

„Wir haben versprochen, füreinander da zu sein. Immer. Und ich habe versagt. Lass es mich wieder gutmachen", meint er und dreht ihren Kopf sanft wieder zu sich, damit sie ihn anblickt.

Ihre schokoladenbraunen Augen mustern ihn abwartend. Ein Lächeln huscht über seine Lippen. Sie ist so gutmütig. Wäre es umgekehrt, dann wären sie schon lange keine Freunde mehr. Sie ist nicht nachtragend, wie auch immer sie das schafft.

El sieht fragend zu ihm auf. Er muss wirken wie ein Idiot. Sein Lächeln wird breiter. Es fühlt sich gut an. Seit dem Tod seiner Schwester hat es nicht viele Momente gegeben, in denen er lachen konnte. Erik, Feli und auch Alex waren für ihn dagewesen, doch obwohl er ihnen sehr dankbar dafür ist, hätten sie niemals El ersetzen können. Sein Elfenmädchen. Und das Schlimmste ist, er hatte das immer gewusst. Aber ignoriert.

Er nimmt sie in die Arme und sie schmiegt ihren Körper an ihn. Wie schön es ist, sie wieder bei sich zu haben. Ihren Duft zu riechen, ihr Gesicht anzusehen und – er schiebt seine Hand vorsichtig in ihre – sie zu spüren.

Als er sagte, er wünsche, sie nie kennengelernt zu haben, meinte er es ganz und gar nicht so. In dem Moment hatte er nicht nachgedacht, das war falsch. Niemals würde er rückgängig machen wollen, Els Freund geworden zu sein.

Den Rest ... nun, darüber denkt er lieber nicht nach. Aber sie, das weiß er nun ganz sicher, will er nie wieder verlieren. Er hat sie mehr vermisst, als er sich eingestehen möchte. Jetzt fragt er sich, wie er das so lange ignorieren hatte können.

Er schlingt die Arme noch enger um sie und glaubt, sie leise lachen zu hören. Tränen steigen ihm in die Augen, wie er verwundert feststellt. Da befreit sie sich plötzlich aus seinem besitzergreifenden Griff und schaut ihn an.

„Weinst du?", fragt sie verunsichert und möchte einen Schritt zurückmachen, doch er hält ihre Hand weiterhin fest und lässt sie nicht.

Er antwortet nicht, stattdessen zieht er sie aus dem Raum. Es gebe bald Essen. Sie widerspricht nicht, sondern folgt ihm in den Dining-Room, wie seine Großeltern den Saal nennen.

Als sie zusammen eintreten, sehen sie alle überrascht an. Ihm fällt auf, wie Erik gequält auf ihre verschränkten Hände blickt. El hat es auch bemerkt, denn sie entzieht ihm ihre Hand und ihm entgeht nicht, wie sie sich unauffällig ein wenig von ihm entfernt.

Sie mag ihn immer noch, geht es ihm durch den Kopf, während er sich bemüht, nicht zu verletzt zu sein. *Natürlich*, sagt er sich, *Erik war für sie da.* Er ist nett, so viel netter als er selbst. Kein Wunder, dass sie ihn so schrecklich gerne hat.

Als er ihn wieder ansieht, hat Erik ein freundliches Lächeln aufgesetzt.

Habe ich mich getäuscht?, überlegt er verdutzt. *Nein, er mag El genauso.* Vom ersten Augenblick an war er vernarrt in sie.

Er erinnert sich an Eriks Getue, als er ihr das erste Mal begegnet ist. Er hat blöde Witze gemacht, sodass er selbst sich schon gefragt hat, was mit Erik falsch war.

Niemand äußert sich darüber, dass sie nun wieder zusammen mit ihnen isst. Sie sitzt zwischen ihm und Feli, zu seiner anderen Seite Erik.

Er sieht El an, dass sie sich etwas unwohl fühlt. Zu Beginn fand er es auch merkwürdig, nun in dieser Villa bei Fremden zu wohnen, die sich seine Großeltern nennen. Um ehrlich zu sein, ist das immer noch seltsam.

„Wie geht es dir, mein Junge?", erkundigt sich sein Großpapa und mustert ihn eindringlich. Er hat ihm viele Fotos von seinem Vater gezeigt, Lucian. Sie haben ihm einen eigenen Saal – die Räume sind hier alle so unheimlich groß – mit Bildern gezeigt.

In den anderen Sälen stehen keine Fotos, nur in dem einen. Dafür ist da sonst nichts drinnen. Er findet das komisch, hat aber nichts gesagt. Diese Leute sind ihm immer noch fremd. Nicht wie Großeltern sein sollten.

„Besser, danke", erwidert er und nickt seinem Großpapa knapp zu.

Donnerstag, 19.03.

Beim Frühstück ist sie immer noch sehr schweigsam. Fast scheu, das kennt er gar nicht von ihr. Sie brauche Zeit, sagen sie alle und damit haben sie bestimmt recht. Dennoch kommt es ihm seltsam vor.

Im Laufe des Tages kommt ihm immer mehr in den Sinn, dass sie zurückhaltender wirkt. Sie beginnt kaum Gespräche, mit niemandem. Sie brütet vor sich hin und gibt leise, knappe Antworten.

„Geht es dir nicht gut?", fragt auch Feli, doch El winkt ab.

Als ihre Freundin sie dann später umarmen möchte, weicht sie kaum merklich zurück. Ob er schon wieder paranoid ist? Wäre schließlich nicht das erste Mal. Oder stimmt tatsächlich etwas nicht?

„Fällt dir das nicht auch auf?", fragt er Erik, als sie gemeinsam in der riesigen Bibliothek sitzen. „Gib ihr Zeit", beruhigt er ihn und beißt entspannt von seinem Apfel ab. „Das wird schon, du wirst sehen."

Er verdreht die Augen. Erik hat ja recht, doch er kann sich nicht helfen, als immer noch zu glauben, dass etwas mit El nicht stimmt. Wie sie heute abgerückt ist, als er einen Arm um sie gelegt hat. Hat er sich das alles nur eingebildet?

Übertrieben genervt seufzend lässt Erik seinen Apfel sinken und sieht ihm in die Augen. „Ja, sie geht schon etwas auf Abstand zu allen anderen." Triumphierend starrt er in die blauen Augen. „Aber das finde ich nicht weiter auffallend oder besorgniserregend. Leute verändern sich, Ben. Oder glaubst du allen Ernstes, sie ist noch die Lea, die du im Herbst im Wald beobachtet hast?"

Jetzt hat er ihn. Beschämt senkt er den Blick.

„Nein", nuschelt er kleinlaut. „Sie ist jetzt El, eine verdammt taffe Jahrhundertalbe …", gibt er zu. „Aber -"

In diesem Augenblick wird die Türe stürmisch aufgerissen. Er hätte sowieso nicht gewusst, was er sagen will. Die Unterbrechung kommt gerade gelegen.

Doch dann bemerkt er Felis aufgeregten Gesichtsausdruck. Sofort sind die beiden Jungen auf den Beinen. Der Apfel ist vergessen. „Was ist passiert?"

„Schnell", fordert Feli sie auf und verschwindet wieder im Gang. Erik und er sind sofort bei ihr. „Lea hat eine Vision, glaube ich. Sie atmet ganz komisch und ihre Augen flackern richtig gruselig."

Er drängt sich eilig an dem langsamen Menschenmädchen vorbei. El steht wie versteinert in der Türe zu ihrem Zimmer. Tatsächlich hat es etwas Unheimliches an sich, sie so zu sehen.

Ohne zu überlegen greift er nach ihrer Hand und taucht gleichzeitig in ihren Kopf ein. Da sieht er, was sie auch gerade sieht.

Das Erste, was er erkennt, ist sie. Sie steht vor ihm und beobachtet konzentriert das Geschehen. Warum kann er El sehen? Während sie einer Vision zuschaut?

Er blickt sich um und entdeckt ein Mädchen mit weißen Haaren. Sie ist tief über einen Schreibtisch gebeugt und kritzelt hektisch etwas auf ein Blatt Papier. Sie wirkt wie besessen, so schnell führt sie den Stift.

Plötzlich stoppt sie. Andächtig betrachtet sie das Geschriebene und schaut sich dann ruckartig um. Ihre Augen bleiben einen Bruchteil einer Sekunde an ihm und El hängen. Doch schon eilen sie weiter durch den Raum, sodass er es sich nur eingebildet haben muss.

Das fremde Mädchen in dem weißen Nachthemd legt den Brief vorsichtig in einen Bilderrahmen hinter ein Foto von ihr und einem kleinen Jungen. Sie sieht jünger und unbeschwerter aus. Den Arm um den kleinen Lockenkopf gelegt, grinst sie frech in die Kamera.

Gerade, als sie das Bild zurück an seinen Platz stellt, wird die Zimmertüre aufgerissen. „Lucinda! Geh jetzt ins Bett, es ist spät. Theodore schläft bereits", sagt die Frau und es verschlägt ihm fast die Sprache, als er sie erkennt.

Das Mädchen nickt mit seltsam aufgerissenen Augen. Ohne zu blinzeln starrt sie ihre Mutter an.

„Lucinda? Hörst du nicht?", hakt Alvara nach.

Ihre Tochter reagiert nicht, sie steht da wie versteinert und blickt scheinbar durch ihre Mutter hindurch.

Ein Schauer läuft ihm den Rücken hinunter. Das Mädchen macht ihm ehrlich Angst. Was hat die Kleine? Er blickt zu El, doch die ist völlig auf das Geschehen fokussiert und bemerkt ihn gar nicht.

Plötzlich erwacht das Mädchen aus seiner Starre und beginnt zu laufen. Sie drängt sich an Alva vorbei, die ihr nur entgeistert nachschaut.

Auf einmal ist ein Szenenwechsel. Wir stehen auf einem Balkon. An der Brüstung steht das Mädchen und ihre weißen Haare fliegen im Wind.

„Lucinda, ich weiß, du trauerst noch. Das ist schwer für dich, das verstehe ich gut. Ich vermisse euren Vater auch. Aber du musst normal weiterleben. Und vor allem musst du schlafen", redet Alvara und geht ganz langsam auf ihre Tochter zu.

Diese ignoriert sie scheinbar, obwohl ihre Mutter mittlerweile beinahe hinter ihr steht. „Du hast bestimmt seit Wochen nicht mehr richtig geschlafen. Kein Wunder, dass du verrückt wirst und Gespenster siehst."

Nun klingt Alva ärgerlich. Sie seufzt genervt und packt ihre Tochter am Arm.

Plötzlich fährt das Mädchen wie von der Tarantel gestochen herum und ihre glänzenden Augen suchen den Balkon ab, als könne sie ihre Mutter nicht sehen. Da bohren sich ihre strahlenden Augen in El.

El keucht auf.

„Finde ihn", teilt das verrückte Mädchen ihr mit und legt in ihre Stimme so viel Nachdruck wie in ihrem Blick ist. „Finde … den Ursprung, Zeitsprung … beende den Albtraum."

Alva packt das Mädchen und schüttelt es durch. „Hör mir zu Lucinda!", kreischt sie. „Es tut mir leid, aber ich muss –" Sie bricht abrupt ab und entspannt ihre Hände, die gerade noch die dünnen Arme ihrer Tochter umklammert haben.

In diesem Augenblick wimmert das Mädchen ohne ersichtlichen Grund auf – ihr Blick geht immer noch durch ihre Mutter hindurch, auf ein Ziel, das nicht existiert. Sie reißt sich panisch los und dreht sich stürmisch um. Sie zuckt, als wolle sie loslaufen, doch sie hat scheinbar völlig vergessen, wo sie ist.

Nämlich an der viel zu niedrigen Brüstung eines Balkons. Weder ihre Mutter, noch El oder er können reagieren, als das Mädchen in ihrer Panik über das Geländer fällt. Kopfüber stürzt sie hinunter und zwischen dem weißen Stoff sind noch ihre dünnen Beine zu sehen. Ihr Gesicht ist von den weißen Haaren verdeckt, ihre Arme wedeln hilflos durch die Lüfte.

Die Mutter starrt ihrer Tochter nach. Doch sie bewegt sich keinen Millimeter, fliegt dem Mädchen nicht nach, oder reagiert irgendwie anders. Sie sieht nur zu, wie Lucinda in den Tod stürzt.

Hinter uns ertönt ein entsetztes Keuchen und als El und er synchron herumfahren, entdeckt sie ihn endlich. Sie starrt ihn einen Augenblick entgeistert an. Dann werden sie beide zurück in die Gegenwart geschleudert.

Das Letzte, was er sieht, ist ein kleiner Junge, der sich angstvoll hinter einem Rosenstrauch zusammengekauert hat. Er ist der kleine Bruder auf dem Bild. Wie das wohl eben für ihn ausgesehen haben muss ...

Plötzlich verliert er den Boden unter den Füßen und die Szene verschwindet vor seinen Augen. Er stolpert zurück und jemand fängt seinen Fall ab.

Als er seine Orientierung wiedererlangt hat, sieht er in ihr verärgertes Gesicht. Er befreit sich aus Eriks Griff und stellt sich aufrecht hin. Da beginnt El auch schon zu zetern:

„Was zur Hölle sollte das denn?", fährt sie ihn ungehalten an. Ihre schokoladenbraunen Augen funkeln aufgebracht und wirken dabei gefährlich dunkel.

„Wie bitte?", bringt er geschockt heraus. „Ich habe –"

„Was fällt dir ein, mir in meine Visionen zu folgen?", faucht sie und unterbricht ihn dabei. *Sie sieht so wild aus*, denkt er. Sie haben sich früher immer auf den neusten Stand gebracht. Warum tickt sie so aus? Es hätte ihr nie etwas ausgemacht ...

„Hey, ganz ruhig", mischt sich Feli besänftigend ein und will ihrer Freundin die Hand auf die Schulter legen, doch diese schüttelt sie sofort ab.

Doch dann wird sie plötzlich ruhiger. Sie lässt ihre Schultern sinken und das Funkeln in ihren Augen verblasst.

„Mach das nicht noch einmal", sagt sie kühl und kehrt ihnen allen den Rücken zu, als sie in ihrem Zimmer verschwindet.

Feli möchte ihr folgen, doch da knallt die Türe auch schon ins Schloss, direkt vor ihrer Nase.

„Zeit", sagt er verächtlich. „Sie braucht nur etwas Zeit."
Damit lässt auch er seine Freunde stehen.

~*~

Mist, denke ich und lasse mich erschöpft auf das Bett fallen. Ich höre, wie auch Eriks und Felis Schritte sich entfernen. Wie bescheuert muss man sein, um genau im Türrahmen die Vision zu bekommen?

Ich hatte es nicht vorhersehen können, beruhige ich mich selbst und verziehe die Lippen zu einem ironischen Lächeln. Woher sollte ich wissen, dass es dieses Mal funktionieren würde?

Ich hatte es unzählige Male probiert. „Zeig mir Lucinda Anwyns Geschichte", hatte ich mir selbst immer wieder in Gedanken befohlen. Nie hat es geklappt. Ich konnte es formulieren wie ich wollte, es wollte mir nicht gelingen, das Mädchen mit den weißen Haaren in einer Vision aufzurufen.

Da wurde ich unvorsichtig und habe es auch in der Gegenwart der anderen probiert. Zu dumm aber auch, dass Feli sofort Ben geholt hat. Das geht ihn schon lange nichts mehr an.

Von dem bewussten Zeitwandern bin ich müde geworden. Wie schwach ich nur bin. Doch mit etwas Übung werde ich eine starke Albe werden. Eine Jahrhundertalbe.

Ich habe jetzt eine Ahnung davon, wie Lucinda gestorben sein muss. Doch warum genau, das ist mir leider immer noch ein Rätsel. Warum hat sie sich so verrückt benommen? Was stimmte nicht mit ihr? Als Geist war sie ganz anders gewesen …

Was übersehe ich nur? Vielleicht zeigen mir meine Visionen nicht klar und deutlich, was geschehen ist, aber sie haben immer einen Grund. Da bin ich sicher. Auch, wenn ich spezifisch nach ihnen verlangt habe.

Sie helfen mir weiter. Doch auf welches Detail muss ich achten? Mein Kopf schwirrt. Ich brauche dringend Schlaf.

„Hey, Erik", beginne ich wie nebenbei. „Weißt du noch, als du Ben und mir davon erzählt hast, wie Ted Zara und dich unterstützt hat? Als er noch bei euch in Alfheim war?"

Er nickt lächelnd und sieht mich dann forschend an.

„Also …", fahre ich fort. „Du hast nie erwähnt, wie Ted denn überhaupt begonnen hat, Verdacht zu schöpfen. Ich weiß nicht, warum mir das gerade jetzt einfällt… Aber ich vermisse das Versteck irgendwie. Wie vertraut alles dort war. Ted, Nico, Andrina, Liam …"

„Ja, ich vermisse sie auch alle. Aber so schlecht ist es hier auch nicht, El", erwidert Erik sanft. „Nun, Ted meinte, sein Vater wäre es gewesen, der die Wahrheit entdeckt hatte. Er muss Teds älterer Schwester Hinweise gegeben haben. Er weiß es selbst nicht so genau, glaube ich. Sie jedenfalls hat Ted auf die Spur gebracht. Irgendwie so."

Wow, sehr spezifisch. „Aber … wo sind sie alle denn dann jetzt? Ich habe seine Familie nie im Versteck gesehen", hake ich weiter nach. Unschuldig. Das fällt mir mittlerweile wirklich nicht mehr schwer.

Da kommt plötzlich Feli herein. „Leute, wer hat Lust auf eine Runde Elfen-Activity in der Bibliothek?"

Sofort springt Erik auf. Und aus ist es mit meiner Chance auf Informationen.

„Lea?", erkundigt sich Feli begeistert grinsend und wenn ich ihr da etwas abschlagen könnte, dann wäre etwas grundlegend falsch mit mir.

„Na gut, okay", willige ich ein und sie jauchzt glücklich. Feli liebt es, uns bei dem Spiel zuzusehen. Ben und … die Zwillinge haben es mir gelernt. Es ist ewig her. Und funktioniert nur mit Magie, weshalb Feli nicht aktiv mitspielen kann. Was ihr überhaupt nichts ausmacht.

In der Bibliothek warten bereits Ben, Alex und Emma auf uns. „Es stört doch keinen, dass ich wieder mitspiele?", erkundigt sie sich, doch jeder verneint. Ab und zu setzt sich sogar Bens Großpapa zu uns.

„Je mehr, desto lustiger", meint Erik und setzt sich zu den anderen. „Ich beginne."

Er zieht eine Karte und betrachtet sie nachdenklich, dann verkündet er: „Zeichnen, oje."

Während Erik irgendwelche Striche auf das Papier malt, rufen die anderen alle möglichen Begriffe in den Raum. Nur Ben starrt nicht auf die Zeichnung, sondern versucht offensichtlich in Eriks Kopf einzudringen. Doch der lässt ihn nicht.

Da habe ich eine Idee. Ben hat früher schon einmal mithilfe dieses Spieles seine Kräfte ausprobiert. Bei ihm hat es geklappt, auf diese Weise mehr über das Gedankenwandern herauszufinden. Warum sollte es mir also nicht auch dafür dienen?

Ich konzentriere mich auf den Moment, in dem Erik die richtige Antwort verrät. Ich fokussiere mich nur auf diesen Augenblick. Abgesehen davon, dass die Stimmen etwas leiser und verschwommener werden, passiert nichts.

„Luftdruckausgleich", verkündet Erik enttäuscht. „Das sieht man doch."

Das Schwierige bei dem Spiel ist, dass ein Wort nicht mehrmals vorkommen darf. Je öfter wir das Spiel spielen, desto ausgefallener werden also die Begriffe, die man sich ausdenkt. Und wir spielen mittlerweile fast jeden Tag ein paar Runden.

Nun ist Ben an der Reihe und er braucht es gar nicht zu erklären, da weiß ich es schon. Nur bei Pantomime lese ich seine Gedanken nicht, um den Spaßfaktor etwas zu heben. Das ärgert ihn natürlich sehr, aber ein bisschen Spaß muss sein.

Dann kommt Emma an die Reihe. Wieder möchte mir die Zeit nicht gehorchen. Auch bei Alex schaffe ich es nicht. Mir fallen Lucindas Worte ein, als sie in der Zelle mit mir gesprochen hat. Ich fragte sie, warum ich sie sehen könne, worauf sie meinte: *„Weil ich in der Zeit bin und du sie kontrollieren kannst. Du wanderst in ihr."*

Ich lasse Ben meinen Begriff hören und konzentriere mich dann ganz auf Erik, wie er seinen eigenen verkündet. Wieder werden die Stimmen der anderen leiser. Ich schließe die Augen, kneife sie fest zusammen.

Und plötzlich höre ich es. Leise, wie von weither. Es ist Eriks Stimme, sie klingt milde überrascht, als er sagt: „Ja, Thlaspi arvense ist richtig!"

Lächelnd öffne ich die Augen und verkünde den Begriff. Alle schauen mich an, doch ich nehme keine Notiz von den Blicken. „Ja, Thlaspi arvense ist richtig", meint Erik. „Woher wusstest du das denn? Ich konnte schließlich nur mit Ja und Nein antworten, da würde doch niemand auf das Ackerhellerkraut kommen ..."

„Doch, ich", erwidere ich lässig. Ich habe nicht vor, ihnen zu verraten, was ich mit meinen Kräften mittlerweile anstellen kann. Das soll ein Geheimnis bleiben, sonst bringt mir der Vorteil gegenüber allen anderen sicherlich nichts mehr.

Ich spüre, wie Bens Augen sich in mich hineinbohren, doch ich halte ihn aus meinem Kopf raus. Auch er muss nicht immer alles wissen.

Während die anderen fröhlich weiterspielen, ist Elfen-Activity für mich plötzlich uninteressant geworden. Ich dringe lieber in die Zeit ein. Ich konzentriere mich auf Ben. Möchte etwas aus seiner Vergangenheit erfahren.

Vielleicht ist es leichter, etwas zu sehen, das bereits passiert ist. Und eine Person, die ich gut kenne. Tatsächlich kann ich ihn und Erik erkennen. Erik isst genüsslich einen Apfel. Es ist hier im Haus von Bens Großeltern, also nicht allzu lange her. Doch ich kann ihre Worte nicht verstehen. Sie rauschen fürchterlich.

Ich kehre zurück in die Gegenwart und sammle all meine Kraft. Ein letztes Mal für heute reise ich in der Zeit. Ich konzentriere mich auf Bens und meine Nähe. Durch sie müsste es viel leichter gehen, wenn ich mit meiner Vermutung richtigliege.

Dann wage ich mich wieder in die Zeit hinein.

Ich sehe Ben vor mir, er sieht mich traurig an. Seine Hände halten mein Gesicht und er blickt mich mit Tränen in den Augen eindringlich an.

„El", flüstert er flehend. „Hör auf damit, ich bitte dich." Er legt seine Stirn an meine und ich merke, wie die andere Elea, in deren Körper ich einmal mehr feststecke, versucht, leicht zurückzuweichen.

„Lass mich", befiehlt sie, doch ihre Stimme zittert leicht.

„Komm zurück zu mir", wispert Ben gepresst und drückt plötzlich seine Lippen auf meine. Ich schmecke sein Tränen und spüre seine Dringlichkeit.

Sein Kuss fühlt sich weich an und ich möchte mich darin fallen lassen. Mich darin verlieren. Kann spüren, wie ich die Lippen leicht öffne und mein Körper sich an ihn schmiegt.

Doch da stößt ihn das andere Ich plötzlich bestimmt von sich.

„Hör auf, mich so schwach anzuflehen. Ich bin nicht mehr dein Elfenmädchen!", erwidert sie hart.

Ich sehe, wie Ben sie verletzt anstarrt. Er schluckt schwer, doch Elea ist nicht zu erweichen. „Geh mir aus den Augen, Ben. Für immer!"

Bestürzt ziehe ich mich wieder aus der Zeit zurück.

Epilog:

Seufzend starrt Freya auf ihre Finger. Wie ein Lauffeuer verbreitet sich die Dunkelheit unter ihrem Licht.

Sie hätte wissen müssen, dass es nicht bei dem Verrat zweier verzweifelter Eltern bleiben würde. Die Spuren ziehen sich bis in die Gegenwart und sie konnte nichts dagegen tun. Kann es immer noch nicht.

Natürlich, es gab immer schon Alben unter ihnen, die die Schatten dem Licht vorzogen. Doch nun scheinen sich die Vorfälle förmlich zu überschlagen. Dass sie bei den Devants hätte vorsichtiger sein sollen, um den Vorfall in der Familie der Anwyns zu verhindern, das ist ihr nun klar.

Auch, dass dadurch erst die Kinder der Whites in die Tiefen gezogen worden waren. Doch das alles ist nun nicht mehr zu ändern.

Wichtig ist jetzt jedoch, dass das Mädchen der Whites sich in Sicherheit wiegt. Sie könnte Freya noch gute Dienste erweisen, da war sie sich sicher. Diesmal durfte sie keine Fehler machen.

„Was habt ihr euch nur dabei gedacht, mich so zu hintergehen?", richtet Freya endlich das Wort an das Ehepaar vor ihr.

Sie fühlt ein Stechen in ihrer Brust.

Es muss Enttäuschung sein.

Ein Gefühl von Schwäche.

Doch sie hatte ihre Lichtalben nun einmal liebgewonnen.

„Ihr habt unsere Tochter eingesperrt, Eure Hoheit", erwidert Thomas O´Brien mit fester Stimme. „Wir fühlten uns gezwungen, unserem Mädchen die Freiheit zu schenken."

Freya könnte sich die Haare raufen.

Liebe ist zwar eine hervorragende Waffe, jedoch konnte sie natürlich nicht nur zu ihren Gunsten eingesetzt werden.

Was für eine Schande.

Eine Verschwendung ihrer Macht, auf Leute mit Liebe im Herzen zu setzen.

„Oh, aber ich würde Elea nie etwas tun. Ihr soll nichts zustoßen, da bin ich ganz eurer Meinung. Sie ist etwas Besonderes, das muss geschützt werden. Doch ich muss sie auch vor sich selbst beschützen. Das ist keine leichte Aufgabe, wo sie doch naiv und von der Liebe geblendet der dunklen Wahrheit hinterherläuft. Wissen bedeutet immer Gefahr, oder warum meint ihr, lasse ich meine Lichtalben nur wissen, was sie wissen müssen?", erwidert Freya sanft.

Sie seufzt übertrieben auf und fasst sich an den Kopf, als hätte sie schreckliche Kopfschmerzen. Das ist doch alles eine Sisyphusarbeit. Mühselig und letztendlich fast immer völlig umsonst.

„Hört, meine Lieben. Es ist sicherlich nicht leicht für euch. Aber eure Tochter ist eine Jahrhundertalbe, die Schwarzalben werden sie umschmeicheln und schwachmachen. Und in der Zwischenzeit werden sie in ihr Ohr flüstern und ihr Herz mit Dunkelheit füllen. Das wäre nicht das erste Mal in der Geschichte", versucht sie, Valentina und Thomas zu erklären, was vorgeht.

„Natürlich hat auch die Lichtalbenwelt Fehler begangen, doch glaubt mir … die Schwarzalben möchten Elea benutzen. Sie brauchen ihre Kräfte. Gewiss werden sie ihr da anfangs nicht die schlechten Seiten der Schwarzalben zeigen. Wenn die Zeit gekommen ist, wird sie sie auch so entdecken müssen. Doch bis dahin könnte es schon zu spät sein."

Wut steigt in Freya auf, wenn sie an die hinterlistigen Pläne der Schwarzalben denkt. Wie viel diese ihr bereits genommen haben …. nein, ihre Jahrhundertalbe würden sie auf gar keinen Fall in ihre Finger bekommen. Ihre Schwärze wird das Mädchen nicht noch weiter von ihr fortreißen. Und wenn sie dazu auf Mittel zurückgreifen werden muss, über die die O´Briens wenig erfreut sein werden …

Die Zeit drängt, das ist Freya klargeworden, als Kim sie von dem Vorfall in dem Transporter und später von dem Tod der Zwillingsschwester des Jungen in Kenntnis setzte. Der Junge …

oh, er würde auch noch zur Vernunft kommen, wenn er erst
bemerkt, was hier vorgeht. Er würde auf Knien zurückgekrochen
kommen und sie anflehen, sein teures Elfenmädchen vor sich selbst
zu retten.

Und dann endlich würde Freya bekommen, wonach sie sich seit
Ewigkeiten sehnte …